JUTTA HECKER

WIELAND

VERLAG
DER NATION
BERLIN

ISBN 3-373-00376-8

4. Auflage 1990

Einband: Ernst Lewinger
Gesamtherstellung: Graphischer Großbetrieb Pößneck GmbH

Seit Tagen weht ununterbrochen ein föhniger Westwind. Auch an diesem Donnerstag, dem 18. Februar 1813. Der Himmel ist bedeckt; graue leichte Gespinste treiben, vom Sturme zerfetzt, vor schweren dunklen Wolkenballen im Winde dahin. Ab und zu regnet es. Auf dem Erdboden hält sich hie und da noch verharschter Schnee. Die Ilm führt Hochwasser. Sie rauscht mächtig im Anprall einer plötzlichen Biegung nach Süden an der Steinmauer des Gutes Oßmannstedt vorbei. Ihr lehmig-gelbes Wasser nagt an den Steilufern und unterspült die mächtigen Wurzeln der Bäume, die weit in ihr Bett hineinragen. Am Ende der Gutsmauer öffnet sich eine kleine Lichtung mitten in einem Waldstück: Ein Denkmal erhebt sich dort, eine obeliskenhaft schmale, dreiseitige Pyramide in grauem Sandstein. Jede Seite trägt eine Inschrift, davor wölbt sich ein Erdhügel. Schon ein wenig verwittert sind die eingegrabenen Worte, schon ein wenig verblaßt das Blau und Rot und Gold der Bilder darüber. Nur auf der einen Seite, unter der auf Fittichen schwebenden Lyra, ist die zweite Zeile deutlich vor kurzem erst eingemeißelt. Unter dem Namen Christoph Martin Wieland steht außer dem Geburtsdatum nun noch: «gestorben den 20. Januar 1813». Der Hügel davor zeigt braune, frisch aufgeworfene Erde, während die beiden anderen unter einer Decke von grobkörnigem getautem und oftmals wieder gefrorenem Schnee ruhen. Ringsum bis weit in das Waldstück hinein ist der Platz von vielen Tritten zerstampft. Das Dunkel der Nacht lagert über dem abseitigen Ort, die Ilm rauscht laut, ab und zu schlagen die kahlen

Zweige der Bäume gegeneinander, oder ein Stamm knarrt ächzend im Wind.

Zu eben der Zeit fahren vor dem Wittumspalais an der Esplanade in Weimar unaufhörlich Equipagen und Wagen vor. Beide Flügel der Haustür sind weit geöffnet, Diener stehen mit Leuchtern im Eingang; der Lichtschein fällt hell abgezirkelt in das Dunkel der Straße. Pferde trappen, halten an, ein Schlag klappt zu. Von neuem Hufschlag, der sich langsam entfernt. Sänften werden herangetragen, niedergestellt, die Gardinen des Gestühls wehen einen Augenblick knatternd im Sturm. Fußgänger nahen, mühsam stemmen sie sich gegen den Wind und halten ihre hohen Zylinder fest. Man begrüßt sich mit wortlosem Händedruck oder stummer Verneigung.

Drinnen im Haus schieben sich leise Tritte unaufhörlich die Treppenstufen empor. Schon ist der Säulensaal im ersten Stock dicht gefüllt mit ernst schweigenden Menschen. Die Wände rings sind ausgeschlagen mit schwarzem Tuch, darauf die Zeichen der Freimaurerloge. An der Stirnseite des Saales der Altar mit dreiarmigem Leuchter, Zirkel und Dreieck. Daneben in kalkigem Weiß eine Büste auf schwarz umflortem Podest, bekränzt mit Lorbeer, ein Kopf von geistvoller Häßlichkeit, eine hohe heitere Stirn über erschlafftem, vom Schicksal gezeichnetem Antlitz: die Züge Christoph Martin Wielands.

Der herzogliche Hof betritt den Saal; Karl August, die Herzogin Luise voran; sie nehmen Platz; die Türen werden geschlossen; eine gedämpfte feierliche Musik ertönt; ein Chorlied erschallt. Ein Redner tritt an das Pult: Goethe. Er verbeugt sich. Er läßt sein Auge über die verdüsterten Wände über die ernste Versammlung hinschweifen, er hebt die mächtige Stimme und beginnt: «Stände mir der Zauberstab zu Gebote, den die Muse unserm abgeschiedenen Freunde geistig anvertraut, ich würde diese ganze düstere Umgebung augenblicklich in eine heitere verwandeln, dieses Finstere müßte sich

gleich vor Ihren Augen erhellen, und ein festlich geschmückter Saal mit bunten Teppichen und munteren Kränzen, so froh und klar als das Leben unseres Freundes, sollte vor Ihnen erscheinen.»

Die Versammelten horchten auf. «So froh und klar als das Leben unseres Freundes?» Plötzlich scheint aus der leblos starren Büste die leibhaftige Gestalt Wielands hervorzutreten: zierlich, behende, lebhaft, mit leise lächelndem Angesicht — der Alte, der Leidgeprüfte — von Zeit und Alltag gedrückt wie sie alle — und er lächelte? Wie brachte er es fertig, in allen Wirrnissen, in allen Stürmen, in aller Not so zu lächeln? so spöttisch-überlegen, so duldsam-wissend, so heiter-bejahend? Wie gelang es ihm nur?

Es ist vier Uhr in der Frühe, soeben beginnt die Schwärze der Nacht in dämmriges Grau überzugehen — die kleine Reichsstadt Biberach liegt noch in tiefem Schlaf —, da rührt es sich in der Kinderstube des Pfarrhauses zu Sankt Magdalenen: Leise und vorsichtig, um nicht nebenan die Eltern zu wecken, richtet sich ein Knabe mit blondem, strubbeligem Schopf im Bett empor. Er blinzelt mit schmalen hellen Augen, er reibt sich ein wenig das pockennarbige Gesicht und steigt, vollends erwacht, eilfertig und behutsam aus seinen Decken. Da steht er, der zwölfjährige Christoph Martin Wieland, auf mageren Beinchen; er greift nach den Kleidern, die sorgsam zusammengefaltet auf dem Schemel liegen, und schleicht auf nackten Füßen in die Studierstube des Vaters hinüber. Dort erst schlüpft er in das Beinkleid. Es ist eng, lang und mausegrau. Mit ungeschickten Fingern knöpft er sodann die vielen Knöpfe an dem hochgeschlossenen Rock zu — auch der ist schlicht und grau. Nun kniet er auf dem Betschemel nieder und flüstert ein kurzes Gebet. Dann tritt er ans Stehpult des Vaters, knöpft einige Knöpfe des soeben mühsam geschlossenen Röckchens wieder auf und holt mit gewichtiger Miene ein winziges Notizbuch von feinstem holländischem Bütten hervor. Er reckt seine kleine magere Gestalt aus nach dem Federkiel, taucht ihn in die Tinte und beginnt ohne weiteres zu schreiben: mit zierlicher Schrift in das zierliche Heft, Vers um Vers, zierlich geformt. «Et levis erecta consurgit ad oscula planta», murmeln seine dünnen beweglichen Lippen vor sich hin. «Leicht mit erhobener Sohle hebt sie sich auf zu seinem Kuß.» Der Knabe lacht leise auf. Seine schmale linke Hand skandiert auf der hölzernen Platte des Metrum, während er, in sich belustigt, schreibt und schreibt.

Er ist dabei, eine Satire über die Frau Rektorin Doll zu dichten. Der Herr Rektor Doll unterrichtet den Knaben in Latein, er liest mit ihm die weltlichen Dichter Ovid, Horaz, Virgil, Ariost, für die sich Vater Wieland, der seinen kleinen Sohn sonst selber unterweist, in seiner Eigenschaft als ernster Streiter Gottes nicht zuständig fühlt. Der Rektor Doll ist ein kleiner, unmäßig dicker Mann mit einem runden freundlichen Gesicht, und seine Eheliebste, die Frau Rektorin, ist noch ein wenig kleiner und womöglich noch ein wenig dicker als er, aber sie hat keineswegs ein freundliches Gesicht, sondern sie kommandiert und schimpft und zetert ununterbrochen. Einmal hatte der Knabe beobachtet, wie der arme Herr Rektor versucht hatte, die Gattin zu beschwichtigen. Er hatte seine kurzen Arme weit vorgestreckt, um sie zu umarmen, aber die Arme waren zu kurz und die Massen von hüben und drüben zu gewaltig gewesen, und Herr Doll hatte sein sinnloses Unterfangen schnell wieder aufgegeben. Da hatte der Knabe belustigt gedacht: « *Wenn* sie sich einmal küssen, wie machen sie das wohl?!» Und als ihm tags darauf in der Lateinstunde im Juvenal der Vers «Et levis erecta consurgit ad oscula planta» begegnete, da war der ihm wie eine Antwort auf seine unausgesprochene Frage erschienen. Er malte sich mit Vergnügen das Bild aus, wie sich die kleine fette Frau mühsam auf die Zehenspitzen erhob, wie sich dabei all ihre üppigen Formen streckten, wie ihr Rock hinten in die Höhe wippte und von den stämmigen Beinen mehr sehen ließ, als eigentlich gut war, und wie ihre komisch vorgespitzten Lippen über alle Hindernisse hinweg dem Mund ihres Eheherrn einen kräftigen Schmatz aufzupflanzen versuchten. Der Knabe lachte. Auf diese Szene dichtete er nun seine Satire im Stil des Juvenal. Jener Vers und die eigene witzige Vorstellung genügen, daß sich aus seinem Kopf Strophe um Strophe hervorspinnt. «Ich war sehr frühzeitig», hat der alte Dichter von sich gesagt.

Da! Horch! Da schlägt die Turmuhr von Sankt Magdalenen nebenan fünf Uhr. Der Knabe hält erschrocken inne. Gleich werden sich die Eltern erheben. Er streut eilig Sand über die noch feuchte Schrift, er pustet ihn sorgfältig ab, er klappt das kleine Heft zusammen, er steckt es wieder in die Innentasche des mausegrauen Rocks, er knöpft die drei oberen Knöpfe wieder zu und greift nach dem Gesangbuch, um den Choral zu memorieren, den er heute auswendig wissen soll. «Es kostet viel, ein Christ zu sein», flüstern nun seine Lippen vor sich hin. Die schmalen hellen Augen in dem blatternarbigen Gesicht schweifen dabei ruhelos über das Zimmer hin. Sie finden nicht viel Schönes. Es ist alles willentlich nüchtern und einfach, so wie es der pietistische Herr Pfarrer von Sankt Magdalenen für moralisch und richtig hält. Da hängt es, das Bild des Herrn Vaters im schwarzen Talar, und das ernste strenge Gesicht unter der großen weißen Perücke schaut selbst aus der Malerei noch mit prüfendem Blick auf den Sohn herab. Seine große Hand liegt gebieterisch auf der Bibel. Die Augen des Knaben irren ab. Der Kupferstich von August Hermann Francke daneben wirkt nicht so beängstigend. Er zeigt ein milderes Antlitz, doch auch diese zarte feingliedrige Hand ist mit beredter Gebärde schwärmerisch bekennend auf die Brust gelegt. August Hermann Francke ist der Heilige der Familie Wieland, der Knabe weiß es wohl. Der Vater kennt nichts als ihn und seine Lehre. Eine Biberacherin hatte die Ehre, die Frau des großen Pietisten zu sein, und — welche Fügung! — sie war sogar eine weitläufige Verwandte der Wielands! Der Knabe hatte es hundertmal erzählen hören, und er schaut von der durchgeistigten Hand August Hermann Franckes auf die schwere des Herrn Vaters, und sogleich wendet er sich wieder seiner Aufgabe zu. Der Herr Pfarrer Wieland ist der poetischen Ader seines Sohnes nicht günstig gesonnen.

Die Sonne wirft ihre frühen Strahlen in die nüchterne Studierstube. Sie lassen ein kleines Miniaturbildchen in der sonst dunklen Ecke neben der Tür in hellen Farben aufleuchten. Das ist der Herr Großvater; er war auch Pfarrer, er hieß auch Martin. Er hatte einen hellen, schelmischen Blick, ganz anders als der Herr Vater. «Er war ein Lebemann», so flüsterten die Leute sich zu, und es klang halb bewundernd, halb entrüstet. Er hatte viele Kinder gezeugt, zwölf an der Zahl, und er hatte es schlankweg abgelehnt, aus seinem Dorf in die Stadt Biberach zu ziehen, weil er nichts wollte als ungestört leben — einfach leben. War das alles denn schlimm? Was war denn ein Lebemann? Und plötzlich — der Enkel reibt sich die Augen — plötzlich — schien es ihm doch, als hätte ihm der Großvater aus seiner Ecke zugezwinkert!

Pfarrer Wieland hatte seinen geweckten kleinen Sohn von seinem dritten Lebensjahr an in allem Wissenswerten unterrichtet und unterrichten lassen. Der Knabe hatte Lateinisch, Griechisch und Hebräisch gelernt. Er hatte die großen Römer Horaz, Ovid und Cicero, er hatte die berühmten Griechen Homer, Xenophon und Plato gelesen; er kannte das Gesangbuch, den Katechismus und die Bibel fast auswendig — die Vaterstadt Biberach hatte dem jungen Gelehrten nichts mehr zu bieten, und so sollte er nun in die Welt hinaus; natürlich in eine pietistische Welt. Weit oben in Norddeutschland bestand eine Art Akademie für fromme, strebsame Jünglinge, das Kloster Bergen in der Nähe Magdeburgs. Dort konnte der heranwachsende Sohn weiterlernen; versteht sich, in pietistischem Geist. Er konnte die Welt sehen, versteht sich, von einem behütenden Internat aus.

Mit Perücke und hochgeschlossenem Rock langte der Vierzehnjährige zu Michaeli 1747 in Klosterbergen an. Noch immer war er klein, mager und unansehnlich, noch immer aber blinkten die Augen hell aus dem unschönen, blatternarbigen Gesicht. Er machte seine Reverenz bei dem Leiter, dem frommen Abt Steinmetz, und faßte sogleich eine schwärmerische Zuneigung zu dem Mann, der neu in seinen Gesichtskreis trat. In übertriebener Folgsamkeit suchte er die strengen Regeln dieses evangelischen Klosters zu erfüllen. Jeden Tag zwei Stunden lang murmelte er inbrünstig seine Gebete. Er durchforschte reuig und gewissenhaft allabendlich sein Betragen. Er kniete, statt zu schlafen, des Nachts zerknirscht vor seinem Bett und rang die mageren Hände verzweifelt darüber, daß es ihn aus der reinen Atmosphäre strenger Moral immer wieder hinzog zu den sündigen Gedichten eines Hagedorn oder eines Gleim, die mit ihrer weltlichen Fröhlichkeit und ihrer weltlichen Sinnenlust doch zu verpönen waren. Immer wieder konnte es geschehen, daß ihm, während er beim klösterlichen Mahl nach dem Wasserglas griff, Gleims komisches Zechlied «Trink, betrübter Totenblasser!» in den Sinn kam und daß seine Augen heimlich lachten, während der Mund mühsam in vorgeschriebenem Ernst verharrte. Den ganzen Tag über saß er, der Fleißigsten einer, im Studiersaal und schrieb mit seiner zierlichen Schrift sorgfältig die vorgeschriebenen Aufgaben in sein Heft. «Dieses waren alle meine Wünsche», so übersetzt er eifrig die sechste Satire des Horaz ins Deutsche, «ein mäßiges Landgut, ein Brunnen nahe am Haus, und ein kleiner Wald.» Und er nickt zustimmend. Es fällt ihm beileibe nicht ein, daß ein Vierzehnjähriger vielleicht noch andere Wünsche hegen könne als der gute alte Horaz.

Aber die Zöglinge in Klosterbergen sollen die Welt kennenlernen, und so kommen Bücher und Zeitschriften aus der Welt in die abgeschlossenen Studiersäle, zum Beispiel die Zeitschrift «Die Bremer Beiträge». Eines Tages faßt der junge Wieland mit lässigem Interesse nach einem dieser Hefte, er sieht Verse, er beginnt zu lesen, und vom ersten Worte an ist er gepackt. Seine fahlen, blatternarbigen Wangen röten sich, sein gleichmütiges Herz beginnt schneller zu schlagen, seine Lippen flüstern selbstvergessen die Hexameter nach: «Sing, unsterbliche Seele, von der sündigen Menschheit Erlösung ...» Welch neue Tonart! Welch fortreißendes Pathos! «Sing, unsterbliche Muse» — so begann Homer dereinst seine großen klassischen Epen. «Sing, unsterbliche Seele», so hieß es hier und nicht von griechischen Helden, von irgendeinem sagenhaften Achill oder Odysseus, sondern von dem aktuellsten Thema der Welt, «von der sündigen Menschheit Erlösung»! Wieland liest und liest und liest. Vor seinem Geist schwingen Engel ihre Fittiche rauschend durch ungemessene himmlische Räume. Christus der Erlöser bereitet sich betend zu seinem Opfergang auf die Erde vor, ein erhabener Vatergott lenkt die Schicksale der Himmel und der Erden. Welch neuer Stoff! Welch erhabener Schwung! Welch berauschende Grenzenlosigkeit! Wie im Fieber hat er die drei Gesänge verschlungen. «Friedrich Gottlob Klopstock. Der Messias.» Noch nie vernahm er diesen Namen. Noch nie war ihm selber der Gedanke gekommen, die großen Ereignisse der Bibel aus ihrem schweren Rahmen herauszulösen und sie zu verdichten zu eigengeschauten Bildern. Da läutet es zur Gebetstunde. Nur widerwillig löst sich der Jüngling von seiner Lektüre; zum erstenmal hört er die nüchternen Gebete des Abtes Steinmetz mit Skepsis, und fortan ist der folgsame Zögling Wieland nicht ganz so folgsam wie früher. Er ist hineingerissen in eine aufrührerische Welt hemmungslosen Gefühls. Mit anderen Augen blickt er seine Umgebung und seine Lehrer an. Er prüft mißtrauisch die Nahrung, die sie ihm bieten. Aufmerksamer geht er umher, wacher schaut er sich um, und Schritt für Schritt irrt er ab von dem schmalen, deutlich abgezeichneten Wege Klosterbergens. Eines Tages greift er sogar ohne Scheu nach den «Lettres philosophiques» des sündhaften Franzosen Voltaire. Sie sind in dieser deutschen Bibliothek nur in ihrer englischen Fassung vorhanden; der Autor hatte es zunächst nicht gewagt, seine ketzerischen Ideen in seiner Heimatsprache vorzubringen. Und wirklich war dann die französische Ausgabe auf Befehl der katholischen Kirche vom Henker öffentlich in Paris zerrissen und verbrannt worden. Der Verfasser hatte schon zweimal wegen seines frechen Freimuts in der Bastille gesessen. Welch ein witziger, verwegener, freispielender Geist! Ein Licht nüchternen kritischen Verstandes beleuchtet auf einmal alle Dinge, alle Verhältnisse der Welt! Dieser kühne Skeptiker greift jegliche Obrigkeit an, sei es Staat, Kirche, Gesellschaft. Vor nichts macht er halt. Wieland kichert belustigt über das Bonmot. «Die Engländer sind wie ihr Bier: oben Schaum, unten Hefe, in der Mitte das Beste». Er lächelt, wenn er liest: «Auf der Londoner Börse begegnen Juden, Mohammedaner und Christen einander in so gutem Verständnis, als hätten sie alle nur eine Religion, und sie betrachten nur den als gottlos, der Bankerott macht.» Aber er erschrickt bis ins Herz über den Einwand gegen die These, die Erbsünde sei ein Mysterium: «Etwas Unfaßliches lasse sich nicht kraft etwas noch Unfaßlicherem begreifen.»

Der junge Klosterschüler weiß nicht mehr ein noch aus. Jedes Heft der «Bremer Beiträge» blättert er hastig durch nach einer Fortsetzung des «Messias», um sich von dem seraphischen Sänger Klopstock in das Reich ewiger Hierarchien emporreißen zu lassen. Aber noch in der gleichen Stunde greift er ebenso begierig nach Voltaire und stürzt sich entschlossen in das ätzende Stahlbad witziger und doch logisch-nüchterner Gedankenreihen. Ist es möglich, gibt es solche Gegensätze in der Welt? Wer hat recht? Wo ist der richtige Weg? Es zieht ihn zu dem einen und zieht ihn zu dem anderen. Einmal lebt er versunken in der Welt hebräischer Psalmen und versucht, die fremdartigen Rhythmen ins Deutsche umzusetzen. Ein andermal beweist er mit flinker Feder, wie die Welt auch ohne einen göttlichen Schöpfer entstanden sein könne, wenn sie sich etwa aus einem Urnebel rein nach Gesetzen der Atombewegung verdichtet habe. Sein Verstand ist stolz darauf, kühn und selbständig gedacht zu haben! Und Wieland macht eine Entdeckung, eine großartige, neuzeitliche Entdeckung: Man hat in seinem Kopf ein Instrument, den Verstand, die ratio, damit kann man forschen, beweisen, Angriffe führen, damit kann man sich befreien von Tradition und Autorität, damit kann man den bisherigen Gang der Welt entscheidend verändern. Rationalismus – Aufklärung – welche erhellenden Begriffe! – «Voltaire und Wieland, die beiden Aufklärer!» – so träumt der Halbwüchsige und schreibt auf die letzte Seite die Adresse eines erdichteten Briefes: «A Monsieur Voltaire à Angleterre», und setzt mit elegantem Schnörkel den eigenen Namen darunter. So auf der Höhe der Zeit ist man in Klosterbergen wiederum nicht, daß man wüßte, daß Voltaire längst nicht mehr in

England ist, sondern im Begriffe steht, der Einladung eines preußischen Königs nach Potsdam zu folgen. Voltaire würde natürlich antworten, er würde diesem geistreichen, zwar noch unbekannten, aber vielversprechenden Monsieur Wieland antworten — etwa so: «Monsieur, Votre très humble et très obéissant serviteur Voltaire.» Der aufklärerische Träumer lächelt geschmeichelt über seinem Schulheft.

Und dann war die französische Stunde bei Monsieur Peuplier gewesen, und der kleine bewegliche Romane sprang temperamentvoll auf dem Katheder hin und her und versuchte den Zöglingen die Eleganz und den Wohllaut der französischen Sprache beizubringen. «J'aime — tu aimes — il aime» — «ich liebe, du liebst, er liebt», spricht er mit hoher Fistelstimme der Klasse immer von neuem vor. «J'aime», und er formt den Anfangslaut verführerisch weich und schmelzend, während die deutschen Zöglinge grob ihre Münder vorwölben, als scheuchten sie eine Herde Gänse. Und der Lehrer hebt sich im Eifer auf die Zehen, denn er ist sehr klein, er breitet die Arme aus, und «J'aime» kräht er in erregtem Diskant.

Der Schüler Wieland betrachtet dieses Schauspiel. «J'aime — ich liebe.» Er liebt! Sieh mal an! Wen liebt er denn? Und wer würde dieses komische, flatternde Männchen mit der Piepsstimme wiederlieben? Wieland beginnt zu lachen. Gestört hält der eifrige Lehrer inne. «Monsieur Wieland!» ruft er warnend den Knaben an. Aber dann breitet er schon wieder beschwörend die Arme auseinander, hüpft vom Katheder herab und ruft mit hoher Stimme: «Attention, Messieurs! J'aime, j'aime», und aufs neue wird Wieland von unwiderstehlichem Lachen geschüttelt. Da stürzt der cholerische Franzose auf den albernen Schüler zu und versetzt ihm eine schallende Ohrfeige.

Es ist nicht üblich in Klosterbergen zu schlagen. Bestrafungen haben allein durch das eigene zerknirschte Reuebekenntnis zu erfolgen. Monsieur Peuplier muß seinem Schüler Abbitte leisten, und Monsieur Wieland beschließt nach genauer

Erforschung seines Gewissens, hinfort einen Unterricht nicht mehr zu besuchen, in dem sein freier, selbständiger Geist einer solchen Behandlung ausgesetzt war. Und im Übermaß seines Triumphs versammelt er in der darauffolgenden Nacht einige Kameraden im Schlafsaal um sich her und liest ihnen mit Überredungskraft und Lebendigkeit seinen verwegenen Aufsatz von der Entstehung der Welt ohne Gott vor.

Die Eleven stehen und sitzen in ihren Nachtkamisolen umher; einige mit nackten Beinen, einige im langen Hemd, einige in weißer Schlafmütze, und Wieland weidet sich an den erstaunten, den entrüsteten, den zustimmenden Gesichtern seiner Gefährten, die im spärlichen Flackerschein der verbotnerweise entzündeten Kerze wie groteske Gespenster wirken. Eine erregte Diskussion spinnt sich an, man vergißt über dem gewichtigen Thema ganz, wo man ist, und versäumt es, zu flüstern. Da öffnet sich unvermutet die Tür, und in ihrem Rahmen steht, ein empörter lebendiger Vorwurf, der Abt Steinmetz persönlich. Beschämt und verwirrt drücken sich die Teilnehmer des nächtlichen Kongresses in ihre Betten. Wieland sieht sich dem zürnenden, einst so verehrten Lehrer allein gegenüber und muß ihm das furchtbare Corpus delicti ausliefern.

Am nächsten Tag findet eine Lehrerkonferenz statt, deren Mittelpunkt der Aufsatz über die Entstehung der Welt ohne Gott bildet. Diese Versammlung wird keineswegs in Nachtmützen geführt, sondern in voller Verantwortlichkeit eines pietistischen Lehrkörpers für die ihm anvertraute Jugend. Bereits vierzehn Tage später weist ein betrübter Brief aus Biberach den irregegangenen Sohn an, seine Sachen zu packen und sich schleunigst heimwärts zu begeben.

Der Weg von Klosterbergen nach Biberach führt über Erfurt. In Erfurt lebt ein Vetter der Mutter, der Herr Dr. Baumer. Es ist begreiflich, daß es dem Herrn Wieland junior tunlich erscheint, nicht ganz so schnell und unmittelbar in die väterlichen Arme zurückzukehren. Es ist sicherlich ganz im Sinne der Eltern, wenn man dem Herrn Vetter in Erfurt einen Besuch abstattet, obwohl auch er eine Art schwarzes Schaf in der frommen Familie ist. Auch Baumer war Theologe gewesen, aber dann hatte er sich unerklärlicherweise der modernen Strömung des Rationalismus, der Aufklärung ergeben, er hatte behauptet, es sei ihm unmöglich, weiterhin Pfarrer zu bleiben, und er hatte Medizin studiert. Er ist nun dreißig Jahre alt und seinem sechzehnjährigen Gast turmhoch überlegen. «Will der Herr Vetter nicht so schnell nach Hause zurück? Nun, so bleibe Er eine Weile. In Erfurt ist eine Hochschule – zwar eine katholische – jedoch ein aufgeklärter Verstand kann sich auch hier in Vorlesungen weiterbilden.»

Wieland studiert eifrig, wenn auch nicht gerade Theologie. Der Vetter Baumer hat eine Bibliothek mit sämtlichen Schriften der fortschrittlichen Geister, als da sind Voltaire, Christian Wolff in Halle, Pierre Bayle und andere. Wieland liest ungehindert, und da ihm niemand mehr widerspricht, so schlägt er sich plötzlich heimlich wieder auf die Seite des Althergebrachten.

«Lese Er den ‹Don Quichote› des Cervantes», rät der Vetter und legt dem jungen Gast zwei kleine, merklich zerlesene Bände vor. «Da findet Er die Wahrheit über die Welt.» Bereitwillig greift Wieland danach und ist nun tagelang für seine Umgebung verloren. Er reitet mit dem Ritter von der traurigen Gestalt auf Abenteuer aus. Er lacht über den hageren, langen, steifen Hidalgo, der auf dem hochbeinigen dürren Klepper Rosinante überall den Kampf gegen das Böse aufnimmt. Er lacht belustigt und gerührt zugleich, wenn sich die vermeintlichen Feinde des edlen Weltverbesserers als Flügel einer Windmühle oder als Staub einer Schafherde herausstellen und wenn er für all seinen guten Willen doch nichts als Prügel bezieht. Der junge Leser lacht. «Aber wieso liegt hier die Wahrheit der Welt?»

«Die Zeit des Rittertums ist längst vorbei; nur ein Narr kann versuchen, sie lebendig zu erhalten. Ist das nicht Prügel wert? Wären Sie einmal Pfarrer in der Zeit der heraufkommenden Naturwissenschaften gewesen, Sie wüßten, wie leicht man ein Don Quichote werden kann!»

«Und Sancho Pansa, der schlaue Dicke? Was soll er?» fragt Wieland weiter.

«Schlau? Nun ja», antwortet der Vetter Baumer, «pfiffig drückt er sich an allem vorbei — aber ist das das Richtige? Der lange Dünne mit den wirklichkeitsfremden Ideen und der kurze Dicke mit seiner am Boden haftenden Schläue, beide fahren sie blind durch die Welt! Man kann nur über sie lachen!»

Die Augen des Sechzehnjährigen blicken fragend auf: «Aber der, der lacht, wie verhält der sich in den Fährnissen des Lebens? Wenn er lacht, so müßte er es besser wissen, es besser machen!»

Der Dr. Baumer zuckt die Achseln. Der Mensch sei ein Spielball zwischen Idealismus und Materialismus; das einzige, was er tun könne, sei, sich kraft seiner Vernunft aus diesem Dilemma herauszuhalten, meint er.

Aber der junge Vetter ist nicht recht befriedigt. «Mit Vernunft sich heraushalten? — Ist das nicht zu wenig? Wo bleibt dabei der wahrhafte, der rechte Mensch?» —

«Er lebt, Rätin, er lebt», ruft in diesem Augenblick in der Wochenstube am Hirschgraben in Frankfurt eine alte Frau der erschöpften jungen Wöchnerin Elisabeth Goethe zu.

Der unbefriedigte Frager in Erfurt kann die Antwort, die das Schicksal für die Entwicklung der Menschheit bereit hat, nicht hören. Aber die Welt wird sie dereinst hören. Einmal wird das Genie, das da mittags um zwölf Uhr am 28. August 1749 mühsam zur Welt kam, Antwort geben. Ihm voranschreiten, ihm den Weg ebnen wird, zu Bescheidung und Mittelmaß auserkoren, Christoph Martin Wieland.

Im Frühjahr 1750 kehrt Wieland ins Elternhaus zurück. Was soll nun mit ihm werden? «Zum Pfarrer ist meine Konstitution zu schwächlich», wehrt er den Wunsch des Vaters ab. Und unleugbar ist der Jüngling noch immer schmächtig, mager und klein von Wuchs. Kein Wunder, hat er sich doch bis jetzt von nichts genährt als von Büchern. Man einigt sich auf das Studium der Rechtswissenschaft. Im November soll der Sohn zu diesem Behuf die Universität in Tübingen beziehen. Bis dahin ruht er noch einmal aus im Schoß der Familie. Das Licht der Aufklärung steht solange unter dem Scheffel.

Derweilen sitzt die junge Sophie Gutermann in der Studierstube ihres Vaters, des Stadtphysikus von Augsburg, und birgt schluchzend das Gesicht in den zarten Händen.

«Es ist Gottes Wille», sagt der Vater strenge zur Tochter und blickt von oben auf sie herab. Er sieht erbarmungslos, wie die Tränen auf dem Seidenstoff ihres Schoßes dunkle Stellen hinterlassen. «Du mußt dich von ihm trennen!»

«Aber warum? Wie kommt der Herr Vater darauf, daß ich später mit Herrn Doktor Bianconi so viele Töchter haben würde?» schluchzt das Mädchen.

«Mein Kind», antwortet Herr Dr. Gutermann, «ich habe da meine langjährigen ärztlichen Erfahrungen. Sieh, du bist noch unberührt, dein Herr Bräutigam aber hat schon so manches Erlebnis hinter sich. Es hat sich erwiesen, daß in solchen Ehen immer mehr Töchter geboren werden als Söhne. Das sind unumstößliche biologische Gesetze. Eurer Ehe würden demnach mit Gewißheit mehr Töchter als Söhne entspringen, und deshalb muß ich als Protestant meine Forderung aufrechterhalten, daß nur die Söhne eures Bundes im katholischen Glauben erzogen werden.»

Sophie Gutermanns Gedanken haben sich auf dem ersten Teil der väterlichen Rede festgehakt. Sie hört einen Augenblick auf zu schluchzen. Wie? Hat der Herr Vater denn nicht selber zwölf Töchter und nur einen einzigen Sohn? Aber sie wagt diesen unehrerbietigen Gedanken über des Vaters Vorleben nicht zu Ende zu denken und findet sich zu ihrem Jammer wieder zurück.

«Lieber geliebter Bianconi», denkt sie und beginnt aufs neue zu weinen. Solange die Mutter lebte, hatte der italienische Arzt unangefochten als ihr Verlobter gegolten. Aber nun war die Mutter tot, und die bereits geöffneten Tore einer traumhaft schönen Zukunft schlagen unter dem unbeugsamen Willen des protestantischen Vaters für immer zu.

«Es ist Gottes Wille, daß die Kinder den Eltern gehorchen», fordert der Vater wiederum. Und im Bewußtsein seiner Rechtgläubigkeit veranstaltet er ein schauriges Autodafé mit den Liebesbeweisen des verstoßenen katholischen Schwiegersohnes. Er zerschneidet kreuz und quer sein Bildnis, er verbrennt seine Briefe, er verbiegt den Verlobungsring, so daß der Diamant aus seiner Fassung springt. Sophie schluchzt herzzerbrechend.

«Pack deine Sachen zusammen, Kind», sagt der Vater, erschöpft von seinem Exzeß, «du kannst für eine Zeit nach Biberach zur Grandemère fahren. Dort kann der Herr Vetter Wieland dir mit geistlichem Zuspruch zur Seite stehen.» Daß nicht nur der alte Vetter Wieland in Biberach seiner Tochter zur Seite stehen kann, sondern auch dessen junger Sohn, der angehende Studiosus der Rechtswissenschaft Christoph Martin, das freilich bedachte Herr Dr. Gutermann in Augsburg nicht.

Sie haben beide bereits erfahren, daß die Welt zwiespältig ist und voller Leid und Wirrnis, der junge Herr Vetter und sein Bäsle. Sie ist neunzehn Jahre alt, von wehmütigem Glanz ihre großen, dunklen Augen, pfirsichsamten die Wangen. Lange goldgeschmiedete Gehänge, die in Saphiren enden, schaukeln von kleinen, wohlgeformten Ohren herab. Der schlanke Hals zwar ist sittsam unter schwarzem Samtband verborgen, aber darunter entblößt sich lockend der Ansatz des zarten Busens. Mit graziös-schwebendem Schritt setzt Sophie die kleinen

Füße neben die Wielands. Und er, der siebzehnjährige Vetter? Es läßt sich nicht verheimlichen, er ist nicht nur ein wenig jünger, er ist auch ein wenig kleiner als seine Begleiterin, und er ist alles andere als schön. Aber er versteht die Worte so anmutig-schwebend zu setzen wie Sophie ihre Füße! Und welche Gedanken bewegt er in dem ein wenig zu großen Kopf! In allen Literaturen der Welt ist er beschlagen, in allen Systemen der Philosophie ist er bewandert. Sein Anzug und sein Auftreten verraten das spartanisch-einfache und kleinstädtische Elternhaus, aber seine Rede zeugt von umfassendem Weitblick. Ach, darin erinnert er an Bianconi, darin ist er fast mehr als Bianconi: Eine rebellische, eine kühne Skepsis lebt in allem, was er sagt, ein berauschender Höhenflug.

Auf vielen gemeinsamen Spaziergängen in diesem gesegneten August 1750, in diesem lieblichen Biberach schreiten die beiden nebeneinander hin. Soeben haben sie gemeinsam den Gottesdienst des Vaters und Oheims in der großen kühlen Stadtkirche besucht und eine nüchterne Predigt des nüchternen Pfarrers über den Text «Gott ist die Liebe» über sich ergehen lassen. Nun aber steigen sie erlöst im Sonnenschein hinauf zum Lindele, sie sitzen nieder oben auf der Steinbank unter dem alten Baum; sie schauen umher: Dicht zu ihren Füßen drängen sich eng und wirr die giebligen Dächer Biberachs, überragt vom Kirchturm von Sankt Magdalenen. Weithin schlängelt sich silbern die Riß durch goldreife Felder und sattgrüne Wiesen. Hier und da dreht eine Mühle malerisch ihre Flügel, da und dort duckt sich das bunte Nest eines kleinen Dorfes. In der Ebene nach Norden zu ragt auf freistehendem Hügel breit das Schloß Warthausen auf, und rings am fernen großen Horizont blauen die Berge: dort die Schwäbische Alb, dort die gewaltige Kette der Alpen in ewigem Schnee, dort rosig leuchtend die Gipfel der Mädelegabel und des Hochvogels. «Gott ist die Liebe, und wer in der Liebe bleibt, der bleibt in Gott», wiederholt Wieland enthusiastisch den Text der soeben vernommenen Predigt. Angesichts der Herrlichkeit der vor seinen Augen ausgebreiteten Welt und der Schönheit des Mädchens dicht an seiner Seite offenbaren die Worte ihm einen ganz anderen, einen überschwenglichen, aber dennoch irdischen Sinn: «Liebe ist zugleich das Glück der Geister und der Menschen! Liebe ist das Ziel und der Urgrund aller Wesen! Man braucht nur in der Liebe zu bleiben, so bleibt man in Gott!» Der junge Prediger greift nach der weichen warmen Hand des schönen Mädchens. Er türmt das schwerelose grandiose Weltbild seines siebzehnjährigen Kopfes auf in den blauen unendlichen Himmel, der über ihnen leuchtet.

Bewundernd schaut Sophie den beredten Vetter an. Welche großen, erhabenen Worte! Das Feuer seines Herzens entflammt das ihre. Tränen der Ergriffenheit füllen ihre Augen. «Sie sind ein Dichter», sagt sie hingerissen. «Werden Sie ein Dichter!» Und Wieland sinkt ihr an die Brust. «Für Sie, Sophie, nur für Sie!» flüstert er und besiegelt sein Gelöbnis mit einem scheuen Kuß.

Wie leicht, wie einfach ist auf einmal das Leben! Wieland fühlt sich bestätigt. Zum erstenmal hat er nicht nur ein Buch vor sich, sondern einen lebendigen Menschen, ein Ohr, ein Herz, ach, einen Mund! Und wenn er diese warmen Lippen küßt, dann fühlt er alle Zweifel schwinden, dann meint er den rechten Weg zu wissen zwischen einem Klopstock und einem Voltaire. Er wird nicht wie ein Don Quichote durch die Welt fahren. Er wird die Gegensätze der Welt vereinen. Er wird ein Epos über die wahre Natur der Dinge verfassen, einen zweiten «Messias», und wird der Menschheit den rechten Weg zeigen zu Gott und Tugend und Liebe!

Zunächst zwar entströmen seiner Feder nur Verse, die immer wieder jene weltbewegende Szene unter dem Lindele besingen.

«Wir atmen Himmelslüfte, schweben
Wie Geister ohne Leib einher
In einem Ozean von Wonne . . .»

So singt es und so klingt es in ihm ohne Ende, und es ist ein unsagbares Glück, daß «die Geister ohne Leib» wunderbarerweise dennoch Münder zum Küssen haben.

Nach kurzen seligen Wochen aber muß der knabenhafte Bräutigam, der trotz all seines Talents und all seiner Kenntnisse noch nichts hat und noch nichts ist, endlich ein Brotstudium beginnen, damit «der Ozean der Wonne» nicht austrockne. Im November dieses bedeutungsvollen Jahres 1750 also zieht Wieland nach Tübingen, um sich dort des Studiums der Rechte zu befleißigen.

Anfänglich besucht er auch eifrig die vorgeschriebenen Kollegs; er arbeitet strebsam, er hält sich wie ein Einsiedler, und das einzige Vergnügen, das er sich gönnt, ist, des Nachts endlose Briefe an seine «Doris», seine «Diotima», seine «englische Braut» zu schreiben. Aber als im Februar allenthalben die Säfte steigen, da erfaßt der Frühling selbst den fleißigen, weltabgeschiedenen Studenten Wieland in seiner klösterlichen Studierstube. Ein Furor Poeticus überflutet seinen Kopf und seinen Willen mit übermenschlicher Gewalt, er läßt Kollegs Kollegs sein und Studium Studium. Aus ihm heraus quellen blütengleich Verse über die Natur der Dinge, wie er sie unter dem Lindele vor den schaukelnden Saphirgehängen seiner Sophie verkündet hatte, nun in geschliffenen wohltönenden Versen, in glatten formvollendeten Alexandrinern. Der Dichter Wieland ist erwacht und ergießt sich in unhemmbarem Strom. Februar, März, April, da ist es fertig, sein Erstlingswerk «Die Natur der Dinge» – ein großes philosophisches Gedicht in sechs Büchern. Wie er es seiner Diotima zugeschworen hat, so tut er der bis dahin unaufgeklärten Menschheit kund, wie Gott, Tugend und Liebe untrennbar zusammenhängen. Zwar überschwemmen die gewaltigen Phrasen alle Wirklichkeit und bleiben ohne Bild und Gestalt, aber trotzdem oder vielleicht deswegen klingen sie hinreißend.

«Wer jetzt im Dunkeln tappt, wird dann im Lichtmeer
schwimmen,
Und jeder Mißton rein zum Klang der Sphären stimmen ...
Die ganze Schöpfung wird von ewigem Dank erschallen,
Und, Du Unendlicher, wirst Alles sein in Allem.»

Der junge Dichter fühlt, noch nie hat es in der deutschen Sprache einen solchen Wohllaut gegeben, solchen volltönenden, rein musikalischen Klang. Er darf stolz sein auf sein Werk. Was wird die Welt dazu sagen? Und er beschließt, ein Orakel zu befragen. In Halle sitzt ein Professor der Ästhetik, der Professor Meyer, der wird beurteilen können, ob dieser Erstling Ewigkeitswert hat, und Wieland siegelt mit Herzklopfen sein Manuskript ein und schickt es anonym nach Halle. Gehen die unversicherten Papiere unterwegs verloren, gut, so wird es ein Wink des Schicksals sein; wird Professor Meyer schweigen, so wird die «Natur der Dinge» ihr Urteil erfahren haben. Aber wenn er sich hören lassen würde, wenn er loben würde — es ließe sich nicht ausdenken!

Eines Tages also erhält Professor Meyer ein Paket von einem Ungenannten. Es enthält Poesien. Er liest das Opus; er findet es gut, in der Form sogar sehr gut. Es kommt aus Schwaben? Er kennt dort einen jungen Adligen; vielleicht ist es von diesem? Es kann nie schaden, einen jungen Adligen unter seinen Gönnern zu haben, und so gibt Professor Meyer das Lehrgedicht von der «Natur der Dinge» in Druck. Aber wer ist nun eigentlich der Autor? Es kam aus Tübingen? Ein junger Herr namens Wieland soll der Dichter sein? Man findet in den Listen der Universität wirklich einen Studenten namens Wieland. Er studiert dort Theologie und ist der Sohn eines Schneiders aus

Ulm. Weil er zu ungeschickt war, um ein Wams zuzuschneiden, sein Vater aber Geld hatte, so bezog er die Hohe Schule. Aber der Schneider aus Ulm befleißigte sich durchaus nicht des Studiums. Er randalierte, er zechte, er hatte Liebeshändel, und es war der unerhörteste Spaß seines Lebens, als ihm zu Ohren kam, er solle ein Gedicht verfaßt haben über «Die Natur der Dinge». Welch berechtigter Anlaß, der Natur der Dinge wahrhaft auf den Grund zu gehen und mit den Kumpanen zu saufen, zu grölen und die Spießer zu ärgern!

Der wahre Dichter aber sitzt unterdes einsam und unbeachtet in seiner Stube. Der Frühling, der ihn zum Singen brachte, hat noch längst nicht ausgeblüht. Ein «Lobgesang auf die Liebe» quillt hervor und ein «Anti-Ovid», der den alten Römer mit seiner berüchtigten «Liebeskunst» eines Besseren zu belehren weiß, indem er begeistert auf die Gemeinschaft allein der Seelen verweist. Es folgen «Zwölf moralische Briefe in Versen» und dann «Die Moralischen Erzählungen». Zwar ließ der moralische Seraphiker in der «Natur der Dinge» bereits vorsichtigerweise die Geister in zweierlei Geschlecht umherwallen, und unversehens entringt sich ihm trotz aller Moralität hin und wieder ein ganz natürlicher Seufzer wie etwa: «O Doris, laß uns küssen, weil alles liebt und küßt!» Ja, er äußert wohl auch einmal unverblümt die Sehnsucht, die Braut «mit umfassenden brünstigen Armen» zu umschlingen, aber im ganzen hat Don Quichote doch wohl den beabsichtigten Weg der Mitte bisher verfehlt.

Unterdes nimmt die Welt Kenntnis von Wielands Werken; sie stimmt nicht zu, aber sie horcht doch auf. Das Orakel hat *für* den jungen Dichter gesprochen. Um so deutlicher erkennt dieser, daß ihm ein Lehrer in der Dichtkunst mangelt. Man müßte einen Meister haben wie etwa den berühmten Bodmer in Zürich. Klopstock, der Glückliche, er hatte es gut gehabt, er war, nachdem die ersten drei Gesänge des «Messias» erschienen waren, von dem Lehrherrn der deutschen Poesie nach Zürich eingeladen worden. Inzwischen soll der Gestrenge zwar enttäuscht den jungen Dichter wieder nach Hause geschickt haben. Nun ja, Klopstock brachte einen neuen, leuchtendroten Samtrock mit nach Zürich, und er winkte in diesem verführerisch allen hübschen Mädchen zu. Statt zu dichten, fuhr er Boot auf dem See, trank Wein, lachte, scherzte und küßte. War das christlich oder deutsch?! Ihm, Wieland, würde das nie passieren! Er würde durch und durch seraphisch bleiben, wenn es sich fügen wollte, daß Bodmer ihn einlüde.

Vielleicht könnte man dem Schicksal ein wenig unter die Arme greifen? Bodmer schwärmt für Deutschheit und Christentum. Man könnte also ein sittenstrenges Epos dichten über den großen Germanen Hermann den Cherusker, damit der ersehnte Meister aufmerksam würde. Und wirklich! O Freude! Bodmer in Zürich blickt auf. Er antwortet freundlich auf das zugesandte Fragment von «Hermann dem Cherusker» und forscht nach: Wer ist dieser Wieland? Ach, aber da bringen Kundschafter aus Deutschland Nachricht von den «brünstig umschlingenden Armen» und von den unmißverständlichen Aufforderungen an Doris, zu küssen. Nein, nein, man hat genug Erfahrungen mit diesen seraphischen Jünglingen, man hat an einem Klopstock genug! Aber Wieland ist hartnäckig; er fühlt, daß er ein Dichter werden muß, und so führt er einen neuen Angriff: Bodmer verfaßte ein frommes Epos über den Ahnherrn der Menschheit, über Noah. Es reicht keineswegs an Klopstock, noch weniger an Homer heran – aber für Wieland ist jeder Weg recht, um sich den Großen in Zürich als Lehrmeister zu gewinnen, und so verfertigt er eine lange Abhandlung über die Schönheiten des «Noah». Zwar bemerkte er anfänglich aufrichtig: «Beim ersten Durchlesen fand ich hier und da Zweifel, ja gar Fehler, die aber bei dem zweiten ganz verschwanden. Ja, ich will gestehen, daß ich mich über das fünfte Buch gar geärgert habe.» Aber dann steuert er unbeirrt auf sein Ziel zu und fährt fort: «Erst da ich mit ruhigerem Gemüt das

Ganze in der Verbindung aller Teile übersah, fand ich lauter Richtigkeit, Schönheit und Ordnung!»

Herr Bodmer ist ein ehrenwerter Mann, aber er ist auch ein eitler Autor, und er hört nicht ungern, daß er lauter «Richtigkeit, Schönheit und Ordnung» vollbracht hat. Solch klares Urteil spricht selbstverständlich auch für den Rezensenten. Noch einmal schickt er darum Kundschafter aus; doch wieder scheint ihm Wieland «ein Verlorener wie Klopstock» zu sein. Die vielen kußseligen Oden lassen sich nicht wegleugnen. Immerhin – die Abhandlung über den «Noah» ist ausgezeichnet und «Die Natur der Dinge» nicht schlecht, und so erhält Wieland trotz allem endlich die ersehnte Einladung in die Schweiz. Sein Herz jauchzt, sein Dankbrief vom 8. Juni 1752 sucht noch einmal den sittenstrengen Mann wegen der brünstig umschlingenden Arme zu beschwichtigen. Er versichert ihm, daß er nicht rauche, nicht trinke, nicht in Gesellschaft gehe, und schwört: «Ich werde bemüht sein, die Gegenwart meines Körpers so wenig als möglich merklich zu machen.»

Und so reitet Don Quichote, bereit zu jeglicher Askese, in die Schweiz.

Entschlossen hat Wieland die Juristerei an den Nagel gehängt. Er weiß nun seinen Weg. Man erwartet ihn in Zürich. Warum also zögert er? Woche um Woche verweilt er in Biberach, ach nur, um seine Sophie noch einmal zu sehen! Aber Sophie kommt nicht. Immer neue Gründe halten sie ab. Endlich am 11. Oktober 1752 trifft sie aus Augsburg in Biberach ein. Aber da ist des Bräutigams Reise nach Zürich unumstößlich auf den 15. festgesetzt worden, und so erscheint sie zum Schmerz Wielands sozusagen nur am abfahrenden Wagen, um ihm ihr elegantes spitzenbesetztes Tüchlein zum Abschied nachwehen zu lassen.

Bodmers Haus «im Berg» liegt entzückend, draußen hoch über der Züricher Altstadt. Man hat einen weiten Blick aus den

Fenstern über die malerisch zusammengedrängten Dächer, über den blinkenden See, über Wiesen und Matten, zu den höher und immer höher ansteigenden Bergen. Aber der neue Hausgenosse schaut kaum auf, er sieht strebsam nur in Bücher oder auf Schreibpapier, und wenn er einmal aufblickt, so nur zu der ehrwürdigen, für ihn Gesetz bedeutenden Persönlichkeit Bodmers. Der ist ein gestrenger Diktator, der keinen Widerspruch duldet. Er lebt karg und fromm und ohne Welt. Achtzehn Monate lang macht Wieland, wie er es gelobt hat, «seinen Körper wenig merklich». Er, der Ästhet, tunkt entsagungsvoll nach biblischem Muster zusammen mit dem Hausherrn, dessen halberblindeter Gattin und der wackeren Magd seinen Löffel in die gemeinsame Schüssel. Ihm, dem Witzigen, kommt es keinesfalls in den Sinn, wenn er hier nach dem Wasserglas greift, Gleims komischen Vers «Trink, betrübter Totenblasser» zu zitieren, so sehr es angebracht wäre. Er, der Entflammbare, übersieht es stoisch, daß die Magd ihn mit schwärmerischen Blicken verfolgt und daß ihre drallen Arme wie aus Zufall die seinen berühren. Er merkt nur auf Bodmer. Er sitzt bei der Arbeit mit ihm am gleichen Tisch, er spricht gefügig die gleichen Worte über die gleichen Dinge und wartet geduldig, daß der Meister aus ihm einen Homer mache. Und als eines Nachts die nach Liebe verlangende Magd leise seine Kammertür öffnet und an sein Bett schleicht, da schreit er entsetzt um Hilfe. Er ist kein Klopstock und hat keinen rosenroten Frack mitgebracht; er meint es ernst mit der Kunst.

Trotz allem argwöhnt Bodmer noch immer, daß er seine Gunst an einen Unwürdigen verschwende. Vielleicht waren die Lobpreisungen über den «Noah» nur von berechnender Liebedienerei diktiert und nicht von überzeugter Gesinnung? Er legt dem Schüler ein Werk von sich vor, ohne den Verfasser zu nennen, und ist tief befriedigt, daß Wieland sogleich den wahren Autor erspürt und auch an der anonymen Dichtung die Reinheit, die Deutschheit, die edle Tendenz erkennt und lobt.

Nachdem solchermaßen die Probe bestanden ist, teilt der Meister dem Lehrling die erste Aufgabe zu.

«Versuchen Sie es einmal mit einem Epos über die Opferung Isaaks!» «Die Opferung Isaaks?» Wielands Augen blitzten einen Augenblick in amüsiertem Spott auf: Ist er nicht selber ein Isaak, geopfert auf dem Altar der Kunst? Doch Bodmer versteht keinen Spaß, und fast noch ehe der Gedanke bewußt geworden ist, ist er bereits ehrbar wieder verscheucht.

«Eine Art ‹Ilias› in christlich-deutschem Sinne», erläutert Bodmer das Ziel der Aufgabe genauer, «selbstverständlich in Hexametern.»

«In Hexametern?» Wieland wagt es, Einspruch zu erheben. «Der Wohllaut des Reims tut viel zur Schönheit einer Dichtung.»

«In Hexametern!» fordert Bodmer streng. «Läppische Reime ziemen sich nur für scherzhafte weltliche Sujets.» Er runzelt die Brauen, er erinnert sich plötzlich wieder jener verführerischen Gedichte an Doris.

Gehorsam macht sich Wieland an das geforderte Epos. Es trägt den Titel «Der gepryfte Abraham». Aber wie einst in Klosterbergen ist der junge Poet erstaunt und verzweifelt zugleich, daß er, wenn er sich seiner Muse frei überläßt, immer wieder in ein heiteres, ja keckes Fabulieren gerät, das weder dem «gepryften Abraham» noch dem «geopferten Isaak» wohl ansteht. Voller Scham erkennt er es, und sogleich schickt er sich an, gleichsam zur Buße, fromme «Hymnen an Gott» und «Gebete an den Erlöser» zu dichten. Ja, seine Phantasie schwingt sich reuig von dieser Erde auf und in ein reines Elysium empor, um von dorther in «Briefen der Verstorbenen» der Welt mitzuteilen, wie unangefochten edel menschliche Gesinnung sein kann.

Die ferne Geliebte Doris aber ist indes in Biberach bei der zukünftigen Schwiegermutter geblieben und sieht mit Unverständnis, daß der Bräutigam nur in himmlischen Sphären nach einem Broterwerb sucht. Sie lebt in Biberach trotz der Wielands, wie es ihrem Wesen entspricht, sie besucht Bälle, sie reitet, sie macht geistreiche Konversation mit jungen Männern. Überall tauchen die schaukelnden, saphiergeschmückten Ohrgehänge auf. Aber die Frau Pfarrer Wieland hat andere Vorstellungen von dem Betragen einer Schwiegertochter. Sie soll demütig zu Hause sitzen, sie soll am Kochtopf stehen oder Strümpfe stopfen. Sie stellt mit Entrüstung fest, daß Sophie Gutermann, die so klug über alles zu reden versteht, nicht einmal imstande ist, ein Loch akkurat zuzunähen! Vielleicht ist sie ihrem Sohn nicht einmal treu? Es gibt Szene auf Szene, und eines Tages reist Sophie kurzentschlossen nach Augsburg zurück. Bald taucht dort Georg Michael la Roche in ihrem Gesichtskreis auf – er steht fest im Dasein, er ist Sekretär des Grafen Stadion am Hof des Erzbischofs von Mainz, er vereint Biederkeit mit Weltsinn, er wird sie in Lebensverhältnisse führen, wie sie ihr Bedürfnis sind – er ist der Rechte. Er wirbt um sie, und Wielands Braut sagt «Ja».

Im Dezember des Jahres 1753 erhält der bisherige Bräutigam unvermutet den Abschiedsbrief. Er zieht sich verstört in seine Schlafkammer zurück. Er holt ihr Bild aus seinem Portefeuille hervor und betrachtet das schöne, ein wenig hochmütige Gesicht. Zunächst erfüllt nur Groll und Erbitterung sein Herz. Heftig wirft er die Miniatur zur Erde und schleudert sie mit einem Fußtritt in die Ecke. «Verraten alle Schwüre der Liebe und Treue!» Vor seinem Auge steigt ihre Gestalt auf, wie sie ihm in anmutiger Lässigkeit mit dem Spitzentüchlein nachgewinkt hatte. War damals nicht vielleicht alles schon zu Ende gewesen, und er hatte es nur nicht bemerkt? In den vier vergangenen Jahren waren ja nur jene kurzen Wochen unterm Lindele mehr gewesen als bloße Sehnsucht. «Sie sind ein Dichter! Werden Sie ein Dichter!» so hatte sie gesagt. War er denn ein Dichter geworden? Plötzlich fällt es ihm wie Schuppen von den Augen: Er sieht in aller Deutlichkeit, wie er, sein eigenes Wesen verleugnend, unten im Zimmer neben der erdrückenden

Persönlichkeit Bodmers hockt. Er sitzt am Tisch, den Kopf gesenkt, den Rücken zum Fenster, grau, geduckt und unfrei. Da schlägt er die Hände vors Gesicht und weint lange verzweifelt. Dann geht er langsam zu der Ecke, wo das Bildchen liegt; er hebt es auf, er betrachtet es aufs neue. Es hat einen Riß bekommen. Er streicht mit der Hand darüber und küßt es, zart, wie um Entschuldigung bittend, während seine blatternarbigen Wangen noch feucht sind von Tränen.

Mit Entschlossenheit betreibt er nun die Trennung von Bodmer. Er verfaßt ein pädagogisches Programm, womit er Schüler zu gewinnen denkt, um sein Leben in Unabhängigkeit fristen zu können. Und wirklich, der Amtmann Grebel unten in der Kirchgasse zeigt sich bereit, seinen halbwüchsigen Sohn zusammen mit drei anderen Jünglingen nach Wielandischer Methode lehren und erziehen zu lassen.

Am 25. Juni 1754 – in wenigen Monaten wird er einundzwanzig Jahre alt – zieht Wieland aus dem abgelegenen Haus «im Berg» hinunter in das «Konstanzer Haus» mitten in der Stadt. Ach, sieh da, was gibt es außer Bodmer noch für Menschen auf der Welt! Ärzte, Philosophen, Kaufleute, Dichter – sie leben ein tatkräftiges, heiteres Leben, trotzdem sie sich für die Dinge des Geistes interessieren. Da ist zum Beispiel Salomon Geßner – er schreibt zarte Idyllen, zeichnet zierliche Bilder, und dabei hat er einen Verlag – wie fest steht er im geselligen Dasein und ist doch eine gebildete, schöpferische Persönlichkeit. Man muß, wie es scheint, kein asketischer Einsiedler sein, um zu dichten. Es gibt auch Frauen in Zürich – kluge, scharmante Frauen. Sie brauchen nicht jung zu sein; von denen, die Wieland bevorzugt, ist keine unter vierzig; junge Frauen stiften nur Verwirrung. Aber ältere Frauen sind ja auch Frauen! Beglückend ist die Zuneigung, die sie alle einem Poeten entgegenbringen, der so vertraut ist mit himmlischen Verhältnissen, daß er außer «Hymnen» und «Psalmen» und «Empfindungen eines Christen» sogar «Briefe von Verstorbenen» zu schreiben weiß. Und wenn Wieland morgens seinen Zöglingen schwärmerisch seine philosophischen Erkenntnisse und Ideen vorgetragen hat, so muß er sogleich nach der Lektion mit Madame Grebel, der Mutter seiner Zöglinge, am See promenieren. Von dort eilt er zu Mademoiselle Künzli, die ihm etwas Wichtiges anzuvertrauen hat, dann weiter hinaus zu dem Landsitz der Knonaus, wo die sanfte Elisabeth seinen Rat begehrt, und des Abends wird er in einer Gesellschaft erwartet, wo er aus den «Hymnen» und «Psalmen» vorlesen soll und wo es Frau Grebel-Lochmann danach verlangt, durch die dunklen Gassen Zürichs nach Hause begleitet zu werden. Bald verbindet ihn eine besonders innige «Gemeinschaft der Seelen» mit dieser Frau Grebel-Lochmann. Zu der gleichen Zeit, in der er um Sophie trauerte, beweinte sie den Verlust ihres Gemahls, der zwar sehr viel älter als sie gewesen war und krank und überhaupt kein Ehegatte – aber dennoch, nun sind die hohen Patrizierzimmer einsam, und sie hat Muße, viele Stunden am Fenster dem leer gewordenen Lehnsessel gegenüberzusitzen. Dann blättert sie mit nassen Augen in Wielands «Empfindungen eines Christen» oder in den «Briefen von Verstorbenen» und vergegenwärtigt sich dabei weit mehr die rührend knabenhafte

Gestalt des lebenden Dichters, der sie heute abend wieder nach Hause geleiten wird, als die grämliche, unter Schmerzen und Decken stöhnende des verstorbenen Gemahls. Frau Grebel-Lochmann zählt vierundvierzig Jahre und Wieland zweiundzwanzig, das ist unleugbar ein Mißverhältnis. Aber die Witwe hat Geld und Zeit, sich zu pflegen und zu tun, als sei noch alles ganz jugendlich. Ihre schöne Hand, überrieselt von kostbaren Spitzen, streckt sich dem jungen Dichter warm und verheißungsvoll entgegen. Ach, diese köstlichen intimen nächtlichen Nachhausewege! Er führt sie galant und ritterlich, und sie schreitet schutzbedürftig und mädchenhaft an seiner Seite. Überall ist es dunkel, denn es ist schon spät, und jeden Abend werden die Worte vertrauter, die abschiednehmenden Blicke inniger, und eines Abends wagt es Wieland, mit in den Schatten des soeben aufgeschlossenen Portals zu treten, ihre weiche duftende Hand emporzuheben, einen Kuß daraufzudrücken und leidenschaftlich zu flüstern: «Oh, wäre ich doch zwanzig Jahre älter!» Sie fühlt beglückt den vor ihr geneigten Männerkopf. «Ach», seufzt sie mit bebender Stimme, «Monsieur Wieland, wäre ich doch zwanzig Jahre jünger!»

Und doch sind es nicht nur diese zwanzig Jahre, die eine Verbindung untunlich erscheinen lassen. Vor allem ist es dies: Frau Grebel-Lochmann ist reich, und Wieland ist arm. Der mittellose Hauslehrer, der ein Dichter werden will und sich in der Welt durchzusetzen versucht, gedenkt dies keinesfalls durch eine reiche Heirat zu bewirken. Trotzdem – das Leben scheint plötzlich schön und leicht zu sein! Man muß es nur leichtnehmen!

Doch da kommen unvermutet von außen her zwei dunkle Einbrüche in diese sorglos verflatternden Tage. Man wird ihrer gewahr bis hinein in das biedere, satte, im Wohlstand sichere Zürich, und Wieland schreckt auf. Der Erdball, auf dessen Oberfläche alles anscheinend so selbstverständlich ruht, er reißt unversehens an einer Stelle auf. Ein Schlund öffnet sich,

Flammen schlagen heraus. Nur ein ganz klein wenig, verglichen mit der Größe dieses Planeten, und weit weg von den Bergen der Schweiz, am fernen Rande Europas – in Lissabon. Eine winzige Bewegung machte das Innere der Erde, und eine riesige Stadt mit dreißigtausend Menschen verschwand, und nichts blieb zurück als Trümmer, Tränen und Entsetzen. Der sechsjährige Knabe Goethe in Frankfurt starrt, in seinem Kinderglauben erschüttert, auf die Schreckensberichte hin. Voltaire erhebt in Frankreich seine Stimme, um in bitterem Spott jene anzuklagen, die diese Welt für die beste aller Welten halten. «Wagt es», so ruft der Aufklärer höhnend, «diesen Lissabonern zu sagen: ‹Alles ist gut; die Erben der Toten werden ihre Finanzen verbessern; die Maurer werden beim Neubau der Häuser tüchtig Geld verdienen; die Tiere werden sich die unter den Trümmern begrabenen Leichname gut schmecken lassen; das Übel, das jeden einzelnen von euch betroffen hat, hat nichts zu bedeuten. Ihr tragt dadurch zum allgemeinen Wohle bei.›» Wieland, der sich zunächst in neue Hymnen an «Die Allgegenwart und Gerechtigkeit Gottes» gerettet hatte, verstummt ratlos. Und wie zur Bestätigung der plötzlich erkannten Fragwürdigkeit der Welt und allen Menschentums geschieht noch etwas anderes Erschreckendes. Auf dem preußischen Königsthron sitzt ein Monarch, von dem man etwas erwartet. Er ist ein «Philosoph», der Flöte spielt, Kunst liebt und aufgeklärt denkt, der einen Voltaire schätzt und an seinen Hof zieht – ein «menschlicher», ein «geistreicher» Fürst. Plötzlich aber zeigt er ein anderes Gesicht, er entwickelt wie andere Herrscher auch ehrgeizige dynastische Pläne. Es geht um das Land Schlesien und um die Großmacht Preußens. Er wendet Gewalt an, er läßt Soldaten marschieren, er gibt Befehl zu Angriff und blutigen Schlachten. Mit einem Schlage sind ganze Landstriche in Krieg verwickelt. Viele Tränen fließen, viele Wunden schmerzen, viele Tote werden eingescharrt. Ist der aufgeklärte Philosophenkönig nicht doch nur ein selbstherrlicher Tyrann, oder ist er ein weitschauender nationaler Held? Da ist dem um das Rätsel des Daseins ringenden Dichter plötzlich ein Thema zu einem modernen Epos gegeben, ein Thema mitten aus dem Leben: das Problem des Fürsten, der seinen Worten nach ein Mensch sein will, nichts als ein Mensch, und der plötzlich die Fackel der Aufklärung nach eigenem Gutdünken beiseite legt und beliebig den toleranten Philosophen vom ehrgeizigen Herrscher trennt. Wieland beginnt das Königsepos «Cyrus». Aber die Nachrichten von den furchtbaren Schlachten des Siebenjährigen Krieges lähmen seinen heroischen Aufschwung bald. Der «Cyrus» stockt. Unschlüssig überliest er die pathetisch dahinrollenden Stanzen. Er lacht leise vor sich hin; halb verzweifelt, halb belustigt; halb über die widerspruchsvolle Welt, halb über die eigene Unfähigkeit, den Konflikt zu lösen. Andere vor ihm haben auch schon gelacht — Voltaire und Cervantes zum Beispiel und vor zweitausend Jahren der griechische Spötter Lukian. Ist es eine Waffe, zu lachen? Oder doch Rettung? Aber um befreiend zu lachen, dazu gehört eben Freiheit, innere Freiheit, und die besitzt er nicht. Er müßte hinaus, hinaus aus diesem idyllischen, frommen, schwärmerischen Zürich — endlich hinaus in die Freiheit!

Da ist Bern, die große Stadt. Dort weht ein anderer Wind als in Zürich, dort spricht man französisch, die Sprache Voltaires, das ist Welt! Dort ist er ganz auf sich gestellt. Und er wagt den Sprung, er nimmt eine Hauslehrerstelle an bei dem Hofrat von Simmern. Zwar sind es diesmal nur Kinder, die er erziehen soll, er wird sich bald nach einer anderen Stellung umtun müssen. Zunächst aber steigt am 13. Juni 1759 im Gasthaus zum Falken in Bern ein unscheinbarer junger Mann ab — der bereits berühmte Dichter Wieland. Jeder will diese Zelebrität natürlicherweise begrüßen — besonders die Damen.

Wieland ist bereits gewöhnt, verehrt zu werden, er läßt sich herab, sich präsentieren zu lassen. Aber o weh, was für

Frauenzimmer gibt es in Bern! Zum Beispiel diese Julie Bondeli! «Mademoiselle Bondeli ist es vollkommen gelungen, mich zwei volle Stunden hindurch zu langweilen», so mokiert sich der Ankömmling nach dem ersten Zusammentreffen. «Es ist ein erschreckendes Mädchen! Sie redet zu mir in einem Zuge von Plato, Plinius, Cicero, von Leibniz, von Aristoteles, von rechtwinkligen und gleichschenkligen Dreiecken. Es gibt in der Natur nichts der ungeheuren Geläufigkeit ihrer Zunge Vergleichbares; sie spricht mit einer Schnelligkeit, daß es unmöglich ist, mit den Gedanken zu folgen – sie hat Geist, Kenntnisse, Belesenheit, Philosophie, Geometrie, sphärische Trigonometrie, wenn Sie wollen; aber sie hat auch die Gabe, mir höchlichst zu mißfallen. Es leben die einfältigen unwissenden Weiber!»

Julie Bondeli, sie ist die seltsame Königin der Berner Gesellschaft. Sie ist kränklich und häßlich, aber hochgebildet und von einer alles durchdringenden Denkkraft. Wenn sie sehr krank ist, richtet sie sich an der Lösung mathematischer Aufgaben wieder auf. Aber ständig mit einem Manne zusammen zu leben, dünkt sie unlösbarer als das komplizierteste Rechenexempel.

Nach vier Wochen ist dieses widerspruchsvolle Paar ein Brautpaar.

«Werden Sie mich ewig lieben?» fragt Julie.

«Ewig», versichert Wieland und schaut voller Bewunderung die Freundin an.

«Werden Sie nie eine andere mehr als mich lieben?»

«Nie», versichert Wieland willig.

«Sagen Sie mir die reine Wahrheit. Ich möchte in keiner Illusion leben», fordert Julie nochmals und heftet ihren eindringlichen Blick auf den Bräutigam.

Wielands Augen irren ab und schweifen über das kluge, unschöne Gesicht vor sich: «Nur für Momente», stammelt er, in die Enge getrieben, «nur wenn ich eine noch schönere Person als Sie — in unverdientem Elend — und dabei höchst tugendhaft fände.»

Julie ist zufriedengestellt, und Wieland atmet erleichtert auf. Keiner von beiden ist so überlegen, wenigstens heimlich zu lächeln! Die klaren strengen Augen Juliens aber dringen noch öfter beunruhigend in Wieland ein. Die Braut will selbstverständlich teilhaben an seinem Werk. Aber ach, vor ihrem nüchternen, vernünftigen Urteil hat nichts Bestand von allem, was er schreibt. Die herrlichen Strophen des «Cyrus», die das Wissen um die grauenhafte Wirklichkeit des Krieges nur noch langsam dahinkriechen ließ, versanden endgültig. Die Liebesgeschichte von «Araspes und Panthea» wird durch das eigene Liebeserlebnis keineswegs beflügelt. Die Verse «Theages oder Unterredungen über Schönheit und Liebe» erfahren durch die Gespräche mit Julie keine Förderung. Eine witzige Satire im Sinne Lukians wird auf den Rat der strengen Richterin den Flammen übergeben. Einzig ein Drama entsteht: «Clementine von Poretta», aber es ist merkwürdigerweise ein Loblied auf Entsagung. Es scheint nicht, daß Wieland, der sich aus Zürich losgerissen hatte, in Bern die Freiheit gefunden hat, die ihm nötig war.

Da tut sich ein Ausweg auf: Am 30. April 1760 ernennen die Biberacher den inzwischen so berühmt gewordenen Sohn ihrer Stadt zum Senator und ein wenig später zum Kanzleiverwalter. Julie ist gerade verreist, als diese Nachricht eintrifft. Trotzdem verläßt der nunmehrige Stadtschreiber überstürzt Bern. Ehe die Braut zurückkommen kann, reist er ab. Zwar gehen dann viele lange zärtliche Briefe von Biberach nach Bern. Sie berichten der Geliebten alles, schonungslos alles, auch die Tatsache, daß des Bräutigams Herz aufs neue Feuer gefangen hat. Da ist die Kraft der klaren, klugen, überlegenen Julie erschöpft. Sie wird schwerkrank, und es nützt diesmal nichts, zu rechnen; die Aufgabe, die ihr die Freundschaft mit diesem Wieland gestellt hat, ist zu kompliziert. Die Rechnung will nicht aufgehen.

Wer aber ist die Frau, die das entzündliche Herz des Dichters wieder in Brand gesteckt hat? Cateau, die schöne Cateau, die Gattin des bisherigen Kanzleiverwalters von Biberach, des Herrn von Hillern, die Schwester Sophies.

Cateau ist schön und leichtsinnig, und sie setzt unbedenklich beides ein, um ehrgeizig Politik zu machen in der «großen» Stadt Biberach. Sie hatte dereinst ihre Schwester Sophie bei Wielands besucht, sie war mit Sophie zusammen auf Jagden und auf Bälle gegangen, und dabei hatte der verwitwete Kanzleidirektor, Herr von Hillern, sie kennengelernt und sie heimgeführt. Cateau rechnete anders als Julie. Bei ihrer Eheschließung zum Beispiel hatte sie so gerechnet: Wenn in der Stadtkanzlei der richtige Mann der Nachfolger ihres Gatten würde, so könnte der neue Kanzleidirektor seinen Vorgänger, den Herrn von Hillern, zum Bürgermeister wählen. Sie geht also umher, sie redet, sie lockt, sie gewährt, sie verweigert, und sie bringt es fertig, daß Wieland, ihr inzwischen berühmt gewordener Vetter, zum Nachfolger ihres Mannes bestimmt wurde, gewählt in ein Amt also, das noch gar nicht vakant war, das Wieland erst, indem er Herrn von Hillern zum Bürgermeister wählte, für sich vakant machen sollte. Dabei hatte die zukünftige Frau Bürgermeisterin nicht nur den Zweck im Auge, daß dann das ein wenig langweilige Biberach neues Leben bekäme, sie dachte auch an ihre mannbare Stieftochter, die sie ganz gerne aus dem Hause gehabt hätte. Aber in diesem Punkt waren die Berechnungen der schönen Cateau auch nicht aufgegangen. Wieland kam zwar nach Biberach; er wählte zwar, wie es von ihm erwartet wurde; er machte zwar einen Besuch im Hause Hillers und wurde der Stieftochter vorgestellt; aber nun wählte er nach eigenem Sinn und hatte nur Augen für diejenige, die seine Schwiegermutter hatte werden wollen, für die kokette, elegante, intrigante Cateau!

Immerhin, Wieland hat endlich ein Amt, eine sichere bürgerliche Position. Er hat eine geräumige Dienstwohnung unmittel-

Hoernig d.

bar neben dem Rathaus, und die alte Floriane hält ihm haus. Sie hat ihren jungen Herrn bereits vor achtundzwanzig Jahren auf ihren knochigen Armen getragen – inzwischen ist sie nicht jünger und nicht hübscher geworden. Eine häßliche dicke Warze, auf der drei lange Haare sprießen, ziert ihre Oberlippe – aber eben diese ungewöhnliche Zutat schien dem kleinen Christoph Martin dereinst gefallen zu haben, er streckte die Ärmchen nach ihr aus, sobald sie sich blicken ließ, und das hat Floriane ihm nie vergessen. Sie kann den Herrn Stadtschreiber zwar nicht mehr auf Armen tragen – obwohl sie das ihrer Statur nach wohl immer noch könnte –, dafür trägt sie ihn jetzt auf Händen – sehr zu seinem Behagen. Aber das bleibt zunächst auch Wielands einziges Behagen. Im übrigen wird er schnell gewahr, daß er in jeder Beziehung wieder einmal verkehrte Erwartungen gehegt hat. Er hatte sich Ruhe und Sicherheit erhofft, statt dessen war er mitten in ein bedrohliches Gewebe arglistiger Machenschaften geraten. Er hatte Freiheit und Selbständigkeit angestrebt, statt dessen sah er sich einem starren, mittelalterlichen Gefüge unterworfen. Denn Biberach ist zwar klein, aber es ist eine alte freie Reichsstadt; seine Bürger haben sich zur Zeit der Reformation nach persönlichem Ermessen zum evangelischen oder zum katholischen Glauben bekannt, und so ist die Stadt in zwei Parteien gespalten bis auf den heutigen Tag, und jede Partei wacht eifersüchtig darüber, daß die Spaltung auch für ewig bleibe. Katholische Kinder zum Beispiel dürfen nur von einer katholischen Hebamme ans Licht der Welt gebracht werden und evangelische nur von der weisen Frau, die auch das rechte evangelische Bekenntnis hat. Katholische Missetäter dürfen nur von einem Büttel sistiert werden, der dem alleinseligmachenden Glauben der katholischen Kirche angehört, und kein evangelischer Mörder braucht es sich gefallen zu lassen, daß er von einem Profoß hingerichtet wird, der sich etwa nicht zu der gleichen Kirche bekannt hätte wie er. Nie würde sich ein Katholik in Biberach zur Ruhe begeben, wenn vorerst nur der evangelische Nachtwächter durch die Gassen sein «Hört, ihr Herrn» getutet hätte, nein, er wartet getreulich auf die Stimme seines eigenen Nachtwächters, bis er sich befriedigt die Zipfelmütze über die Ohren zieht. Ja, Hebamme, Pedelle, Nachtwächter und Totengräber – deren bedarf man sowieso mehrere, und so kann man sie eigens für jede Konfession bestallen – aber wie ist es mit den höheren Stellen, in denen schließlich nur eine einzige Person ihres Amtes walten kann? Ganz einfach! Man wechselt ab, man alterniert! So?! Der Kanzleiverwalter Herr von Hillern war doch evangelisch? Und nun Herr Wieland wieder? Die Wohlfahrt der Stadt ist offensichtlich in Gefahr! Die katholische Partei ist durchaus nicht gewillt, widerrechtlich einen evangelischen Stadtschreiber anzuerkennen. Sie erhebt empörten Einspruch. Der Herr Stadtschreiber Wieland bekommt viel zu tun; Akte um Akte muß er anlegen, Seite um Seite muß er schreiben: *für* den Herrn Stadtschreiber Wieland, *gegen* den Herrn Stadtschreiber Wieland, in *eigener* Sache des Herrn Stadtschreibers Wieland. Welch ein Tumult unter dem bunten Staffelgiebel des Rathauses von Biberach. Der Kampf des Rates greift über auf die ganze Stadt, Ehefrauen nehmen Partei; Suppen brennen an; Marktfrauen diskutieren; Handwerker versäumen die Arbeit. Wielands Name ist in aller Munde. Keins seiner Werke hätte das je in diesem Maße bewirkt. Alle Ruhe ist dahin in der sonst so stillen Stadt. Und Cateau lächelt.

Aber selten kommt ein Unglück allein: Gleichzeitig beunruhigt noch ein ähnlich unerhörtes Geschehnis die Biberacher Gemüter. Der evangelische Geistliche von Sankt Magdalenen, Herr Pfarrer Wieland, fühlt sich alt werden, und er hat das verbriefte Recht, sich bereits jetzt seinen späteren Amtsnachfolger zu sichern. Seine Wahl fällt auf den Diakonus Brechter aus Augsburg, einen zwar noch jungen, aber bekenntnisstarken Geistlichen. Es ist selbstverständlich, daß die katholische Partei genauestens untersucht, wer außer ihr unter dem buntbemalten

Gewölbe der Kirche zu Gott betet, sie durchforscht nach allen Seiten das Vorleben des Herrn Brechter, und da entdeckt sie — — — Was? — Was denn? — Vorzeiten, als der Herr Brechter noch ein mittelloser Studiosus der Theologie war, da hat er — oh! —, da hat er bei einer durchziehenden Komödiantentruppe den Hanswurst gespielt! Den leibhaftigen Hanswurst mit Schellenkappe und Pritsche! Wie kann ein Mensch mit einer derart dunklen Vergangenheit in Biberach Pfarrer werden! Er *ist* aber bereits Pfarrer geworden! Er ist schon innerhalb der Mauern der Stadt, am Sonntag wird er seine erste Predigt halten! Der Fall ist fast so schlimm wie der Fall des Stadtschreibers Wieland. Die Predigt muß unbedingt verhindert werden! Die Predigt muß unbedingt gehalten werden! Jeder, auch der Gleichgültigste, ergreift Partei. Jeder ist zu äußerstem Kampfe entschlossen. Am Sonntag, derweil feierlich die Glocken von Sankt Magdalenen die evangelischen Gläubigen zur Andacht rufen, holen der Bürgermeister, der Pfarrer Wieland und der junge Stadtschreiber Wieland in mutiger Entschlossenheit den Pfarrer Brechter von seiner Wohnung ab und geleiten ihn durch die kriegerische Menschenmenge, die die Gassen umsäumt, zum Gotteshaus. Schmährufe ertönen, Knüppel erheben sich drohend, faule Eier fliegen umher. Aber der festen Unerschrockenheit der Wielande gelingt es, den umstrittenen Kandidaten nur wenig versehrt in die Kirche zu bringen.

Herr Pfarrer Brechter ist zwar dieses Haders bald müde geworden und hat Ruhe geschaffen, indem er sich schleunigst wegbeworben hat. Ruhe im Fall Brechter! Keine Ruhe im Falle Wieland!

Auch um seinetwillen waren bei jenem Gang zur Kirche Schmährufe und faule Eier umhergeflogen. Wieland wußte es wohl, und es war ihm nicht angenehm. Die Gegenpartei hatte nun eine Bedingung gestellt: Der ungerechtfertigte Kandidat sollte sich wenigstens als sachlich befähigt ausweisen und nachträglich den juristischen Doktorhut erwerben. Wielands leichtfertiger Mund hatte zwar versprochen, diese billige Forderung zu erfüllen. Aber recht besehen, war sie keineswegs billig. Die zwei Semester Jura lagen schon wer weiß wie lange hinter ihm. Inzwischen hatte er ein Amt zu versorgen, und vor allem mußte er dichten! Ihm ist nicht wohl in seiner Stadtkanzlei. Er seufzt. Immerhin, einige Monate Aufschub sind gewonnen. Da aber bemerkt selbst Herr von Hillern, daß die blinkenden Augen des jungen Stadtschreibers sich gar zu oft lächelnd auf Frau Cateau richten und daß die federgewandten Hände des Poeten gar zu oft den Klopfer an der Hillernschen Haustür rühren, derweilen der Herr Bürgermeister bis tief in die Nacht bei Wein und Bier im Wirtshaus Fühlung mit den Bürgern seiner Stadt nimmt. Jetzt hat Wieland nicht nur die Gegenpartei gegen sich, auch die eigene Partei nimmt plötzlich gegen ihn Stellung. Sie sperrt kurzerhand sein Gehalt — das gute, bequeme, sichere Einkommen des Kanzleiverwalters, es kommt nicht mehr ein! Wieland steht vor dem Nichts! Wie? Er, dessen Name bereits in ganz Deutschland bekannt ist, er wird von den Spießbürgern seiner Heimatstadt solchermaßen in die Enge getrieben? Er wird ihnen beweisen, daß er Jurisprudenz studiert hat und sich auf Rechtspflege versteht! Wie ein erfahrener Advokat macht er sich die Reichsunmittelbarkeit, die die winzige Stadt lächerlicherweise aus dem Mittelalter bis in die Gegenwart geschleppt hat, zunutze und fordert unmittelbar die Entscheidung des Reichsgerichtshofes in Wien an. Eine Gerichtsklage des Ratsschreibers gegen den Rat! Sieh mal an, dieser schmächtige, ganz und gar nicht imponierend wirkende Wieland! Freilich sind inzwischen Dinge geschehen, die es sehr notwendig machen, daß Wieland zu Gelde kommt.

Am 22. November feierte die Kirchgemeinde Biberach wie üblich den Tag der heiligen Cäcilie durch ein Musikfest.

Der Herr Kanzleiverwalter saß unter den Honoratioren vorn auf der ersten Bank, er hörte das Orgelspiel und betrachtete ein wenig gelangweilt die Chorsängerinnen, die in weißen Kleidern vor ihm aufgebaut standen. Da fiel ihm in der vordersten Reihe ein Mädchen auf. Sie war etwas kleiner als die Gefährtinnen und etwas jünger. In natürlichen Locken krauste sich schwarzes Haar um ein liebliches rundes Gesicht. Zierliche Hände hielten, vor Aufregung zitternd, das Notenblatt — glänzende dunkle Augen schauten hingegeben aufmerksam auf den Dirigenten. Nun fiel der Chor ein. Wieland mühte sich vergeblich, die Stimme der hübschen Sängerin aus den andern herauszuhören, doch dann kam ein Solo, und eine kleine, süße, zwar ungeübte, doch reine, biegsame Stimme erhob sich und schwebte, ein wenig zitternd, empor zu dem buntbemalten Gewölbe von Sankt Magdalenen. Das Jüngferchen war die Sängerin; sie mochte eben zwanzig Jahre sein — ein Mädchen aus niederem Stand, nach der Kleidung zu urteilen, aber dem Herrn Stadtschreiber wollte es scheinen, als habe er noch nie etwas so Bezauberndes auf dieser Erde gesehen und gehört. «Gott ist die Liebe», sang sie. Schon einmal hatte er diese Worte unter dem hohen Gewölbe, aber in einer nüchternen strengen Predigt gehört, und sein Kopf hatte damals viele aufsässige Gedanken gedacht. Aber nun dachte er nichts, er fühlte nur — wahrhaftig, Gott ist die Liebe — die Liebe ist Gott! Es war ihm, als wäre die heilige Cäcilie leibhaftig in dem Chor von Biberach erschienen.

Diese Cäcilie hieß Christine Hagel. Bibi nannte sie der Herr Stadtschreiber in überwallender Zärtlichkeit, als es soweit war, und er brauchte viel Geld für Putz und dergleichen.

Aber ehe es soweit war — eben mit diesem süßen Beginn im Herbst 1761 zugleich geschieht noch etwas anderes Unerwartetes, so daß Wieland auch Geld für seinen eigenen Putz braucht, für einen eleganten Frack. Sophie, die verwandte Seele, die ferne Geliebte, die einstige Braut, Doris, Diotima — sie kehrt zurück. Nicht ganz als die Frühere zwar — sie ist jetzt nicht mehr Sophie Gutermann, sie ist jetzt Sophie La Roche. — Das Bildchen, das er auf dem Herzen trug, hat für immer einen Riß;

aber sie kommt wieder in seine Nähe. Vom Lindele aus hatten Wieland und sie auf der welligen schwäbischen Hochebene im Norden den Hügel mit dem Kastell Warthausen aufragen sehen. Es gehört dem Grafen Stadion, dem Kanzler des Kurfürsten von Mainz. Sein Sekretär, sein Vertrauter und — aber das weiß natürlich niemand, das flüstert man sich nur zu — sein natürlicher Sohn ist Georg Michael La Roche, und Sophie ist La Roches Frau.

Der Graf Stadion, jetzt einundsiebzig Jahre alt, ist der Welthändel müde; nicht des Lebens müde — ganz im Gegenteil — er gedenkt sein Leben nun erst recht zu genießen, obwohl man nicht leugnen kann, daß er es bereits ganz herzhaft genossen hat. Das schöne Schloß in einem schönen Park inmitten der schönen Landschaft — verschwiegen und abseitig, doch nicht gar zu sehr —, wird ganz der rechte Ort dazu sein. Die lästigen Fesseln des großen Hoflebens in Mainz werden fallen, die Reize eines kleinen Hoflebens in Warthausen werden sich voll entfalten. Zwei junge Frauen, klug, gebildet und schön, werden haushalten: seine Tochter, die Gräfin Schall, und Sophie La Roche. Man wird einen kleinen Kreis geistvoller, aufgeklärt denkender Menschen um sich scharen, denn ungeachtet seiner Stellung beim mächtigsten Erzbischof Deutschlands ist Graf Stadion ein ausgesprochener Freund Voltaires. An ihn hatte sich der große Vorkämpfer für die Menschlichkeit um Vermittlung gewandt, als er aus allzu menschlichen Gründen sein Sanssouci hatte verlassen müssen.

«Geist, Witz, Esprit sollen herrschen», sagt der Graf, «und Freiheit! Verstehen Sie, ma chère?» Er lehnt sich lässig in dem leichten Lehnsessel zurück. Er schlägt ein Bein über das andere und fährt mit der gepflegten Hand über den hellgrünen Seidendamast des schmalen Polsters auf der Armlehne. Er genießt die kühle Glätte des Stoffs, gleitet hinunter und umfährt mit den Fingern, den Formen nachtastend, das vergoldete, reiche Schnitzwerk des Stuhls. «Eh bien, beweisen Sie sich als

Zauberin und zaubern Sie mir Menschen zur Unterhaltung her.»

Sophie La Roche lächelt, sie spielt ein wenig mit dem diamantenbesetzten Schlangenarmband, das sich um ihr Handgelenk schmiegt, ihre großen, glänzenden Augen schweifen durch das hohe Fenster. Hinter dem kahlen Geäst, das sich dunkel in den grauen Novemberhimmel zeichnet, weiß sie den Kirchturm von Biberach aufragen. «Monsieur le Comte», sagt sie plötzlich entschlossen, «ich wüßte einen – er ist zwar noch jung – aber er ist schon berühmt – und ich denke, er wird noch berühmter werden.»

«Sie machen mich neugierig», antwortet der Graf und sieht amüsiert das verlegene Lächeln auf dem reizvollen Gesicht seines Gegenübers. «Und wer ist diese kommende Zelebrität?»

«Christoph Martin Wieland», sagt Sophie und schlägt die Augen nieder, «ein deutscher Poet, der viel verspricht.»

«Ein deutscher Poet ...», lächelt der Graf. «Gibt es das? Und er verspricht viel? Nicht nur Ehen?»

Helle Röte steigt in Sophiens Wangen auf.

«Madame», sagt der Graf und zieht die Hand mit dem funkelnden Schlangenarmband an die Lippen, «Gott Amor ist der amüsanteste Regisseur des Lebens, ich bekenne mich zu ihm, wir wollen ihn gewähren lassen.»

Hundert Kerzen brennen in dem großen Kronleuchter. Das Licht spiegelt und bricht sich glitzernd in den Prismen und kristallenen Ketten. Es überschwebt den ovalen Tisch im kleinen Eßsaal des Schlosses Warthausen. Wie eine Zauberinsel schwimmt der Raum in Weiß und Gold in dem grauen Meer des Dezemberabends, der dunkel den einsamen Schloßberg umlagert. Leise klingen die geschliffenen Kelche, leise klappern die silbernen Bestecke auf kostbarem Porzellan – der Duft der Speisen mischt sich mit dem des schweren süßen Weins und des Puders, der von schönen nackten Schultern aufsteigt. Lautlos gehen Diener in roter, goldbetreßter Galalivree hin und her, reichen kunstvoll dekorierte Schüsseln zu oder schenken Wein nach. Vom Nebenkabinett tönt gedämpft anmutige Streichmusik herüber, dazwischen Stimmengewirr und Frauenlachen. Wieland, im apfelgrünen neuen Frack, ist wie berauscht von der nie vorher erlebten, festlich beschwingten Atmosphäre um ihn her. Graf Stadion, zwischen seiner Tochter und Sophie, präsidiert. Sein schlanker Körper ist wie eine biegsame stählerne Klinge; überlegen und spöttisch die scharfen Augen, feinnüstrig und leicht gebogen die Nase über dem ausdrucksvollen, im Genuß erfahrenen Mund. Hatte Wieland nicht einmal als Knabe gefragt: Was ist ein Lebemann? Hier scheint er die Antwort zu finden.

Der Graf unterhält sich lebhaft mit einem durchreisenden Pater. «Wissen Sie, was Voltaire dazu gesagt hat?» hört Wieland ihn sagen. «Nur ein Schwärmer oder ein Schelm darf behaupten, man dürfe die Geschichte Jesu nicht im Lichte der Vernunft untersuchen. Womit soll man sie denn untersuchen? Etwa mit der Unvernunft?!» Der Graf lacht sarkastisch.

«Wie, Exzellenz», wendet der Geistliche ein, «glauben Sie, die Vernunft sei der Menschheit ebenso nützlich wie die Religion?»

«Die Philosophie», antwortet der Graf diplomatisch, «erstreckt ihr Reich über die ganze Welt; Ihre Religion dagegen herrscht nur über einen Teil.»

«Sie setzen mich in Verlegenheit», verteidigt sich der Pater, «was verstehen Sie unter Philosophie?»

«Was verstehen Sie unter Religion?»

«Ich würde viel Zeit brauchen, um Ihnen alle Glaubenslehren auseinanderzusetzen.»

«Sie also brauchen dicke Bücher — ich brauche nur vier Worte: Ehre Gott, sei menschlich.»

«Nie hat unsere Religion das Gegenteil gesagt.»

«Aber Ihre Kirche handelt manchmal anders. Als ich vor

zwanzig Jahren dieses Warthausen kaufte, saß eine schöne junge Hexe hier im Turm. Ich ließ sie einem Arzt übergeben – habe nie gehört, daß Unheil daraus erwachsen wäre.»

«Ich bewundere Sie, Monsieur le Comte», sagt Wieland plötzlich und hebt sein Glas. Der Hausherr lächelt. Er wendet sich Wieland zu. «Was treiben Sie jetzt, Herr Wieland – ich meine nicht in Ihrem Amt, sondern in Ihrer Muße, aus der Sie, wie ich mir habe sagen lassen, Ihr eigentliches Amt machen?»

«Ich übersetze Shakespeare», sagt Wieland.

«Was tun Sie?» Der Graf zieht verwundert die Brauen hoch. «Wer kennt denn in Deutschland Shakespeare?»

«Eben», sagt Wieland, «niemand. Und darum will ich ihn übersetzen, für das Biberacher Liebhabertheater.»

«Ich bewundere Sie», sagt der Graf mit leichtem Spott und hebt sein Glas. «Es spricht für Sie, daß Sie nicht nur Klopstock für einen Dichter halten! Und was haben Sie übersetzt?»

«‹The Tempest›, ‹Den Erstaunlichen Schiffbruch›», antwortet Wieland. «Wir haben es vorigen Winter mit großem Applaus aufgeführt.»

«Sieh da! Shakespeare in Biberach! Zum erstenmal in Deutschland und ausgerechnet in Biberach!» spottet der Graf belustigt.

«Unterschätzen Sie Biberach nicht, Herr Graf. Vielleicht werden Sie dort den ‹Hamlet› noch einmal sehen!»

«Den ‹Hamlet›? Das wäre bewundernswert», sagt der Graf. «‹To be or not to be, that's here the question› – und Sie übersetzen es? – Kommen Sie, gehen wir in die Bibliothek hinüber, und lassen Sie uns etwas davon hören! – Darf ich bitten, Mesdames, Messieurs.» Der Schloßherr erhebt sich und reicht seiner Nachbarin den Arm. Er holt aus einem der Regale ein Marocainbändchen herab. «S'il vous plaît, Monsieur Wieland», sagt er und reicht das Buch bereits aufgeschlagen dem Dichter zu.

«Es ist ein Wagnis, diese fremdartige Dichtung ins Deutsche

zu übertragen», beginnt Wieland einigermaßen verlegen. «Sovieles klingt für unsere Ohren seltsam geschwollen. Wenn Shakespeare zum Beispiel sagt:

‹An hour before the worshipp'd sun
Peer'd forth the golden window of the east›,

erschien mir dieser Prunk für unsere moderne Zeit unerträglich. Darum habe ich übersetzt: ‹Eine Stunde, ehe die Sonne aufging› – das klingt, und das will es doch besagen.»

« ‹Peer'd forth the golden window of the east› – ‹drang durch das goldene Fenster des Ostens› . . .», sagt sinnend der Graf, «es klingt pompös!»

«Glauben Sie nicht, daß man es wagen könnte, wörtlich zu übersetzen?» wirft nun Sophie ein.

«Ma Souveraine», verteidigt sich Wieland, «ich bin ein Poet; ich komme mir immer selber dazwischen. Doch oft ist es mir wohl auch fast wörtlich gelungen. Da singt Ophelia zum Beispiel ein altes Lied:

‹Then up he rose, and donn'd his clothes
And dupp'd the chamber door;
Let in the maid, that out a maid
Never departed more.›

Das habe ich folgendermaßen übersetzt:

‹Da stund er auf und zog sich an,
Und ließ sie in sein Haus.
Sie ging als Mädchen ein zu ihm,
Doch nicht als Mädchen aus.› »

«Sehr schön!» nickt Graf Stadion. «Aber Sie bringen die Damen in Verlegenheit, Herr Wieland.»

Sophie lächelt. «Es ist Dichtung», sagt sie.

«Sie verstehen auszuweichen, Madame», meint Graf Stadion amüsiert. «Aber es ist nicht nur Dichtung – es ist Wirklichkeit, sonst würde nie Dichtung daraus. Mich wundert, daß unser junger Freund es wagt, so etwas in deutscher Sprache zu sagen. Die französische ist geeigneter dazu – im Deutschen steht immer gleich eine Tragödie dahinter auf.»

«Und wie hätte ein Franzose es ausgedrückt?» fragt Wieland. «Die deutsche Sprache müßte es eben lernen, Leichtes leicht zu sagen.»

Graf Stadions schmale Augen schweifen zum Kamin, seine Lippen verziehen sich zu einem ironischen Lächeln. «Ich glaube nicht, daß ein Franzose ein Vergnügen, das seinen Reiz im Unausgesprochenen hat, überhaupt in Worte kleiden würde. Er würde es spielen, auf viele Arten spielen. Vielleicht so.» Geschmeidig und leicht hat er sich erhoben und ist auf eine goldene Uhr auf dem Kaminsims zugetreten. Er stellt die Zeiger, stößt das Pendel an, und mit silbrigen Schlägen erklingt ein zartes Menuett. Plötzlich bei einer Pirouette öffnet sich ein Türchen – man sieht in eine zierliche Grotte hinein, wo sich

auf grünsamtenem Rasen in Miniatur aus Elfenbein eine liebliche Venus ausstreckt. Um Schoß und Hüften ist ein durchsichtiger roter Schleier geschlungen. Noch sieht Wieland mit Entzücken die unvermutete Plastik in dem Türchen, da fährt, ein wenig ruckend im Mechanismus, aber im Takt der Melodie, mit gespreizten Flügeln ein Schwan auf die Schöne zu. Er umkreist sie, plötzlich streckt er den Schnabel vor, faßt den Schleier und zieht ihn fort — doch ehe er ganz gefallen ist, hat sich das Türchen wieder geschlossen. Der Graf betrachtet spöttisch das Erstaunen seines Gastes, er summt befriedigt die letzten Takte des Menuetts mit. «Pariser Arbeit», sagt er, «Sie können es auf die Stunde des Stelldicheins einstellen.»

«Scharmant», sagt Wieland pflichtschuldig. Einen Augenblick lang schließt er die Augen, er sieht im Geiste Bibis liebliche Gestalt vor sich. Nein, denkt er, Liebe ist mehr als nur leichtfertiges Spiel. Und doch ist dies unbestreitbar reizvoll. «Wenn es gelänge», sagt er nachdenklich, «die graziöse Form des Französischen zu vereinen mit deutscher Empfindung, wenn es gelänge, die deutsche Sprache schmiegsam, leicht, melodiös zu machen, dann stünde die deutsche Poesie auf einem Gipfel, von dem aus immer neue Gipfel zu erreichen wären.»

«Gewiß», bestätigt Graf Stadion, «wenn es gelänge — aber es wird nicht gelingen!»

Die Stadt Biberach hat viel zu tuscheln über den Herrn Kanzleiverwalter. Nicht nur, daß er ständig nach Schloß Warthausen fährt, nicht nur, daß er sich kühn an den Kaiserhof gewandt hat und einen Prozeß führt gegen den Rat der Stadt — er interessiert sich auch gar zu sehr für Musik! Für Musik? Ja, für Gesang. Er läßt jene kleine Sängerin vom Cäcilienfest oft zu sich kommen und übt mit ihr — so sagt Floriane wenigstens. Die Übungen müssen des Abends stattfinden, weil der Herr Stadtschreiber tagsüber natürlich anderes zu tun hat. Sie dehnen sich auch manchmal sehr lange aus, und damit nun kein Nachtwächter oder irgendein unsolider, spät heimkehrender Bürger versucht, ins Fenster zu spähen, so hat Floriane resolut die Scheiben des Schlafkabinettchens mit undurchsichtigem Papier verklebt.

Bibi ist ein einfaches Mädchen, und sie muß sich oftmals wundern über ihren seltsamen Liebhaber. Da kann es geschehen, daß er in drolliger Leidenschaft vor ihr auf die Knie sinkt und ihr zuflüstert:

«Ich würde Tag und Nacht vor Eurer Türe liegen und so lange hineinrufen, bis mir der Atem ausginge. Ich würde selbst in der Todesstille der Nacht laut vor Eurem Fenster singen, Euren Namen den Hügeln entgegenrufen und die schwatzhafte Gevatterin der Luft an ‹Olivia› sich heiser schreien machen.»

Dann sieht sie verwundert lächelnd auf ihn nieder. «Olivia ist ein komischer Name», sagt sie ein wenig entrüstet. Und Wieland flüstert: «Ja, Bibi ist natürlich viel netter – aber die Worte – sind sie nicht schön? Ich übersetzte sie gerade.» Dann nickt Bibi ernsthaft mit dem Kopf, daß die schwarzen Locken auf und ab wippen. Sie findet den Herrn Stadtschreiber ein wenig wunderlich, aber sie vernimmt aus dem Klang der Stimme, aus dem Blick seiner Augen, was sie vernehmen soll.

Mit der Zeit wird es offensichtlich, daß Floriane alt ist und eigentlich eine Hilfe im Haushalt gebrauchen könnte, und so zieht Bibi im Dezember 1762 ganz in das Haus des Herrn Stadtschreibers. O welch glückselig-heimlicher Winter! Welch überschwenglich-blühender Frühling! Welch heiß-glühender Sommer neben dem Staffelgiebel am Rathaus!

Wieland übersetzt Shakespeare, Wieland schreibt an der unbegreiflichen Geschichte seines eigenen Lebens, am «Agathon», Wieland verfaßt einen Märchenroman über die wundersamen Abenteuer des Ritters «Don Sylvio» nach dem Vorbild des Cervantes und – Wieland liebt. Mit Leib und Seele liebt er.

Und wenn es regnet und die Tropfen an die zugeklebten Fensterscheiben des Kabinettchens schlagen, dann liest er seiner Bibi wohl vor, was er geschrieben hat. Es klingt, als erzähle er ihr Märchen. «Don Sylvio ging mit dem Anbruch des Morgens in den Wald, als er eines wunderschönen Sommervogels ansichtig wurde, der sich nur wenige Schritte vor ihm auf eine Blume setzte. Seine Flügel waren lasurblau, mit einer Einfassung von Purpur verbrämt, die in der Sonne wie Gold glänzte. Don Sylvio glaubte ihn schon erhascht zu haben, aber der schöne Sommervogel schlüpfte unter seinem Strohhute weg. Dann fand er ihn wieder auf einem Rosmarinstrauch sitzend. Er wollte ihn wieder haschen, aber es ging wie das erstemal. Dieses Spiel dauerte so lange, bis Don Sylvio endlich merkte, daß er in eine ihm ganz unbekannte Gegend verirrt war — aber er ließ nicht nach, bis er . . .» Wieland hält lächelnd inne und wendet sich dem Mädchen zu: «Bibi, geliebter süßer Sommervogel!» — «Und dann?» fragt sie später. «Wie geht es weiter?» — «Dann wird ein Prinz geboren, und er wird von einer summenden Biene genährt und von einer meckernden Ziege verflucht, und er bekommt von einem Zauberer als Schutz einen besonderen Namen.» — «Welchen Namen?» — «Ich weiß ihn selber noch nicht, er muß zu Bibi passen — warte, Bibi — Bidi — Biri — Biribinker! So hieß der Prinz!» Und beide lachen.

Aber dann muß Wieland wieder arbeiten. Er übersetzt nach und nach dreiundzwanzig Dramen Shakespeares, er dichtet am «Agathon», er spinnt den «Don Sylvio» weiter, er schreibt ein Versepos «Musarion» — er arbeitet wie ein Besessener — dennoch immer ist das Gehalt des Herrn Stadtschreibers gesperrt, er ist allein auf die Erträge seiner Feder angewiesen, und bald muß er für drei Menschen sorgen, denn Bibi erwartet ein Kind. Wenn es ein Mädchen wird, so soll es Cäcilie Sophie heißen.

Wieland ist voller Freude. Als erstes bittet er die Freundin in Warthausen um Bücher über Kindererziehung, dann verhandelt er mit Christines Eltern wegen der Hochzeit. Aber die strenggläubigen Katholiken wollen von einer Verbindung mit dem Protestanten nichts wissen. Und auch der Pfarrer Wieland widerrät ernstlich einer Eheschließung. Wieland aber ist nicht umsonst ein Mensch der neuen Zeit. Voller Verantwortung für sein Kind und voller Liebe für Bibi versucht er zäh, zu seinem Ziel zu gelangen. Wieland wendet sich an eine höhere Instanz und bittet den Grafen Stadion, ihm eine Heiratserlaubnis des Erzbischofs von Mainz zu verschaffen. Inzwischen aber scheint es notwendig, die werdende Mutter vor dem schlimmsten Klatsch zu schützen und sie zunächst anderswo unterzubringen. Wieder wird Sophie um Rat gefragt, und sie vermittelt bei dem Erziehungsinstitut der Englischen Fräulein in Augsburg eine Unterkunft. Aber Bibi ist eben kein Fräulein mehr, dort kann sie nicht bleiben. Da faßt Wieland den Entschluß, die Geliebte von Augsburg zu entführen und sich mit oder ohne Erlaubnis in Ulm mit ihr trauen zu lassen. Er schickt den treuen Bruder der treuen Floriane als Boten voraus, um das Mädchen von seinem Plan in Kenntnis zu setzen. Aber schon ist es zu spät. Getrieben von der Angst um das Seelenheil der Tochter, hat Bibis Vater sie bereits von Augsburg nach Kloster Rot gebracht, wo ihr Bruder Mönch ist und wo der Abt ein wachsames Auge auf sie haben wird.

Wieland läßt sich nicht abschrecken, er fährt sofort nach Rot und verhandelt mit dem Abt. Dieser erkennt die Rechte des Freiers an und kann nicht umhin, dessen menschliche Gründe zu billigen. Er stimmt unter der üblichen Bedingung, daß die Kinder katholisch erzogen würden, einer Eheschließung zu. Erleichtert kehrt Wieland nach Biberach zurück. Aber die Eltern Hagel verweigern unter dem Einfluß des Biberacher Geistlichen trotz der Entscheidung des Abts aufs hartnäckigste ihre Zustimmung zur Hochzeit mit dem Andersgläubigen. In Verzweiflung macht sich Wieland aufs neue nach Kloster Rot auf. Er kommt dort mitten in der Nacht an. Er beschwört den Bruder Pförtner, dem Abt sogleich seine Ankunft zu melden, da seine Angelegenheit keinerlei Aufschub vertrage. Der hohe Würdenträger, gewohnt, in menschlichen Wirren zur Seite zu stehen, erhebt sich vom Lager und empfängt den Aufgeregten. Die ganze Nacht sprechen die beiden Männer zusammen, der Junge, der Verzweifelte, der idealistische Tor, und der Alte, der Gelassene, der Welterfahrene. Als der Morgen kommt und das kleine scheppernde Glöckchen die Brüder zum Chorgebet ruft, da ist Wieland soweit, die herzlosen Realitäten dieser Welt zu achten und auf Bibi zu verzichten.

Körperlich und seelisch erschöpft, langt er des Abends wieder in Biberach an. Da aber überwältigt ihn das Gefühl, daß nur wenige Gassen von ihm entfernt Bibi seiner harrt, er wirft alle Entschlüsse der Entsagung um und eilt mit letzter Kraft in das Hagelsche Haus. Die Mutter öffnet ihm. Mit unzugänglicher Miene schüttelt sie auf alle leidenschaftlichen Bitten, auf alle vernünftigen Vorstellungen nur abweisend und eigensinnig den Kopf. Ohnmächtiger Zorn und abgründige Verzweiflung toben in Wieland. Nun bleibt nur noch Warthausen! Der Graf hat Einfluß, er denkt aufgeklärt; Sophie, die Seelenvertraute, sie wird Verständnis für ihn haben! Aber im Schloß läßt sich Graf Stadion verleugnen, und Frau von La Roche empfängt ihn im kühlen Salon und stellt ihm mit vielen klugen Worten vor, welche Nachteile die dauernde Verbindung mit einem katholischen, überdies mit einem so einfachen Mädchen für sein Fortkommen haben würde. Wieland schaut auf das diamantbesetzte Schlangenarmband, das die gepflegten Finger hin- und herdrehen. Er schließt einen Augenblick gequält und müde die Augen. Denkt er allein denn menschlich auf dieser Welt?!

Nach Hause zurückgekehrt, sucht er alles Geld zusammen, es ist sein Lebensunterhalt für Monate — das Honorar für die Übersetzung der Oliviaszene und des «let in the maid» —, und schickt Floriane damit zu Frau Hagel. Bibi soll wenigstens fürs erste keine Sorgen haben. Dann betritt er wie betäubt vor Erschöpfung sein Schlafzimmer, um sich zur Ruhe zu legen.

Noch sind die Fensterscheiben — nun ganz sinnlos — verklebt. Auf der Kommode liegt Bibis Spitzenhäubchen. Das Kabinett ist leer und kalt, als wäre es nicht nur seit drei Nächten unbewohnt. Wieland tritt an die Kommode, er hebt die zierliche Haube auf, er schaukelt sie in dumpfem Nachdenken achtlos am Finger hin und her, plötzlich drückt er sie an sein Gesicht und schluchzt fassungslos auf. Bibi trägt sein Kind, und er darf nicht bei ihr sein, darf ihr nicht versichern, daß er bereit ist, für sie einzustehen, kann nicht tun, was das Natürliche, das Rechtliche, das Menschliche ist, weil Standesrücksichten und Konfessionsunterschiede die Welt tyrannisch beherrschen. Alle finden das Unrecht recht! Der Abt, der Graf, Sophie, die Eltern — er steht ganz allein, besiegt von Konvention und starrem Gesetz.

«Gott», stöhnte er, «wie ist so etwas menschenmöglich auf der von dir geschaffenen Welt!» — «Auf der von dir geschaffenen Welt?» — da ist sie wieder, die große Rätselfrage. In Klosterbergen löste er sie in rebellischem Gedankenspiel; angesichts der Katastrophe von Lissabon lernte er schweigen; und jetzt?

Der Wortführer im Kampf um die Denkfreiheit, Voltaire, schweigt nicht. Seit sieben Jahren hat er sich in Ferney unweit Genfs an der Grenze seines Vaterlands, das ihn öffentlich verfemt, niedergelassen und ficht unermüdlich gegen Unduldsamkeit und Unmenschlichkeit, für die Freiheit.

«Ecrasez l'infâme», so unterzeichnet er seine Briefe statt mit seinem Namen. «Zerschmettert ihn, den finsteren ...» Aberglauben meint er, die mittelalterliche Versklavung freien Denkens, möge sie von Thron oder Altar ausgehen.

Als Wieland zu Mittag aus einem todähnlichen Schlaf erwacht, erhebt er sich, kleidet sich mechanisch an, begibt sich hinunter in seine Kanzlei und macht sich an die Arbeiten, die durch seine Reisen und durch all die aufregenden Ereignisse liegengeblieben sind. Er spricht nichts, er geht nicht aus, gedankenlos ißt er ein wenig von den Speisen, die die besorgte Floriane vor ihn hinsetzt. Gleichgültig nimmt er eine Einladung nach Warthausen zur Kenntnis, unbeteiligt liest er einen Bericht aus Wien über den Verlauf seines Prozesses, der sich nun allmählich zu seinen Gunsten zu neigen scheint. Wie ist dies alles nun töricht und sinnlos! Er steht an seinem Schreibtisch, zieht unschlüssig die einzelnen Manuskripte aus den Fächern: «Musarion», «Agathon», «Don Sylvio». Don Sylvio — er blickt vor sich hin, dann setzt er sich nieder und schreibt, wie der blaue Sommervogel dem Don Sylvio abhanden kam, weil er gefangen und an einem Faden angebunden wurde. Der Ritter ging tapfer auf die Nymphe zu und bat sie um Befreiung seines Schmetterlings — da forderte sie ihm ein kostbares Kleinod ab, das er auf der Brust trug. Er opferte es — aber die Nymphe gab den blauen Sommervogel trotzdem nicht frei — und plötzlich war es gar keine Nymphe, sondern eine grobe Bauerndirne, und sie rief handfeste Burschen herbei, und die verbleuten den Don Sylvio jämmerlich.

Der Winter geht hin. Eines Nachts im Frühling 1764 schreckt Wieland aus dem Schlaf auf — was war das? Hatte er recht gehört? Hatte es nicht dreimal an der Hintertür geklopft? Das alte Klopfzeichen aus einer wer weiß wie lange versunkenen Zeit! Er zieht eilig seinen Schlafrock über — aber schon hat Floriane geöffnet. Die Treppe herauf kommt Bibi. Floriane trägt vorsichtig ein Bündel hinter ihr her. Bibi sieht abgerissen und müde aus, sie lächelt verlegen. Sie ist zu Fuß von dem Dorf bei Ulm, wo sie ihre Niederkunft abgewartet hat, gekommen, um das Kind zu den Eltern zu bringen. Sie selbst will sich in der Nähe eine Stellung suchen. Als wäre sie eine Fremde, so sieht sie sich in der einst so vertrauten Stube um. Sie nimmt das Bündel auf den Schoß und schlägt das Tuch zurück: Ein kleines, blasses, altes Gesichtchen kommt zum Vorschein, das sich, plötzlich vom Schein der Lampe getroffen, kläglich zu einem schwachen Weinen verzieht.

Wieland schaut auf das armselige Geschöpf, er schaut auf Bibi. Die schwarzen Locken hängen ungepflegt aus dem Kopftuch, am Mieder fehlt ein Knopf, der Rock ist voller Flecken. Die einst so lieblichen Züge scheinen ihm vergröbert. «Cäcilie Sophie heißt sie», sagt Bibi ein wenig herausfordernd.

«Sie ist nicht sehr gesund?» fragt Wieland.

«Nein, sie gedeiht nicht recht.»

«Brauchst du Geld?» fragt er.

«Ja», sagt Bibi, «deshalb kam ich.»

Wieland geht an den Sekretär, er sucht alles Geld zusammen, was er hat, und legt es auf den Tisch. «Danke», sagt Bibi heiter, «ich wußte, daß ich nicht vergebens kommen würde.»

«Nein, nie», sagt er, «nie wirst du vergebens kommen, wenn du Geld brauchst.»

Er geleitet sie die Treppe hinunter, er trägt ihr das Kind, er öffnet die Hinterpforte und läßt sie hinaus. Dann steht er lange im Schlafkabinett am Fenster – das Papier ist längst wieder losgelöst –, er steht und schaut durch die Scheiben in die dunkle Nacht hinaus.

«Let in the maid, that out a maid
Never departed more –»

«Es ist Wirklichkeit, sonst würde nie Dichtung daraus», hört er sagen. Ein Bild steigt im Geiste vor ihm auf: der Graf Stadion, wie er mit kühlem, sarkastischem Lächeln am Kamin stand und der Spieluhr mit Leda und dem Schwan zuschaute – der Lebemann! War es erstrebenswert, ein Lebemann zu sein? Nein! Mensch sein, das ist mehr, aber das bedeutet Kampf.

Wieder einmal brennen alle Kerzen im Schloß Warthausen und spiegeln ihr Licht funkelnd und glitzernd in Kristallgehängen. Man sitzt nach dem Essen leise plaudernd in der Bibliothek auf den vergoldeten Armsesseln mit dem hellgrünen Damast. Nur Wieland steht noch am Kamin. «Mon cher, aller Ohren warten auf Sie», sagt Graf Stadion auffordernd. Der Dichter verbeugt sich leicht: «Permettez-moi?» fragt er, wendet sich um, zieht die goldene Spieluhr auf und stellt die Zeiger ein. Das Menuett beginnt. Während der Pirouette öffnet sich das Türchen, die Gestalt der schönen Leda erscheint in der Grotte, und während die Melodie zu Ende klimpert, setzt sich Wieland nieder.

«Diana und Endymion», so beginnt er zu lesen. In ihrem Drachenwagen fliegt die herbe Göttin Diana, die aller Liebe abgeschworen hat, über den umbuschten Hügel hin, wo sich der verführerische Jüngling Endymion zum Schlafe ausgestreckt hat.

«Gesteht», so liest Wieland,
«gesteht, daß die Gefahr
Nicht allzu klein für eine Spröde war!
Das Sicherste war hier — die Augen zuzumachen.»

Die Gesellschaft lächelt.

«Sie tat es nicht», fährt der Dichter fort,
«und warf, jedoch nur obenhin
Und blinzelnd, einen Blick auf ihn.
Sie stutzt und hemmt den Flug der schnellen Drachen,
Schaut wieder hin, errötet, bebt zurück
Und suchet mit verschämtem Blick,
Ob sie vielleicht belauschet werde.
Doch da sie ganz allein sich sieht,
Lenkt sie mit ruhigerm Gemüt
Den Silberwagen sanft zur Erde,
Bückt sich, auf ihren Arm gestützt,
Mit halbem Leib heraus und überläßt sich jetzt
Dem Anschaun ganz, womit nach Platons Lehren
sich in der andern Welt die reinen Geister nähren.»

Graf Stadion und seine Gäste blicken amüsiert einander an. Die silbrige Musik der Verse geht fort. Bezwungen beugt sich

Diana nieder, um den schönen Schläfer zu küssen. Er erwacht, er glaubt zu träumen, er erwidert die Küsse. Doch:

«So süß auch Küsse sind, wenn wir Tibulle hören,
So haßt doch die Natur ein ewig Einerlei.
Beim Nektartisch und beim Konzert der Sphären
Sind Götter selbst nicht stets von Langeweile frei.
Zum mindsten sagt's Homer. Wie wird denn, satt vom
Küssen,
Diana sich zu helfen wissen?
Sie tat (so sagt ein Faun, der sie beschlichen hat),
Was Platons Penia im Göttergarten tat.
Was tat denn die? wird hier ein Neuling fragen.
Sie legte – ja doch! nur gemach!
Schlagt euren Plato selber nach –
Es läßt sich nur auf griechisch sagen!»

Die Zuhörer lachen belustigt auf, Graf Stadion klatscht leicht in die Hände! «Pariser Arbeit», sagt er anerkennend.

«Exzellenz irren», antwortet Wieland, «c'est une œuvre de Biberac!»

Graf Stadion nickt: «Ich kann es nicht leugnen, es ist Ihnen gelungen! Es ist Kunst, reine Kunst, der französischen ebenbürtig.» Und Sophie reicht dem Freunde die Hand mit dem Schlangenarmband zum Kuß.

Ein ganzes Bündel solcher galanten Szenen wird gedruckt unter dem Titel «Komische Erzählungen». Vor dreizehn Jahren erschienen Wielands «Moralische Erzählungen». Welche Wandlung! Das Spiel der Titel wäre nicht nötig gewesen; niemand kann die «Komischen Erzählungen» für moralisch halten. Die Welt lächelt – die Welt ist entrüstet – auf jeden Fall liest die Welt; sie, die bisher nur französische Literatur für lesenswert hielt, sie ist ergötzt – erstaunlicherweise – durch einen deutschen Dichter! Das Leichte, das Graziöse, das Scharmante, es ist erreicht. Aber nur ganz wenige erkennen, daß diese frivolen, verwegen deutlichen Verse aus einem Kopf und aus einem Herzen aufgestiegen sind, die Sturm laufen wollten gegen das starre, dumpfe, spießbürgerliche Denken der Zeit.

Der Herr Pfarrer Wieland und seine Gattin jedenfalls sind nicht sehr glücklich über solche Entwicklung ihres Sohnes. Das beste wäre, er heiratete – dann kämen vielleicht Sitte und Anstand in sein Leben und Dichten. Gehorsam schaut der Sohn sich um. Er ist einunddreißig Jahre, es ist üblich, in diesem Alter zu heiraten. Warum soll er also nicht heiraten? Sein Herz wird sowieso nie wieder engagiert werden. Wer denn käme in Betracht? Cateau? Die schöne Cateau? Ja. Herr von Hillern ist inzwischen gestorben, und so zögert Wieland nicht. Er macht seinen Besuch, er macht seinen Antrag – aber er hat nicht bedacht, daß auch die verwitwete Frau Bürgermeisterin immer noch Frau Bürgermeisterin ist. Der klugen Cateau erscheint es inopportun, Frau Stadtschreiberin zu werden, und sie lehnt den Freier kühl und hochmütig ab. Schade! Nun, Wieland wird weitersuchen. Auch Sophie schaut sich um und präsentiert dem einstigen Bräutigam eine Braut: Dorothea von Hillenbrand. Sie kennt das Mädchen von Augsburg her: Es ist nicht besonders hübsch, nicht besonders klug, nicht besonders reich, aber es wird eine liebe, einfache Hausfrau werden und der Seelenfreundschaft Sophiens mit Wieland auf keinen Fall in die Quere kommen.

Sophie ladet Dorothea also ein, sie ladet den Freund dazu, und sie hört mit Befriedigung sein Urteil: «Es ist ein gutes Kind, das nichts Glänzendes hat noch je haben wird, das aber unter den Flügeln meiner Zärtlichkeit und Ihrer Freundschaft häusliche Tugenden entfalten wird – et cela me suffit –, das genügt mir.»

Am 21. Oktober 1765 traut Vater Wieland in Sankt Magdalenen das junge Paar. Die Brautleute wechseln die Ringe – es sind erstaunlich zierliche Ringe, denn Dorothea ist, der schmächtigen, nicht eben großen Statur Wielands angemessen, überaus klein und zart. Zum drittenmal hört Wieland eine Predigt über den Text «Gott ist die Liebe». Mit Gleichmut läßt er alles über sich ergehen. Er schließt diese Ehe aus reiner Vernunft: Die kleine Frau, die er würdigt, Madame Wieland zu werden, wird für ihn sorgen, er wird besser schlafen und länger leben. «Je n'exige point d'esprit — J'en ai tant dans mes livres — Ich verlange keinen Geist — davon habe ich genug in meinen Büchern!»

Sophie scheint richtig gewählt zu haben. Die Ehe hindert den Freund sehr wenig, weiterhin beliebig oft nach Warthausen zu kommen. Sie hindert ihn nicht einmal, im kommenden Sommer mit der einstigen Braut statt mit der Gattin eine Badereise nach Lauchstädt anzutreten. Als die beiden zurückkehren, hat Georg Michael La Roche im Namen des Grafen Stadion dem Biberacher Stadtschreiber eine wichtige Angelegenheit vorzutragen. Nebem dem Hause, das Seine Exzellenz mitten im Ort Biberach besitzt, steht eine Mühle. Das Rauschen des Wehrs, das Knarren der großen Mühlräder, das Gewalke und Geschleife, das Getriebe mit Hott und Hü sind störend, wenn der Graf gelegentlich über Nacht in der Stadt bleibt. Aber er ist beim Rat der Stadt bisher vergeblich darum vorstellig geworden, die Mühle zu verlegen. «Wollen Sie dies baldmöglichst für den Grafen ordnen?» fordert Georg Michael La Roche von oben herab. Wieland stutzt: Wollen Sie dies ordnen? Nein, er will nicht! Ist er etwa der Untergebene des Hofes Warthausen?

«Es wird sich nicht machen lassen», entgegnet er steif, «eine Mühle einer alten Reichsstadt hat ganz bestimmte Rechte — bürgerliche, handwerkliche, gewerbliche Rechte.» Doch ehe er zu Ende geredet hat, ist Herr La Roche aufgefahren: «Sie mißbrauchen die Gastfreundschaft!» braust er auf. Er wird scharf, denn er meint etwas ganz anderes.

Wieland erhebt sich schroff. Warthausen war ihm teuer, gewiß; Warthausen hat ihn französische Form und französische

Leichtigkeit gelehrt; aber nun ist er der berühmteste Dichter Deutschlands. Außerdem ist er ein Bürger der freien Reichsstadt Biberach und der Dynastie Stadion in keiner Weise untertan; zum demütigen Höfling paßt er nicht. Er verbeugt sich und geht.

Die verlorene Retraite in schöner Natur kann man sich selber verschaffen. Wieland mietet sich ein Gartenhäuschen draußen vor den Mauern der Stadt und verbringt nun hier seine freien Stunden. Er liest, er dichtet, er schaut ab und zu auf die liebliche Landschaft hinaus. Es ist recht ein Platz, sich zu besinnen. Und Wieland besinnt sich.

Er hat Bodmers Stube und Stadions Schloß hinter sich gelassen, er hat das Extrem der «Moralischen» wie das der «Komischen Erzählungen» mit Leben und Werk durchlitten, er hat im Erlebnis mit Bibi die Gesinnung der Kirche, des Adels, des Bürgertums fragwürdig, ja unmenschlich gefunden. Es gilt, neue Wege zu suchen, um wahrhaftem Menschentum nahezukommen. Zwischen finsterer Askese und üppiger Ausschweifung muß sich ein Weg der Mitte, des Maßes finden lassen, der den Menschen in Würde der Erde froh werden läßt.

Wieland gestaltet sein Versepos «Musarion». Die kluge, liebreizende Musarion versteht es, die Narren dieser Welt lächelnd von der Torheit des Extrems zu heilen. Sie lockt den Asketen durch ihre warme lebendige Nähe von seiner Unnatur fort und entzieht sich dem plumpen Genießer durch Sitte und Anstand und überläßt die Überführten lachend beschämtem Nachdenken. Ihre Liebe aber gehört demjenigen, der maßvoll und vernünftig gleich ihr das Leben nimmt, wie es nun einmal ist, es heiter genießt —

«und glücklich oder nicht, die Welt
für kein Elysium, für keine Hölle hält».

Wieland schließt mit einem schwungvollen Schnörkel seine Verse über «die reizende Philosophie» ab. Er lacht leise und ein wenig wehmütig auf. Dieser Weg der Mitte führt zwar durch keine Untiefen, aber auch über keine Höhen — und trotzdem ist es nicht leicht, ihn zu gehen. Vielleicht ist es auch nur ein Ausweg? Auf jeden Fall ist es vernünftig, ihn zu beschreiten.

«Sieh, Dorchen», sagt er liebevoll, «Gleichgewicht zwischen Enthusiasmus und Kaltsinnigkeit, das allein verbürgt wahres Glück. Die ‹Komischen Erzählungen› waren noch eine Art französischer Kunst — ‹Musarion› erst ist wirklich ebenbürtig deutsche.»

Und Dorchen sieht bewundernd auf das schöngeschriebene Manuskript des Gatten nieder. «Meine Spätzle sind auch gar», sagt sie mit fröhlichem Stolz, «darf ich zu Tische bitten.»

Aber Schloß Warthausen und Wieland, sie haben beide bald empfunden, wie sehr sie einander entbehren. Zufällig begegnet man sich, nachdem man zwei Jahre lang Krieg geführt hat, man ist sehr höflich und tut, als sei nichts vorgefallen. Eine Einladung wird ausgesprochen — eine Einladung wird angenommen. Die Dinge kommen wieder ins alte Geleis. Nein doch — die Dinge haben sich gewandelt! Die Equipage des Grafen Stadion steht jetzt jedesmal höflich vor der Tür der Amtskanzlei in Biberach, wenn Wieland das Schloß mit seinem Besuch beehren will.

Auch das Verhältnis zu Sophie hat sich gewandelt. Als der Seelenfreund zurückkehrt, da äußert sie mit ihrem alten Esprit und mit einer für sie neuen Enttäuschung: «Er ist wie eine Neuauflage, verbessert — aber noch nicht durchgesehen.» Wahrhaftig, fortan ist er undurchsichtig geworden, und nicht nur für sie.

Der Graf Stadion hat größere Möglichkeiten, Dinge und Menschen zu durchschauen. Er ist alt und nah am Tode. Im Herbst des Jahres 1768 beginnt er zu kränkeln. Er schickt häufiger seine Equipage, um den Dichter zum Vorlesen oder zum Gespräch zu bitten. Der 27. Oktober 1768 ist ein unfreundlicher kalter, nasser Tag. Gespenstisch treten die dunklen Umrisse der Bäume zu beiden Seiten der Schloßallee aus dem milchigen Nebel hervor. Der Blick streift fast in Angst an ihren kahlen Zweigen auf und nieder – Wieland fröstelt. Unten in der Halle begrüßt ihn Sophie, ihre Augen sind vom Weinen gerötet. «Der Graf ist sehr krank», sagt sie, «aber er möchte Sie sehen.»

Nie zuvor hatte Wieland das Schlafkabinett des Grafen betreten. Aus dem eleganten, rokokohaft möblierten Korridor tritt er in ein unvermutet schmuckloses, fast kahles Zimmer. Das Schlafzimmer des einflußreichen, verwöhnten Kanzlers vom Erzbistum Mainz ist eine karge Zelle! An der einen Wand steht ein schmales Bett. Eine schwarze weiche Felldecke mit weißem Hermelinrand ist über den Kranken gebreitet – ein seltsamer Luxus in diesem Raum. Neben dem Bett befindet sich im Fußboden ein Fenster, durch das man hinunterschauen kann in die Kapelle. Der Graf hat die Augen geschlossen, als Wieland eintritt. Das schmale Gesicht ist noch schmaler geworden, die Nase springt scharf hervor; das Antlitz scheint bereits nicht mehr der Welt anzugehören. Er begrüßt den Gast, zwar mit Anstrengung, aber in der alten liebenswürdigen Art. «Haben Sie uns etwas zum Vorlesen mitgebracht?» fragt er. «Und was?»

«Das, woran ich die Tage her wieder gearbeitet habe, Exzellenz, meinen ‹Agathon›», antwortet Wieland.

«Ich werde das Ende nicht mehr abwarten können», sagt der Graf mit einem Anflug seines sarkastischen Lächelns. «Aber Sie könnten es mir ja jetzt schon verraten, damit ich nichts versäume.»

«Ich schildere darin mich selbst», erwidert Wieland, «wie ich in den Umständen Agathons gewesen zu sein mir einbilde.»

«Und warum dann alles in Griechenland und unter griechischem Namen?»

«Ich glaube Exzellenz, daß in Griechenland wahre Humanität einmal gelebt worden ist. Daß ich es in Griechenland spielen lasse, ist schon ein Ziel meines Buchs – und der Name – darf ich Exzellenz daran erinnern, daß Agathon ‹der Gute› heißt?»

«Fühlen Sie sich so sehr als Guter?» fragt der Graf spöttisch.

«Leider nein, Exzellenz, aber es ist wohl schon gut, nach dem Guten zu streben. In den Besitz des Guten zu kommen, wage ich nicht zu hoffen.»

Der Graf nickt nachdenklich vor sich hin. «Gut, gut», sagt er vieldeutig. «Also nicht nur Ihr Leben wollen Sie darlegen, sondern zugleich Ihre Weltanschauung? Erstaunlich! Das ist etwas Neues in der Literatur, etwas völlig Neues!»

«Ich bin glücklich, Exzellenz, wenn Sie es so sehen», antwortet Wieland. «Es war meine Idee, darzustellen, wie ein Mensch entsprechend seinem Alter und seinem besonderen Schicksal durch das Leben geführt wird – und wie er immer mehr sich selber finden lernt – nichts als sich selber.»

Der Kranke antwortet nicht; er schweigt erschöpft still und liegt apathisch und wie ausgelöscht da. «Glauben Sie an Gott?» fragt er plötzlich.

Wieland zögert einen Augenblick; dann sagt er: «Ja, Exzellenz.» Und dann zitiert er einen Satz seines «Agathon»: «Ich brauche nur die Augen zu öffnen, nur mich selbst zu empfinden, um in der ganzen Natur, um in dem Innersten meines eigenen Wesens den Urheber desselben zu erblicken. Ich erkenne sein Dasein nicht bloß durch Vernunftschlüsse, ich fühle es, wie ich fühle, daß eine Sonne ist, wie ich fühle, daß ich selbst bin ...»

«Das klingt einfach! Nun ja, Sie sind noch jung – werden Sie erst einmal alt im Kampf des – wie sie so schön sagen –, des Selbst gegen die alten Bindungen. –»

Wieland schweigt. Dann fährt der Graf fort: «Sie kennen Ihren Platon – er glaubte an die Unsterblichkeit der Seele, nicht wahr?»

«Ja, Exzellenz», antwortet Wieland. Dann herrscht wieder lange Zeit Stille. Doch plötzlich hört er den Kranken flüstern:

« ‹To be or not to be — —› Wie heißt doch die Stelle weiter: ‹The undiscover'd country — —?› »

« ‹From wose borns
No traveller returns› »

ergänzt Wieland.

Das Land, von dessen Grenzen kein Wandrer wiederkehrt? Erschreckt wird ihm bewußt, daß er einen Sterbenden vor sich hat. «Auch Sokrates glaubte an die Unsterblichkeit der Seele», sagt er hilflos. Da schlägt Graf Stadion die Augen auf; er nickt leise und lächelt spöttisch. «Ich danke Ihnen», sagt er ein wenig mühsam. «Es ist in meiner Lage wohl gut, es mit den Alten zu halten.»

Wieland aber steht auf und verbeugt sich tief. Durch das Fensterchen am Fußboden sieht er unten den Hochaltar der Schloßkapelle. Voltaire allein scheint also nicht zu genügen?

Als man nach der Trauerfeier den Kirchhof verläßt, um in die Karossen zu steigen, gesellt sich der Baron Groschlag zu Wieland. «Wie haben Sie sich nun entschlossen?» fragt er. «Wollen Sie die Professur in Erfurt annehmen, die Ihnen mein allergnädigster Herr, der Erzbischof von Mainz, anbietet, oder nicht?»

«Glauben Sie und ihr allergnädigster Herr, daß die Begierde, den Verfasser der ‹Komischen Erzählungen› zu hören, viele Studenten nach Erfurt verlocken wird?»

«Wir glauben es», versetzt Herr von Groschlag lachend. «Sie werden den Ruf erhalten, sobald Sie einwilligen.»

«In diesem Winter keinesfalls», versetzt Wieland. «Ich habe Kavalierspflichten gegenüber einer jungen Dame, der ich bei diesem Wetter keine Umsiedlung zumuten kann.»

Herr von Groschlag blickt fragend auf. «Ihre Frau?»

«Nein», antwortet Wieland, «meine älteste Tochter — sie ist vierzehn Tage alt.»

Es ist in der Tat so: Der Erzbischof von Mainz, Kurfürst Joseph Emmerich, gedenkt, die alte katholische Universität Erfurt wieder zu beleben durch die Berufung freigeistiger Professoren. Die Aufklärung hat überall nun auch in den deutschen Ländern ihren Siegeszug angetreten. Das Leben der Menschheit hat sich verändert, Denken und Fühlen haben sich gewandelt. Das alte Heilige Römische Reich Deutscher Nation ist in Gefahr. Für den Staat möge Wien sorgen — die Kirche ist Sache der hohen katholischen Würdenträger. Es gilt, beizeiten kluge Maßnahmen zu ergreifen. Nur indem man sich der Freigeisterei angleicht und Toleranz übt, kann die unangreifbare Substanz des Dogmas durch die neue Zeit hindurch gerettet werden. Die Berufung Wielands zum Professor primarius der Philosophie und der schönen Wissenschaften an die Universität Erfurt wird also 1769 im Februar perfekt.

Wie?! Dieser Wieland Professor an der ehrwürdigen katholischen Hochschule?! Sein «Don Sylvio» mit der frivolen Geschichte vom Prinzen Biribinker konnte nur anonym erscheinen! Die Zensur in Zürich und Wien hielt es für richtig, die Drucklegung der ersten Bücher seines «Agathon» zu verbieten wegen ihrer «epikurischen Schweinheit». Zwar druckte der kluge Verleger Geßner sie, eines guten Geschäftes gewiß, dennoch; er setzte nur vorsichtigerweise als Verlagsort Frankfurt und Leipzig statt Zürich auf das Titelblatt. Aber auch in Würzburg war eine Kommission durch alle Buchläden gegangen, um außer Voltaires Werken die unzüchtigen Poesien dieses Wieland zu beschlagnahmen. Wieland auf einen Lehrstuhl?! Wieland als Jugenderzieher?! Allerorten bitten Geistliche den Erzbischof von der Kanzel herab im Namen der Gläubigen, diese Berufung wieder rückgängig zu machen. Sie ist eine Gefahr! Ohnedies liest ganz Europa diese Werke, die, als wären sie von einem Franzosen, verführerisch elegant in der Form sind und kühn alle Grenzen, die der Anstand gebietet, überschreiten. Was soll aus Deutschland und seiner Jugend werden, was aus dem Heiligen Römischen Reich Deutscher Nation, wenn dieser

Dichter auch noch offiziell an eine Hochburg der katholischen Erziehung einberufen wird!

Kurfürst Joseph Emmerich von Mainz beantwortet die Schmähungen, die der Senat der Erfurter Universität unverständigerweise gegen seinen klugen Schachzug richtet, mit einem Dekret, in dem er die Haupträdelsführer ihres Amtes enthebt und alle «ruh- und friedgehässige Parteilichkeit» mit harten Strafen bedroht. Aber haben sie im Grunde nicht recht?

An Wieland scheiden sich wahrhaftig die Geister. Es ist verwegen, ihn zu lesen, es ist amüsant, ihn zu lesen, es zeugt von Freiheit und Aufgeklärtheit, ihn zu lesen. Es verrät Rechtgläubigkeit, ihn nicht zu lesen, es spricht für Sittlichkeit, ihn nicht zu lesen, es beweist Gefühl für Tradition und Obrigkeit, ihn nicht zu lesen. Es ist ein Bekenntnis, ihn zu lesen; es ist ein Bekenntnis, ihn nicht zu lesen. Ein Lessing lobt ihn; ein Herder verdammt ihn; ein Klopstock tut mal das eine, mal das andere. In Leipzig aber sitzt am Zeichentisch Adam Oesers ein achtzehnjähriger Student – er ist stutzerhaft gekleidet, in auffallenden, aber leuchtend schönen Farben, mit reichen Spitzen an Hemdärmeln und Jabot – er beugt seinen wohlfrisierten, wohlgepuderten Kopf, statt zu zeichnen, über die Druckbogen, die Oeser soeben vom Buchhändler Reich mitgebracht hat. Er liest, er schmunzelt, er liest weiter, er lacht, seine Wangen röten sich. Voll Begeisterung strahlen seine großen braunen Augen. Es ist jener Knabe, der im Jahre 1749 so mühselig in Frankfurt am Hirschgraben zur Welt kam, und was er liest, ist Wielands Versepos «Musarion oder die Philosophie der Grazien».

Mit lächelndem Entzücken hört er im Geist den silbrigen Wohllaut der geschliffenen Verse, er sieht die plastisch geformten Bilder, er fühlt eine befreite, überlegene Anschauung des Lebens. Dies ist wahrhaft Grazie, der Schwere entfliegende Anmut! Welch «Rosenfarb und Silber!» Der Dichter erkennt den Dichter.

Ein Frachtwagen rumpelt indes, von zwei schweren Gäulen gezogen, langsam zum nördlichen Stadttor Biberachs hinaus. Mit hohen Reifen ist eine Plane über die kostbare Last gespannt. Zwischen den Rädern schwankt die Laterne. Ein Spitz läuft kläffend nebenher. Der Kutscher knallt mit der Peitsche. Er fährt das Umzugsgut des ehemaligen Stadtschreibers Wieland nach dem fernen Erfurt. Außer einigen Möbeln besteht es aus zwei Fässern mit Betten — denn wer weiß, ob man im rauhen Norden gute schwäbische Federbetten haben wird —, zwei Kisten mit Büchern und einer Kiste mit dem Porträt des Grafen Stadion. Wenige Tage später rollt dem Frachtwagen eine Reisekutsche nach. Der ehrwürdige Pfarrer Wieland, auf seinen Stock und den Arm seiner Gattin gestützt, gibt ihr ein kleines Stück des Weges das Geleit. Die alte Floriane steht unter der Haustür der Stadtkanzlei und weint fassungslos in ihre Schürze. Aus allen Fenstern der Stadt winkt und ruft es. Aus dem Wagen aber winkt niemand zurück, denn alle sind ausschließlich damit beschäftigt, das Kind zu beruhigen, das in dem engen Gehäuse des Wagens ohrenzerreißend plärrt. Und als es endlich zur Ruhe gebracht ist und Wieland Zeit und Besinnung genug hat, aus dem Fenster zu schauen, da ist er schon lange aus dem Stadttor heraus, und nichts ist mehr zu sehen als die ferne Silhouette Biberachs mit dem Turm von Sankt Magdalenen.

Es ist ihm leicht ums Herz. Wie oft hat er sich, eingeengt in den Mauern dieser kleinen Kaiserlichen Reichsstadt, weit weg gewünscht. Irgendwo in der Welt müßte sich doch ein Amt finden lassen, wo er sein Auskommen hätte und ihm doch genug Muße für sein dichterisches Schaffen bliebe. In scherzhaft kindischen Träumen, die doch eines bitteren Untertons nicht ermangeln, hat er immer wieder die gleichen und doch so unwahrscheinlichen Auswege erwogen: Könnte ihm nicht die Königin von England am hannoverschen Hof eine Stelle verschaffen? Könnte nicht die Kaiserin von Rußland, die doch so viel für die Kultur tat, ihm eine Pension aussetzen oder der Philosophenkönig in Berlin? Könnte er nicht in Breslau – in Gotha – ach irgendwo Professor an einem Gymnasio sein? Könnte er nicht Kanonikus werden wie der Dichter Gleim in Halberstadt!

«Was ist denn ein Kanonikus?» hat Dorchen gefragt. – «Das weiß ich auch nicht», hat Wieland geantwortet, ungeduldig darüber, daß seine Hirngespinste so festgenagelt werden sollen. «Sicher ein wunderbares, unabhängiges, auskömmliches Amt.» Nun aber scheint so ein Märchenwunsch in Erfüllung zu gehen. Man ist Regierungsrat und Professor an der Akademie in Erfurt! Wieland entsinnt sich, wie geruhsam und unangefochten er damals bei Vetter Baumer in Erfurt gelebt und den «Don Quichote» studiert hatte – fern von allen Händeln der Welt. Nun endlich wird er das Richtige gewählt haben.

«Fünfhundert Reichstaler Gehalt werden wir haben, Dorchen», sagte er triumphierend, «zwei Malter Korn, zwei Malter Gerste und vier Klafter Holz dazu. Wie die Könige werden wir leben!» – «Ja», seufzt Dorchen, «wenn nur die Wohnung einigermaßen ist» – und dämpft mit ihrer Besorgnis etwas die Hochgefühle des Gatten. Der aber setzt entschlossen solche ernüchternden Betrachtungen beiseite und zieht das Blatt der «Erfurter Gelehrten Anzeigen» vom 3. März 1769 hervor. Mit Befriedigung liest er darin die Ankündigung: «Derjenige unserer Teutschen Schriftsteller, mit dem wir am meisten gegen die Ausländer trotzen können, dieses vaste Genie, der Verfasser der Natur der Dinge, des Agathon, der Komischen Erzählungen, des Don Sylvio, der Musarion, des Idris, mit einem Worte, *Herr Wieland* ist von Seiner Churfürstlichen Gnaden zum ersten Professor der Philosophie mit dem Charakter eines Regierungsrates und einem überaus ansehnlichen Gehalte ernannt worden. Diese Akquisition ist so beträchtlich, daß sie allein, wenn auch vorher nichts wäre getan worden, unserer Universität einen Glanz verschafft, in welchem sie gegen ihre Schwestern stolz sein kann.»

Mit gespielter Selbstgefälligkeit lehnt der Herr Regierungsrat seinen Kopf in die Wagenpolster und duselt ein bißchen. Nürnberg, Erlangen, Coburg, Ilmenau, Arnstadt – man hat eine anstrengende, lange Fahrt vor sich. «Wenn es nur das Kind übersteht!»

Endlich – am 1. Juni rollt der Wagen über das holperige Pflaster Erfurts. Einzig das Kind hat die Fahrt leidlich überstanden. Alle andern sind von der Hitze, von dem Staub, von dem Gerumpel, von den vielen Unbequemlichkeiten und Fremdheiten so angestrengt, daß sie im Gasthof «Zum Schlehendorn» erst mal einige Ruhe benötigen, um sich einigermaßen wieder herzustellen.

Dorchens Befürchtungen hinsichtlich der Wohnung waren nur zu berechtigt gewesen; dieselbe ist trotz Wielands genauen Forderungen ganz unzulänglich. Endlich findet man zum Herbst in der Gotthardtstraße ein bequemeres Appartement. Leider aber ist es sehr kostspielig, und die vier Klafter Holz reichen bei weitem nicht dazu aus, um in diesem mörderischen Klima drei Zimmer, eine Kindstube und ein kleines Auditorium für etwa hundert Zuhörer zu heizen.

Aber trotzdem, zunächst läßt sich das Leben in Erfurt gut an. Es ist erstaunlich, in welchem Ausmaß die Tatsache, daß «das vaste Genie», der Dichter des «Agathon», der «Musarion», der «Komischen Erzählungen» in Erfurt Vorlesungen halten werde, lerneifrige Studiosi herbeigezogen hat. Wielands erstes Kolleg wird von dreihundert Zuhörern besucht. Sie trampeln donnernd Beifall, als der schmächtige Mann mit den hellen Augen und dem ausdrucksvollen lebendigen Mund den Hörsaal betritt. Sie lauschen gespannt jedem Wort, und Wieland, beschwingt von der Tatsache, daß eine so große Menschenmenge gekommen ist, ihm zuzuhören, spricht leicht und witzig, als sei er im Gespräch und stünde nicht auf einem Katheder. Stürmischer Beifall dankt ihm zum Schluß. Wieland fühlt sich auf der Woge überschäumender Begeisterung emporgehoben, zum ersten Male wird er seines Ruhmes froh. Der Pendelschlag seines Herzens vergißt alle mühselige Bändigung und schlägt in feurigem Überschwang weit aus.

Ganz ungebräuchlicherweise zieht der neue Lehrer, der eigentlich ein Dichter ist, einige Studiosi nah an sich heran; er ladet sie zu Tisch, er verkehrt freundschaftlich mit ihnen, er hilft ihnen mit Geld. Da ist zum Beispiel Wilhelm Heinse, der hochbegabte Pfarrerssohn aus Langewiesen im Thüringer Wald; er kennt ganze Partien aus den «Komischen Erzählungen» auswendig, er zitiert, wo er geht und steht, «Musarion». Er schriftstellert selber, und seine leidenschaftliche, glühende Sinnlichkeit meint in Wielands Versen die gleiche Geistesrichtung am Werk zu sehen. Ein besonderer Liebling des jungen Professors ist der Medizinstudent Heinrich Schwarz. Des Abends gibt es in der Gotthardtstraße sprühende Debatten über Gott und Welt und Liebe, und Wieland, der sich unbedenklich vom Witz des Augenblicks hinreißen läßt, hat alle Mühe, den feurigen Wirrköpfen, ja sich selber klarzumachen, was er eigentlich mit seinen Werken bezweckt hat.

«Ach, Maß und Mitte!» ruft Heinse übermütig. «Herr Professor, wer so was dichten konnte, wie Musarion durch das absichtlich-unabsichtlich verschobene Busentuch den Pythagoreer von seiner überspannten Askese heilt, der weiß, daß das Glück dieser Welt nichts mit Moral zu tun hat!» Er beginnt, die Verse zu rezitieren:

« ‹Und wie zuletzt die Richtung seiner Blicke
Ihr sichtbar macht, was ihn zerstreut,
Und sie beschäftigt scheint, den Zufall zu verbessern,
Hat sie die Ungeschicklichkeit
(Wofern's nicht Bosheit war), das Übel zu vergrößern.› »

«Sie verkennen über solchen Einzelheiten die Atmosphäre des Ganzen, mein Lieber», verteidigt sich Wieland. «Ich wollte zeigen, daß der gereifte Mensch

‹die Welt
Für kein Elysium, für keine Hölle hält!› »

«Aber gerade die Einzelheiten machen ja die Atmosphäre aus», fällt ihm Schwarz ins Wort. «Zum Teufel mit all der Verlogenheit, mit der die Pfaffen uns weismachen wollen, aller Lebensgenuß sei unmoralisch! Reiten wir wie dereinst der alte Magier Faust endlich ins Freie – wenn's sein muß, auf einem Faß!»

«Recht hast du, Bruder Schwarz», ruft Heinse. Das Gefühl, in gleichgesinntem Kreise ein offenes Wort wagen zu können trotz dem Zwang der Meinungen, den die Partei «der Alten» an der Hochschule ausübt, stachelt ihn zu stürmischer Übertreibung an. «Verbinden wir uns wie Faust mit dem Teufel! Wir wollen glückselig sein und nicht moralisch! Ein Held, der fürs Vaterland streitet und dem Arm und Beine abgeschossen werden, handelt moralisch, aber er ist nicht glückselig – und ein Mädchenschänder, ein Ehebrecher kann glückselig sein, obwohl er nicht moralisch handelt!»

«Meine Herren, mäßigen Sie sich», wirft Wieland, nur noch widerwillig lachend, ein. Diese Abirrung ins Derbe, Grobsinnliche mißfällt ihm. «Ich bin kein Faust.»

Aber Heinse läßt sich nicht zügeln. «Sie sind mein großes Vorbild in der Dichtung», ruft er laut.

«Ich kann Sie nicht daran hindern, zu dichten, wie Sie müssen – aber ich muß es mir verbitten, für solche Ansichten als Vorbild in Anspruch genommen zu werden.»

«Herr Regierungsrat Wieland als Sittenrichter!» lacht Schwarz keck. «Wenn Sie Prior der Kartause in Koblenz wären, Herr Professor . . .»

«. . . und Musarion und die Charitinnen wären darin die Nonnen . . .», fällt Heinse ein.

«. . . so wäre die Welt lustiger», ergänzt Schwarz.

«Das möchte ich ja nun bezweifeln», meint Wieland kühl.

Aber der Spaß macht ihm selber Spaß. Er fühlt sich unter Freunden. Zwar Heinse ist erst dreiundzwanzig, aber Heinrich Schwarz mit seinen dreißig Jahren ist nur um fünf Jahre jünger als er selbst. Wie leicht, wie schön ist das Leben in Erfurt!

Aber Wieland irrt sich wiederum. Er hat geglaubt, der Engstirnigkeit und dem Dünkel der Konfessionen entronnen zu sein, statt dessen ist er vom Regen in die Traufe gekommen. In Erfurt wird der Krieg um das Althergebrachte, um die Herrschaft über die Geister von Intellektuellen geführt, nicht von Spießbürgern; er ist unterirdisch, gefährlich und giftig. Bereits im Januar des Jahres 1770 geht eine anonyme Denunziation beim Akademischen Konzil ein, die den Studiosus Schwarz der Gotteslästerung bezichtigt. Ein Hauptpunkt der Anschuldigung ist der Vorwurf, daß der Angeklagte ausschließlich Kollegia bei Herrn Professor Wieland höre. Schwarz wird sofort in Haft genommen. Er wird endlosen Verhören unterworfen. «Sie sollen unter anderem geäußert haben, Sie wollten Herrn Wieland zum Prior eines Klosters machen. Sie strebten also Säkularisation an?» Das Gespenst der Inquisition erhebt sich drohend gegen den kleinen Kreis der Freigeister. Wieland wird zu einem Gutachten aufgefordert. Über ein Jahr zieht sich die gefährliche Angelegenheit hin, ehe sie endlich als ein allzu spitzfindiges Manöver des Dunkelmännertums niedergeschlagen werden muß.

Aber dem harmlosen Wieland ist es wie Schuppen von den Augen gefallen. Ihn schauert. Kann sich finsteres Mittelalter noch so breitmachen, nachdem ein Voltaire dem Jahrhundert erstanden ist? Erfurt ist ja viel schlimmer als Biberach! Und wieder beginnen die halb ernsthaft, halb scherzhaft gemeinten Stoßseufzer: «Könnte nicht die Stelle eines Kanonikus irgendwo frei werden?» – «Könnte nicht die Zarin ...?» – «Könnte nicht der deutsche Kaiser in Wien ...?» War dieser Kaiser nicht ein aufgeklärter Reformator, und hatte er nicht seinen Staat aus der Bevormundung der Kirche gelöst? – Ja, das mußte das Rechte sein! Man müßte einen Roman, einen aufklärerischen, staatspolitischen Roman schreiben, der die Augen Wiens auf Wieland lenkte! Und er setzt sich nieder, einen solchen zu verfassen. Nur die Freundin Sophie erfährt, daß ihn «das Schriftstellerhandwerk geradezu anekelt», und ist es nicht auch beklagenswert, daß man sein Dichtertum wie ein Händler seine Ware einsetzen muß, um Geld zu verdienen?

Und es ist dringend nötig, daß er mehr Geld verdient. Denn im Mai hat sich zu Sophiechen ein Karolinchen hinzugefunden, und wieder nach zwölf Monaten lag ein Dorchen in der Wiege. Angesichts dieser Tatsachen ist das «überaus ansehnliche Gehalt», recht besehen, durchaus unansehnlich. Zwar hat Wielands fleißige Feder niemals geruht. «Die Dialoge des Dioge-

nes» zum Beispiel waren inzwischen erschienen. Sie verkündigten eine Maxime, die sich aus dem so «überaus ansehnlichen» Gehalt für eine so ansehnliche Familie wohl erklären läßt: Schränke deine Bedürfnisse wie Diogenes freiwillig ein, so bedarfst du nichts und bist glückselig. Der Statthalter des Erzbistums von Mainz in Erfurt sandte als Anerkennung einen Fasan und zwei Flaschen Aßmannshäuser in das Haus in der Gotthardtstraße. Er mochte wohl der Ansicht sein, daß dies genug wäre für die Familie, die sich zu den Grundsätzen des Diogenes bekannte. Aber nun, wie gesagt, weiß Wieland, wie er es anstellen muß, um auf dieser kostspieligen Erde, auf der die materiellen Güter so ungerecht verteilt sind, zu Gelde zu kommen, und er begibt sich an die Ausarbeitung eines «Goldenen Spiegels», den er den Monarchen und Staatsmännern dieser Welt vorzuhalten gedenkt. Ein Spiegel aus Gold muß es sein, damit die Herrschaften, deren Freigebigkeit und Gnade bezweckt werden soll, sich und ihre Regierungsweise in dem schimmernden Metall zwar erkennen, aber nicht gar zu deutlich abgespiegelt finden. Wieland prangert an und nimmt seine Kritik dann doch halb wieder zurück. Er spricht einmal für die Souveränität des Volkes und stimmt ein andermal für das absolute Recht ererbter Obrigkeit. Einerseits ist die Kirche eine berechtigte unumschränkte Macht auf Erden, andererseits ist sie eine korrupte Instanz, die allein durch die Dummheit der Gläubigen besteht. Einmal sitzen blaue, ein andermal feuerfarbene Affen auf dem Altar, vor dem sich die unaufgeklärte Menschheit demütig beugt. Einerseits witziger Sarkasmus, andererseits langatmige Tiraden. Ach ja, dieses Buch wird ein etwas verschwommener Spiegel seiner Zeit und seines Autors. Einerseits ist Wieland der freidenkende Rebell, der voltairische Schriftsteller, andererseits ist er mit seiner großen Familie in wirtschaftlicher Not und schmählich abhängig von seiner vorgesetzten Behörde. Das ist ein tragisches Einerseits-Andererseits, und Wieland wagt es nicht, sich zu entscheiden, sondern bekennt sich zu dem klugen Ausweg einer «goldenen Mitte». Seine eilige Feder jagt übereilig dahin, um diesen Staatsroman zu verfertigen, während jener ein wenig stutzerhafte Student aus Leipzig, nun im groben Wetterrock, das elsässische Waldgebirge durchstreift und die gewaltigen Gestalten eines Prometheus, eines Götz, eines Faust in sich leben fühlt.

Immerhin wird der Zweck, den Wieland angestrebt hat, erfüllt — zwar wieder ganz anders, als er gedacht hatte. Nicht Joseph II., der großmächtige deutsche Kaiser, fühlt sich bewogen, dem Dichter seine Gnade zuzuwenden, sondern ein ganz winziger, eigentlich unvermögender Hof; nicht die ferne Großstadt Wien wird ihn rufen, sondern eine fast dörfliche Miniaturresidenz in nächster Nähe Erfurts — und sie wird nicht regiert von einem Fürsten, sondern von einer Fürstin — von der Herzogin Anna Amalia in Weimar.

Und Sophie, «La Souveraine» — was sagt sie zu all dem? Das Verhältnis der beiden zueinander hat sich endgültig verschoben; fortan ist Wieland der Souverän. Zwar gehen noch Briefe hin und her, aber die seinen werden immer spärlicher, und die ihren sind nur beschäftigt mit ihren eigenen Angelegenheiten. Sophie benötigt den berühmten Freund gerade jetzt aufs allerdringendste: Sie hat nämlich auch einen Roman verfaßt, einen sentimentalen Erguß über das Schicksal eines liebenden Frauengemüts, und sie hat nun den Ehrgeiz, damit eine erfolgreiche Schriftstellerin zu werden. Wenn der berühmte Wieland ihr Werk durchsähe und mit einem Vorwort herausgäbe, so fände es allein um seinetwillen schon sicher eine gute Aufnahme in der Leserwelt. Wieland seinerseits hatte zwar unter dem Lindele nicht gefordert: «Werden Sie eine Dichterin!», aber er findet sich bereit, zu helfen, und Sophiens Erstling «Die Geschichte des Fräuleins von Sternheim» wird ein ganz großer Erfolg. Der Spötter Wieland lächelt insgeheim.

Er selber lebt, seitdem die Reisekutsche mit dem schreienden Sophiechen durch das Stadttor von Biberach hinausgerollt ist, im Strudel der Welt – wenigstens gemessen an seiner Stubenhockernatur. Er ist sogar reiselustig und freizügig geworden, wie man es kaum für möglich halten sollte. Bereits ein Jahr nach dem Einzug in Erfurt wagt er eine neue Reise. Man denke! Er fährt bis nach Leipzig zu seinem neuen Verleger, dem Buchhändler Reich in der Weidmannschen Buchhandlung, denn dieser ist bereit, mit höheren Honoraren den berühmten Autor höher einzuschätzen, als es Salomon Geßner in Zürich getan hat. Es kann nicht schaden, durch persönliche Beziehungen Herrn Reich zu ermuntern, auf diesem Wege fortzufahren. Der Übermut, zu reisen und Menschen aufzusuchen, hat sich aber auch im Jahr 1771 noch nicht gelegt. Als die Bäume ausschlagen, macht sich Wieland wiederum auf und fährt an den Rhein – nach Ehrenbreitstein, zu Sophie. Dort lebt Georg Michael La Roche, seitdem er in den Dienst des Kurfürsten von Trier übergetreten ist. Nach mehr als zwei Jahren Trennung sieht sich das platonische Liebespaar Wieland und Sophie wieder – der berühmteste Dichter Deutschlands und die berühmteste Dichterin. Die ganze gebildete Welt schaut gespannt auf diese Begegnung. Die Linden blühen, die Vögel zwitschern, milde wehen die Lüfte. Ein Reisewagen hält an – Wieland entsteigt ihm. Er hat sich in der Großstadt Frankfurt eigens modische Kleidung für diese Szene machen lassen. Sophie geht ihrem Freunde mit ausgebreiteten Armen entgegen. Er aber, statt ihre Umarmung anzunehmen, ergreift ihre Hände und bückt sich, um sein Gesicht darauf zu verbergen. Sophie neigt sich mit einer himmlischen Miene über ihn und sagt mit vor Erregung bebendem Tone: «Wieland – Wieland – o ja, Sie sind es. Sie sind noch immer mein lieber Wieland!» Wieland, von dieser rührenden Stimme geweckt, richtet sich wieder etwas in die Höhe, blickt in die weinenden Augen seiner Freundin empor, denn immer noch ist sie ja etwas größer als er, und läßt dann sein Gesicht auf ihren Arm zurücksinken. Keiner der Umstehenden kann sich der Tränen enthalten! Ach, und die Umstehenden eilen an ihre Schreibtische, sie werden nicht müde, Berichte über das herzbewegende Schauspiel zu verfassen, und wer sich im gebildeten Deutschland diesen seraphischen Auftritt vergegenwärtigt, der schluchzt tief ergriffen mit.

Wielands aufsehenerregende Reise geht weiter nach Mainz. Dort wollen allein fünfzig Personen den berühmten Dichter sehen. Es ist kein Vergnügen, berühmt zu sein! Er fährt weiter nach Darmstadt. Dort empfängt ihn der Kreis der Empfindsamen, der sich um die Landgräfin von Hessen geschart hat, die «Gemeinschaft der Heiligen». Sie haben sich einen Felsen in einem Hain erwählt, wo sie sich treffen, um gemeinsam zu weinen. Der Kanonikus Gleim kommt von Halberstadt dazu herüber. Unstreitig ist es eine große Freude für den Spötter Wieland, in dem auserwählten Kreise mitzuweinen. Zwar weiß niemand, ob die schönen Seelen bei dieser Gelegenheit nicht vielleicht über die Frivolität der «Komischen Erzählungen» weinten und Wieland darüber, daß er der «großen Landgräfin» in die Hand versprechen mußte, nichts Anstößiges mehr zu schreiben, und die fürstliche Menschenfreundin trotzdem nicht daran dachte, ihn an ihren Darmstädter Hof oder an die Universität Gießen zu berufen. Dennoch war die Reise schön wie ein Traum; und leider ebenso unwirklich in ihren Folgen. Niemand von all den Bewunderern fand sich bereit, den großen Dichter zum sorgenlosen Kanonikus zu machen. Aber warum in die Ferne schweifen? Das Gute liegt ganz nah.

Die Herzogin Anna Amalia hatte bereits im Jahre 1770 den Dichter zu sich nach Weimar einladen lassen. Aber da hatte Wieland in seiner wirtschaftlichen Bedrängnis es für wichtiger gehalten, nach Leipzig zu seinem Verleger zu fahren. Im Winter darauf hatte er die Herzogin kennengelernt, und in einem Anfall von Geselligkeitsbedürfnis fuhr er im März 1772 in der Karnevalszeit eine Woche lang jeden Tag hinüber nach Wei-

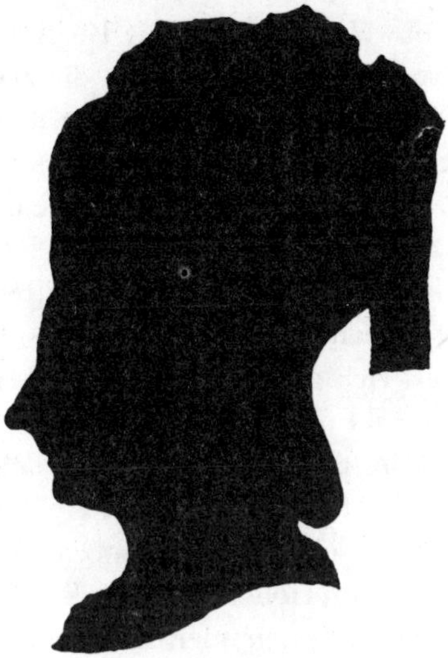

mar. Er las der Herzogin aus dem «Goldenen Spiegel» vor. Sie hörte halb belustigt, halb nachdenklich das Einerseits-Andererseits über Staatsformen, Religionen und soziale Einrichtungen; sie lachte über die Geschichte von den roten und den blauen Affen, und sie übertrug die Rollen des Romans auf ihr Verhältnis zu dem Dichter: Sie selbst war der Sultan und er der Ratgeber Danischmende mit dem goldenen Spiegel. Die verwitwete Regentin hatte für zwei halbwüchsige Söhne die richtigen Erzieher zu finden, insbesondere für den Thronfolger, für den fünfzehnjährigen, ungebärdigen und frühreifen Karl August. Wieland, der geistreiche Mann von Welt, erscheint ihr nicht ungeeignet für ein solches Amt.

Auf einer Karnevalsredoute ergibt sich die Gelegenheit, den Herrn Professor mit solchen Plänen bekannt zu machen. Die Herzogin, in der Maske einer Schäferin, sieht ganz reizend aus; noch ist sie jung, eben erst fünfunddreißig Jahre alt. Sie trägt einen Hut mit bunten Feldblumen auf dem hochtoupierten gepuderten Haar, einen hohen Hirtenstab mit bunten Bändern in der Hand, und obwohl eine schwarze Halbmaske ihr Gesicht halb verdeckt, so weiß doch jeder, wer die zierliche, lebhafte Schäferin ist. Wieland ist bequemerweise als Philosoph Danischmende erschienen. Über Kniehosen und Schnallenschuhen trägt er eine weiße Toga, eine Schriftrolle im Arm. Er führt seine Sultanin zum Kontretanz. Die Musik beginnt, man verneigt sich, man schreitet aufeinander zu und trennt sich wieder, die Hände der tanzenden Paare kreuzen sich. Die Partner wechseln, und als sich die zusammengehörigen wiederfinden und Wieland im Takt der Musik die Herzogin in der Runde führt, sagt sie: «Danischmende, wollen Sie nicht eine Zeitlang als Erzieher zu meinem Sohn kommen?»

Wieland verneigt sich, weil der Tanz es gerade verlangt. «Und was erwarten Ihro Hoheit von mir? Soll ich den Erbprinzen lehren, die feuerfarbenen oder die blauen Affen zu verehren?»

Schon gleiten die Partner wieder auseinander. «Keinen, weiser Danischmende, denke ich», antwortet die Herzogin bei der nächsten Begegnung. «Sie werden ihn in Philosophie unterrichten», und sie sinkt im Kompliment nieder.

«Ein junger Fürst bedarf nicht des philosophischen Unterrichts, er bedarf des Philosophen», entgegnet Wieland, als er die Herzogin auf ihren Platz zurückgeleitet. «Eben — Sie sind beides, Philosoph und Lehrer der Philosophie. Wollen Sie uns Ihre Bedingungen sagen?» Und sie neigt huldvoll den Kopf mit dem Schäferhut.

Ist es ein Fastnachtsscherz? Nein, es ist ein ernsthaftes Angebot. Aber Wieland macht es dem Schicksal gar nicht leicht, ihn nach Weimar zu führen. Er hat seine Erfahrungen mit den anscheinend «ansehnlichen» Gehältern im Dienste fürstlicher Aufgeklärtheit, und so stellt er hohe Forderungen. Er beansprucht tausend Taler Gehalt im Jahr und im Falle seiner Pensionierung für dauernd fünfhundert. Und falls er überhaupt der benötigte Philosoph zu sein sich herbeilassen sollte, dann nicht nur für einige Monate, sondern für drei Jahre; nicht kürzer, aber auch nicht länger, denn er hat keine Neigung dazu, etwa sein Leben in Weimar zu beschließen! Wenn der Hof wirklich all dem zustimmt, wird Wieland besser daran sein als jeder Kanonikus.

Und siehe da, der winzige weimarische Hof bequemt sich zu diesen Bedingungen, ja, er ist noch stolz darauf, sich den berühmten Mann zu gewinnen. Den letzten Ausschlag gab wohl der Erbprinz selber, der von «Musarion» entzückt ist und sich von diesem Lehrer allerlei Amüsantes verspricht.

Wieland ist ein erfahrener Erzieher. Bereits in Zürich bei Grebels goß er seine philosophischen Ideen freigebig über die Köpfe der jungen Herren aus. In Bern freilich war er die ihm anvertrauten kleinen Schüler schon nach drei Wochen leid gewesen. Aber in Erfurt war er sogar zum akademischen Lehrer aufgestiegen. Er hatte sein Auditorium mit dreihundert lernbegierigen Studenten gefüllt — zwar nur zu Anfang — denn nachdem die Neugier, den großen Mann zu sehen und zu hören, gestillt war, blieben die meisten wieder weg. Aber immerhin — im ganzen gesehen, müßte er dazu geeignet sein, einen werdenden Fürsten zu erziehen. Der verschwommene «Goldene Spiegel» zwar wird nicht dazu ausreichen. Aber Philosophie ist ein weites Feld: Geschichtsphilosophie, Staatsphilosophie, Naturphilosophie, Religionsphilosophie, Kunstphilosophie — Wieland macht sich keine Sorgen.

Am 29. September des Jahres 1772 zieht die Familie Wieland in Weimar ein. Voran wieder der Frachtwagen mit den Bücherkisten, dem sorgfältig verpackten Bildnis des Grafen Stadion, dem Hausrat und den Fässern für die Federbetten. — Diesmal genügen zwei Fässer nicht mehr, es sind schon deren vier, und auch die werden bald nicht mehr ausreichen, denn Wieland sieht schon wieder neuen Vaterfreuden entgegen. — Der Wagen fährt durch das Erfurter Tor in die Stadt ein, biegt um nach

Norden, sodann nach Osten, wiederum nach Norden, in die Jakobsgasse, zuletzt nochmals um eine Ecke nach Osten in die Luthergasse. Weimar ist keineswegs weniger winklig als Erfurt; es ist nur viel kleiner. Man hält dann aber vor einem stattlichen Haus. Vor zweihundert Jahren etwa ist bereits Luther hier abgestiegen. Aus den nach hinten gelegenen Zimmern sieht man tief hinab in eine schluchtähnliche Gasse, die die Bürger dazu benutzen, ihre Abfälle loszuwerden. Zwei winzige Zimmer im zweiten Stock dieser Rückseite bezieht bescheiden der Hausherr.

Der erste Besucher, den er hier empfängt, ist der Graf Görtz – mit ihm wird er sich in das Amt der Prinzenerziehung zu teilen haben.

«Das Geheime Consilium bittet Sie durch mich», sagt der Graf, «den Termin zu bestimmen, wann Sie den Treueid auf die Symbolischen Bücher ablegen wollen.»

«Was für symbolische Bücher?» fragt Wieland mißtrauisch.

«Auf den Großen und den Kleinen Katechismus, auf das Apostolische und auf das Augsburgische Glaubensbekenntnis», erklärt der Graf.

Zornesröte steigt in Wielands Wangen auf. «Ich bin nicht hierhergekommen, um mich in die Fesseln des Mittelalters legen zu lassen», ruft er erregt.

«Es ist nur die übliche Formsache», begütigt der Graf.

«Formsache! Ist es nicht endlich Zeit, die Welt sowohl von den blauen wie von den roten Affen zu erlösen? Sagen Sie dem hohen Consilium, ich würde sofort meine Kisten und Koffer wieder packen und die Stadt verlassen.»

«Aber lieber Freund», beschwichtigt der Graf. Seine kleinen tiefliegenden Augen sind unter papierdünnen wimperlosen Lidern halb verborgen. «Ich werde mit dem Consilium reden und denke, daß man dem weisen Danischmende nicht gleich zu Beginn Steine in den Weg legen wird.»

Wieland lächelt, schnell wieder gefaßt. «Verzeihen Sie», sagt er, «aber es gibt nichts, wonach ich so strebe, als in Vernunft frei und unabhängig zu sein.»

Der Graf Görtz empfiehlt sich.

Biberach – Erfurt – Weimar – überall die gleichen Narren und Spießbürger! Sieht er allein nur immer deren Lächerlichkeit? Wieland beugt sich aus dem engen kleinen Fenster hinaus. Es hat angefangen zu regnen, und die Tropfen fallen ihm kühlend auf Haar und Wangen. Er blickt hinab auf die von Unrat und Schmutz starrende Gasse tief da unten. Man müßte einen Roman schreiben über all die Schildbürgerstreiche, die sich die Menschheit leistet. Überall. Schon in Griechenland gab es so ein Schilda, dort hieß es Abdera. «Die Abderiten», so könnte der Titel lauten. Was könnte alles darin angeprangert werden! Cateaus Hauspolitik, die Hanswurstiade Brechter, der eigene Prozeß um die Auszahlung des Gehalts, der Fall des Studiosus Schwarz – unerschöpflich würde der Stoff sein. Wieland sieht nieder auf die Pfützen. Die auffallenden Tropfen bilden erregte Kreise, die, kaum entstanden, von anderen wieder ausgelöscht werden. Um jeden Tropfen ein großer Aufruhr in schmutzigem Wasser, und einer überschneidet den anderen.

«Treueid auf die Symbolischen Bücher!» Wieland schüttelt unwillig den Kopf. Das gäbe auch ein Kapitel für die «Abderiten»: Einmal mietete sich ein Reisender einen Esel. Als der Mittag kam und die Sonne steil vom Himmel herabbrannte, stieg der Mann ab und legte sich in den Schatten des Esels. Der Besitzer des Tiers aber empörte sich: «Nur der Esel ist gemietet – keineswegs dazu der Schatten!» Beide kehrten erregt um und gehen vors Gericht. Es gibt einen endlosen Prozeß. Jeder Bürger bekennt sich zur Partei der Esel oder zur Partei der Schatten. Niemand weiß Rat, niemand schafft Recht! Noch heute wagt es niemand, zu entscheiden, ob im Mietpreis eines Esels dessen Schatten einbegriffen ist. Wieland lacht und blickt auf zu dem mokanten Antlitz des Grafen Stadion, dessen anspruchsvolles Bildnis sich wunderlich in den winzigen Weimarer Stuben ausnimmt. «Er stand auch mitten im Kampf um Esel und Schatten», denkt er, «wie eigentlich hat er sich entschieden?»

Wieland steht im vierzigsten Lebensjahr, und in diesem – so sagt man – werden alle Schwaben schlau. Ordnungsgemäß hat auch er gerade in der letzten Woche, ehe er Erfurt verlassen wird, einen schlauen Einfall, der für das Geistesleben Deutschlands unabsehbare Folgen haben sollte. Er plant, ein Journal herauszugeben – eine deutsche Monatsschrift, ein Gegenstück zu dem berühmten «Mercure de France», aber nicht für die Aristokratie, sondern für das Bürgertum! Man wird darin moderne Dichtwerke zum Abdruck bringen, Neuerscheinungen kritisieren, über politische Ereignisse berichten, interessante Beiträge über alle wissenswerten Dinge der Welt mitteilen. Kurz – mit einem Schlage wird man zwei Fliegen treffen: Man wird breiteste Leserkreise bilden und aufklären in einem Ausmaß, wie es bisher noch nie geschehen ist, und – man wird dem Herausgeber nebenbei eine wunderbare, regelmäßige, zusätzliche Einnahme verschaffen. «Teutscher Merkur», so soll die erste deutsche Zeitschrift heißen. Und schon der Titel wird sie bewußt neben die französische stellen. Aus dem engen Hinterstübchen in der Weimarer Luthergasse schreibt Wieland also als erstes unzählige Briefe an alle Welt und bittet darum, bei diesem Journal mitzuhelfen, Aufsätze dafür zu liefern, die Zeitschrift zu bestellen oder doch Abonnenten dafür zu sammeln. Und siehe, wie fruchtbar Wielands Idee, wie zugkräftig Wielands Name ist! Zweitausend zukünftige Leser melden sich! Daß eine Zeitschrift freilich in komplizierten Arbeitsgängen gedruckt werden und daß ihr Redakteur weitsichtig planen muß und sich nicht nur impulsiv etwas einfallen lassen darf, das bedachte der vierzigjährige Schwabe nicht so genau. In der Hochflut der Korrespondenz übersieht er es leider, daß sich der große Lessing als Mitarbeiter angeboten, daß ein Immanuel Kant in Königsberg keineswegs abgelehnt hatte. Und so gehen

die bedeutendsten Mitarbeiter bereits vor Beginn der Mitarbeit verloren. Aber sonst fehlt es nicht an Manuskripten. Sie türmen sich unübersehbar auf seinem Schreibtisch und verdecken die eigenen. Der «Merkur» scheint auf Jahre hinaus versorgt zu sein. Aber als es nun ernsthaft an den Druck geht, sind unbegreiflicherweise die Manuskripte, die beim flüchtigen Durchfliegen geeignet schienen, gar nicht mehr recht geeignet. Der Herausgeber muß eilig selber zur Feder greifen, um die Seiten zu füllen; oder er muß Aufsätze nehmen, die gänzlich anders sind, als er sie sich gedacht hatte. Dann druckt er sie bedenkenlos nur teilweise ab, oder er korrigiert sie in langen, lehrhaften Fußnoten. Die Verfasser aber sind über solche Eingriffe von seiten des Redakteurs empört, sie setzen sich erzürnt zur Wehr, und bald ist der Schriftleiter des «Teutschen Merkur» in einen entsetzlichen Papierkrieg verwickelt. Als des ersten Bandes erstes Heft wider alles Erwarten dennoch so weit ist, in die Welt geschickt zu werden, da zeigt es sich, daß ja ein Titelkupfer für den Umschlag noch fehlt. Es sollte ein kultiviertes Bild des Götterboten Merkur zeigen — aber in der Eile wird es nun ein hölzerner und dürftiger Gott, und die Leser, die Witz haben, sind sich nicht einig darüber, ob er die Hand ausstreckt, um zu predigen oder um nach einem Beutel Gold für den Herrn Redakteur zu greifen. Gold für den Redakteur? Ach, welch ein Irrtum! Das Geld hat Merkur, der schnellfüßige Gott, nur für den merkantilen Freund Justin Bertuch bereit, den Wieland sich bald zur Hilfe heranziehen mußte, damit die Zeitschrift überhaupt Bestand hatte. Für Wieland blieb nur ein Sack voller Ärger und ein Haufen Arbeit.

Dabei ist er ja nicht nach Weimar gekommen, um eine wenn auch noch so verdienstvolle Zeitschrift herauszugeben, sondern um einen Prinzen zu erziehen. Und so leicht er es sich damit zu machen gedachte, auch dieses Amt kostet seine Zeit. Der junge Erbprinz zwar schließt sich schnell dem neuen Erzieher an und auf. Der bewegliche, witzige, überlegene Geist dieses

Lehrers versteht es, den trockensten Stoff amüsant und schmackhaft zu machen. Wieland richtet den Sinn seines Zöglings aus der Beschränkung in die Weite, er zeigt ihm selbständiges, vorurteilsloses Denken, er lehrt ihn, das Reich der Kunst nicht für müßige Unterhaltung zu halten, sondern für einen Teil des lebendigen Lebens. Anna Amalia aber ist enttäuscht von dem Wirken des von ihr so kühn herbeigerufenen Lehrers. Er entfremdet den jungen Fürsten noch mehr ihrem Herzen, indem er selber nach seiner Liebe strebt und den Halbwüchsigen statt mit dem harten Schwarzbrot der Zurechtweisung mit dem süßen Zuckerwerk des Gefälligen füttert.

«Er ist eben nichts als ein Poet», mit diesem geringschätzigen Wort macht der regierende Hof seiner Enttäuschung Luft.

Wieland aber, der geglaubt hat, sich nun endlich ein müheloses Amt verschafft zu haben, sieht mit Entsetzen, daß er in Weimar für seine tausend Taler viel mehr tun muß, als nur einen Prinzen zu lehren. Der weise Danischmende, er muß sich dazu bequemen, sich in ein Hofleben einzugliedern. Er muß zeremoniell im Vorzimmer warten, er muß an ausgedehnten Hoftafeln teilnehmen, er muß sich an Wagenfahrten und Redouten beteiligen, und immer und alles in Hoftracht. Die modischen Fräcke sind eng und unbequem — die schwere Perücke macht heiß — andererseits zieht es in dem alten Schloß überall durch schlechtschließende Türen und hohe Fenster — und der nervöse, nie ganz gesunde Körper antwortet mit immer neuen Übeln und Krankheiten. Und wofür das alles? Um sinnloser, zeitraubender, kraftverschwendender Etikette zu dienen! Wie hat sich Wieland doch wieder einmal geirrt!

Das einzig Begrüßenswerte an diesem ganzen Weimar ist das Theater. Jeden Dienstag, Mittwoch und Freitag spielt im Schloß im großen Saal die Seylersche Schauspieltruppe mit dem großen Menschendarsteller Ekhof. Dann sitzt Wieland mit blitzenden Augen neben dem Prinzen in der vordersten Reihe, er hat

Perücke, Frack und Zugluft vergessen und wartet, daß der Vorhang aufgeht – dann ist er in seinem Element.

«Eine richtige Oper fehlt uns, mein lieber Wieland», sagt die Herzogin beim geselligen Zusammensein nach einem ziemlich faden Singspiel. «Wir haben zwar Gluck ...»

«... aber den können wir auf unserer kleinen Bühne nicht spielen», ergänzt Wieland, «ich verstehe – außerdem benutzt er nur italienische Texte.»

«Wozu sind Sie ein Poet, Herr Wieland?» unterbricht ihn Anna Amalia ein wenig spitz. «Dichten Sie uns doch die deutsche Oper!»

Wieland ärgert sich. Aber die Idee haftet in ihm. Eine deutsche Oper, die, der italienischen gleich, ein großes Schicksal zum Vorwurf hätte, sie fehlt. Er müßte sie schreiben. Die griechische Sage von der schönen Alkestis – wäre das ein geeigneter Stoff?

Wielands Zimmer ist nicht mehr das im Luthergäßchen – die Familie ist inzwischen in ein Hinterhaus am Markt übergesiedelt. – Alkestis, die edle Griechin – sie nahm freiwillig den Tod auf sich, weil nach dem Spruch der Götter ihr Gemahl nur durch dieses höchste Opfer der Selbstlosigkeit von unheilbarer Krankheit genesen konnte. – Diese Sage wäre wahrhaft ein großes, moralisches, menschliches Thema! Und Wieland macht sich daran, ein Drama «Alceste» zu verfassen. In wenigen Monaten ist es fertig. Anton Schweitzer, der Kapellmeister der weimarischen Truppe, ist bereits dabei, es zu komponieren – am 27. Mai 1773 wird die Erstaufführung sein.

Welch ein Ereignis in Weimar! Aus Jena, aus Apolda, aus Erfurt, aus Gotha kommen die Gäste. Bereits eine Stunde vor Beginn fahren die Equipagen vor, Sänften werden herangetragen, ein ununterbrochener Strom von Menschen geht über die Schloßbrücke. Auf dem Hof stehen Pagen mit Fackeln und flankieren den Weg zum Theatersaal. Der Saal ist überfüllt. Endlich öffnen sich die Flügeltüren: Der Hof tritt ein. Anna

Amalia mit Herrn von Fritsch, der Erbprinz mit Wieland, die Herren und Damen vom Dienst. Sie nehmen Platz. Die ernste Melodie der Ouvertüre erklingt. Der Vorhang rollt auf: Man sieht eine bergige Landschaft mit Zypressen und Oliven — in der Ferne auf einem Hügel ein antikes Rundtempelchen, zur Linken im Vordergrund das hohe Säulendach eines griechischen Heiligtums. Ein Ruf des Entzückens tönt aus der Zuschauermenge. Die feierliche Stimmung vertieft sich. Da tritt Alceste aus dem Tempel hervor und singt ihren ersten Monolog: Verse edelster Sprache in edelem Gesang! Schon naht sich Admet, der unheilbar Leidende, schleppenden Schritts. Unbegreifliches Geschick hängt schwer über dem Paar. Alceste erklärt sich bereit zu dem geforderten Opfertod. Mit der großen Arie «Weine nicht, du Abgott meines Herzens» nimmt sie Abschied von dem Gatten. Die Zuschauer empfinden im tiefsten bewegt den Schmerz dieser Trennung mit. Viele Augen füllen sich mit Tränen. Eine allgemeine Bewegung der Rührung geht durch das Publikum. Doch die Götter, bezwungen von Alcestens selbstloser Liebe, mildern ihren harten Schicksalsspruch. Herkules wird ausersehen, die Heldin aus dem Hades wieder zur Erde emporzugeleiten und zurückzuführen in die Arme des wieder genesenen Gatten.

Der Vorhang senkt sich endgültig über der Szene. Schweigend verharren die Zuschauer. Erst nach einer Pause tiefer Ergriffenheit erhebt sich jubelnder Beifall. Zum erstenmal erlebten deutsche Menschen ein antikes Schicksal mit, als wäre es ein unmittelbarer Anruf an die eigene Menschlichkeit. Zum ersten Male klang im Bereich des deutschen Theaters in Wort, Musik und Szenerie gleicherweise die reine Höhe wahrer Kunst auf. Wahrlich, hier war etwas ganz Neues — hier war eine deutsche Oper!

Überall spricht man von nichts als von Alceste und Wieland und Weimar. «Passen Sie auf», sagt Wieland zu dem bewundernden und staunenden Berliner Kritiker Nicolai, der zufällig an-

wesend war, «passen Sie auf, in sechs Jahren wird Weimar ein Hof sein, der verdienen soll, daß man von den Enden der Welt kommt, ihn zu sehen!» Wieland hat prophetisch gesprochen – nur in einem Punkt hat er sich wieder geirrt: Nicht er wird es sein, der dieses bewirkt. Er ist nur der Herold.

Zunächst einmal aber beschreibt Wieland in gerechtem Stolz auf seinen Erfolg und unter dem steten Druck, die Nummern des «Teutschen Merkur» zu füllen, mit gewandter Feder das epochemachende Ereignis in breit ausgesponnenen «Briefen über Alceste».

Der «Teutsche Merkur» wird auch in Frankfurt gelesen. Zu Anfang des Jahres hatte dort der junge Goethe in wenigen Wochen sein kraftgenialisches Schauspiel «Götz von Berlichingen» niedergeschrieben. Er ist fortgerissen von Sturm und Drang, von ekstatischem Gefühl und heroischer Größe. Was hat da dieser Wieland für ein sanftes Machwerk verfertigt? Hat er recht gelesen? Diese gefühlsselige Alceste eine mythische Griechin? Dieser galante Beschützer sentimentalen Familienglücks ein Herkules, der Titan, der mit der Keule und dem Löwenfell auf den Schultern das Urbild unverwüstlicher Kraft ist?! Und überschäumend in Witz und Entrüstung schreibt Goethe sich selber zum Spaß eine Satire nieder. «Götter, Helden und Wieland!» ruft er und lacht laut. Wenn Wieland, dieser sanfte Prediger einer edlen Menschlichkeit, wirklich in der Unterwelt den Gestalten der antiken Alceste, des Admet, des Herkules begegnete, wie würde er sich wundern! Und Goethe malt es dramatisch aus, wie der zierliche Dichter beim unvermuteten Anblick des Giganten mit der Keule tödlich erschrickt und verlegen stammelt: «Ich habe nichts mit Euch zu schaffen, Koloß! Ich vermutete einen stattlichen Mann mittlerer Größe!»

Die jungen Genies wollen sich ausschütten vor Lachen. Das lohende Feuer ihrer Gefühle, das sich wild und verzehrend gegen alles Einengende und Herkömmliche wirft, hat keinerlei Verständnis für diesen «Hofpoeten». Wie sollten sie in ihrem genialischen Ungestüm auch erkennen können, daß Wieland jetzt mit maßvoller Menschlichkeit den gleichen Kampf des freien Geistes führt wie sie selber!

Halb wider Goethes Willen wird die Satire gedruckt, und ein schallendes Gelächter erfüllt die Welt. Wieder tönt es aus aller Munde: «Alceste und Wieland!» – aber diesmal nicht in Bewunderung, sondern in unbesonnenem, übermütigem Spott.

Es kann nicht ausbleiben, daß die Kunde davon auch in das Hinterstübchen am Markt dringt. Wieland vergräbt den Kopf in den Händen, er stopft sich die Ohren zu, er hört es trotzdem überall, das Gelächter, in allen Tonarten, derb-dröhnend, spöttisch-überheblich, kreischend-hell! Alle lachen, lachen über sein Werk! Es überläuft ihn kalt. Auch drüben im Schloß werden sie über ihn lachen – vielleicht gerade in diesem Augenblick – die Herzogin, der Erbprinz, der gesamte Hof, seine Freunde und seine Feinde. Warum eigentlich? Weil er edles Menschentum edel darzustellen unternahm? Ist die Welt nicht schon einmal über «Musarion», über «Agathon», über die «Komischen Erzählungen» hergefallen? Da hat sie über den unsittlichen, über den schamlosen Wieland gezetert! Nun prangert sie den sittlichen, den maßvollen, den menschlichen an? Wie unbegreiflich ist doch die Welt! Sie erhebt oder zerrt nieder – ohne jeden Sinn und Verstand.

Wieland steht auf und geht im Zimmer hin und her. Plötzlich kommt ihm ein Wort aus dem «Agathon» in den Sinn: «Die Nachtigall singt, der Rabe krächzt, und er müßte kein Rabe sein, wenn er nicht dächte, daß er gut krächze und die Nachtigall krächze nicht gut.» Wieland lacht. Auf einmal ist ihm leichter ums Herz. Er nimmt die Satire «Götter, Helden und Wieland» vom Schreibtisch und blättert darin. Sein geübter Blick erkennt, daß hier ein urwüchsiges Talent am Werk war. Wer ist dieser Johann Wolfgang Goethe? Er schrieb ein Drama über den Götz – auch das ist gut, sehr gut – da ist Kraft wie bei Shakespeare, wenn auch die Form noch fehlt. Hier ist ein Großer, niemand kann es leugnen, wahrhaft ein Großer! «Die Nachtigall würde unrecht haben, wenn sie über den Raben lachte, weil er nicht singt wie sie», ergänzt Wieland überwunden und blickt nachdenklich vor sich hin. Dann greift er langsam nach der Feder und schreibt für den «Teutschen Merkur» eine Ankündigung der ausgezeichneten Posse «Götter, Helden und Wieland».

Es ist schwül und drückend im Zimmer geworden – er öffnet das Fenster, da fährt ein zuckender Blitz hernieder, daß er erschreckt zurückfährt. Krachend folgt unmittelbar der Donnerschlag. Blitz auf Blitz! Donner auf Donner! Ein schweres Gewitter entlädt sich über Weimar. Das weite Talbecken, in dem sich die Stadt zusammenkauert, liegt immer wieder unter aufzuckendem, grellem, bläulichem Licht, dann sinkt es wieder zurück in undurchdringliches beängstigendes Dunkel. Unaufhörlich erschüttern die Explosionen Luft und Erde. Schwüler Sturm wühlt atemberaubend im Laub der Bäume. Endlich setzt rauschend der Regen ein, aber noch lange wetterleuchtet es am Horizont, und der Donner grollt in der Ferne. Man kann zur Ruhe gehen — es scheint in der Stadt kein Unheil geschehen zu sein.

Aber am andern Tag, gegen zwölf Uhr, dröhnen plötzlich schwere Böllerschüsse! Feuer! Feuer!!

Feuer!!! Jeder hebt besorgt den Kopf. In Windeseile verbreitet sich die Nachricht: «Das Schloß brennt!» — «Das ganze Schloß brennt!» Unbemerkt muß es dort in der Nacht eingeschlagen haben. Der Brand konnte ungestört um sich greifen, weiter und weiter. Plötzlich stieg Rauch auf aus der Ecke im Nordosten, und ehe noch die Lärmstücke auf der Altenburg ihre Notsignale über das Land donnern, schlagen schon die hellen Flammen über dem Schloßdach empor. In Eile rasseln die Spritzen heran — aber ihr Strahl reicht nicht bis in solche Höhe hinauf. Auch die Feuerwehren, die aus den nächsten Dörfern auf das Signal heranjagen, können nichts ausrichten — sie erst recht sind nur für niedrige Katen oder Scheunen geeignet, aber nicht für eine solche gewaltige Veste. Zunächst scheint nur das Dach zu brennen; man hofft, daß die dicken Steinmauern standhalten. Aber der Brandherd ist bereits uneindämmbar, das Feuer frißt sich mit unfaßbarer Schnelligkeit von oben nach unten durch. Mit Entsetzen sehen die dichtgedrängten Zuschauer, wie sich die feurige Lohe von Zimmer zu Zimmer wälzt. Noch eben war der Raum südlich dunkel und unberührt — da werfen die ersten Flammen ihre Lichter hinein. Aufzischend in riesiger Stichflamme, fangen die schweren Vorhänge an den Fenstern Feuer, die Scheiben springen von der gewaltigen Hitze und klirren zu Boden, mit Krachen und aufschießendem Funkenregen stürzt die Decke herunter, die Flammen belecken von außen die dicken Mauern. Schon wird das nächste

Zimmer erfaßt! Die machtlose Menschenmenge sieht im ersten Feuerschein eine vergoldete kassettierte Wand aufleuchten – nun die Fackel der Vorhänge, das Bersten der Scheiben, der Funkenregen. Raum um Raum brennt. In wilder Eile sucht man zu retten, was noch zu retten ist. Man wirft die schweren Goldspiegel aus den Fenstern – Hofrat Schardt läuft mit seiner Magd und einem kleinen Henkelkorb treppauf, treppab, um riesige Gemälde herauszuholen. Graf Görtz bringt verrostete mittelalterliche Waffen in Sicherheit. Ganz zuletzt entsinnt sich einer, daß die Herzogin krank in ihrem Bette liegt und herausgeholt werden muß. Überall ist Prinz Karl August zu sehen, es ist, als habe er sich vervielfacht, er ordnet an, er greift zu, er wagt alles. Aber im Grunde kann er auch nichts tun, als brennen lassen.

Wieland steht unter den Zuschauern am jenseitigen Ilmufer. Er sieht, wie der Theatersaal in Flammen aufgeht, der Saal, in dem fünfundzwanzigmal seine «Alceste» aufgeführt worden war. Nun also, die neue große Oper, die er zu schreiben gedachte, die diesmal ein Gluck vertonen sollte, sie wird nicht geschrieben werden! Aber es wird auch keine zeitraubenden Empfänge mehr geben, kein nutzloses Warten in Vorzimmern, keine Redouten, wo man sich, eingezwängt in einen unbequemen Galafrack, die Beine in den Leib stand; nirgends wird es mehr durch hohe, schlechtschließende Türen und Fenster ziehen! Dies brennende Schloß bedeutet Freiheit – es ist eine Art Entscheidung für Weimar. Man wird ledig sein von allem, was nur Etikette und äußere Form ist. Der Prinz, die Herzogin, der ganze Hof und er selber – sie alle werden nicht mehr repräsentationspflichtige Fürsten oder Fürstendiener sein, sondern Menschen, nichts als Menschen.

Noch etwas mehr als ein Jahr, dann wird der Erbprinz mündig gesprochen werden und die Regierung übernehmen. Bereits jetzt trennt er seine eigene Hofhaltung von der der Mutter. Er zieht in das neue Haus der Landstände, an der Stadtmauer, während sich Anna Amalia in einem kleinen Palais in der Nähe des Komödienhauses einrichtet.

Am 3. Oktober des Jahres 1775 vermählt sich der nunmehrige Herzog Karl August mit der Prinzessin Luise von Hessen-Darmstadt – es ist die Tochter jener großen Landgräfin von der «Gemeinschaft der Heiligen», der Wieland in die Hand hatte versprechen müssen, nichts Anstößiges mehr zu schreiben. Er ist sich bewußt, daß auch die Tochter, die neue Herzogin, nur den frommen Klopstock für einen Dichter halten wird. Am 17. Oktober findet der Einzug des jungen Herrscherpaares in seine Residenz statt. Von Nohra ab, dem letzten Dorf vor Weimar, ist die Chaussee mit buntbebänderten Tannenbäumen besetzt. Die weimarischen Truppen, die Kaufmannschaft sowie die jenaischen Studenten stehen als Gefolge bereit. Mit Pauken und Trompeten setzt sich der lange Zug in Bewegung. Voran sechs blasende Postillione zu Pferd, dann die Soldatenkorps, rings um den Wagen der Herrschaften die festlich bunte Eskorte der Kaufmannschaft in neuen rosa Röcken und blauseidenen Westen. Im Fond des Wagens der junge Herzog und seine Gemahlin, auf dem Rücksitz Graf Görtz und der Statthalter von Erfurt, Karl von Dalberg. Am äußeren Stadttor warten die Ratsherren und die Innungen. Die Lärmstücke von der Altenburg schießen donnernd Salut, die Pferde steigen erschreckt, die Bürger zu beiden Seiten der Straße schwenken die Hüte und rufen «Vivat», die Glocken dröhnen. Der Herzog winkt seinen Bürgern fröhlich zu, die Herzogin lehnt blaß und steif in den Polstern und neigt formell hie und da das Haupt. Die ganze Stadt ist auf den Beinen, die Gassen sind voll von Menschen, sie drängen sich vor und neben und hinter dem Zug durch die Breite Gasse zum Markt und zum Fürstenhaus. Wer ließe sich dieses festliche Ereignis entgehen! Wer? Wieland! Wieland ist nicht dabei, er geht einsam im Park an der Ilm spazieren und schwenkt seinen Spazierstock. Gottlob, er ist pen-

sioniert, er ist ein Privatmann und kein Höfling. Er kann tun und lassen, was er will — er ist nur ein Poet und braucht nichts weiter zu sein.

Vier Wochen später, am 7. November morgens fünf Uhr, kommt den gleichen Weg, den vor drei Jahren die mit Kindern gefüllte Reisekutsche des Ehepaars Wieland nahm, durch das gleiche Tor, durch das vor drei Wochen der Brautzug des jungen Herzogspaares eingefahren ist, wiederum ein Wagen von Westen her in Weimar an. In der Ecke lehnen, in ihre Mäntel gewickelt, übernächtig und in der nebligen kalten Morgenluft fröstelnd, zwei Herren: Herr von Kalb und der Dichter des Götz, des Werther und der Satire «Götter, Helden und Wieland.» Außer dem Torwächter, der den Wagen verschlafen passieren läßt, merkt niemand, was sich ereignet hat. Es ist alles wie immer. Nichts unterscheidet die Einfahrt dieses Wagens von tausend ähnlichen Geschehnissen, und doch bedeutet sie Schicksal — für Weimar, für Deutschland, für die Welt — und für Wieland!

Der aber schläft wenige Gassen entfernt in guter Ruh. Es ist ihm seit der Rückkehr des Herzogs bekannt, daß Goethe kommen soll. Er wird ihm zu begegnen wissen.

Goethe hingegen ist unruhiger. Mit puterrotem Kopf hat er zu Anfang des Jahres im «Teutschen Merkur» Wielands Ankündigung seiner Satire «Götter, Helden und Wieland» gelesen. «Besser hätte er's nicht machen können», hat er damals beschämt zugeben müssen. «Wieland gewinnt viel beim Publiko — und ich verliere.» Noch der allerletzte Brief aus Frankfurt an Sophie La Roche — Wielands ehemalige Braut ist für Goethe «die liebe Mama» — spricht mit Besorgnis von der zu erwartenden Begegnung mit Wieland. Nun also treffen sie sich, von Angesicht zu Angesicht. Sie stehen einander gegenüber, der schmächtige, zierliche Wieland mit dem fahlen, blatternarbigen Gesicht und der strahlende Jüngling Goethe mit dem schönen

Antlitz, der stattlichen Gestalt. Sie gehen aufeinander zu, sie erkennen einander in ihrem tiefsten Wesen und – sind Freunde für immer.

«Wieland ist gar lieb und gut», so bekennt der eine.

«Goethe, der König der Geister, der liebenswürdigste, größte und beste Menschensohn», so urteilt der andere.

Weimar hat ein verändertes Gesicht bekommen. Der Gast breitet genialisches, unbekümmertes, ungezwungenes Leben um sich her aus. Er zieht ähnliche Geister herbei: zunächst die beiden Brüder Stolberg, die Stürmer und Dränger. Man lacht, man tanzt, man trinkt, man jagt, man tollt. Jeder gibt, jeder nimmt, zwanglos teilt sich jeder mit.

Des Abends versammeln sie sich im Fürstenhaus bei Freund Karl August. Wieland hat etwas zum Vorlesen mitgebracht, sein «Wintermärchen». Immer neue Gebiete der Weltliteratur erobert er dem deutschen Geist. Diesmal ist es eines der orientalischen Märchen aus «Tausendundeiner Nacht», das er in eine deutsche Dichtung verwandelt hat. Mit unnachahmlicher Anmut liest er daraus eine Szene vor:

«Schon war das doppelte Fischepaar
auf einer Seite gebraten und gar;
schon steht er mit der Gabel in Händen,
sie in der Pfanne umzuwenden:
Da fährt ihm plötzlich ein kalter Schauer
durch Mark und Bein; ein heller Glanz
erfüllt das schwarze Gewölbe ganz,
und aus der unversehrten Mauer
springt eine Dame so schön und zart
als je die schönste von Feenart.
Ein weißatlaßnes Prachtgewand
floß von den Hüften in leichten Falten,
mit einem Gürtel von Diamant

dicht an der Brust zusammengehalten,
und wie in goldenen Strömen wallten
lichtgelbe Locken um einen Hals,
den zu umhalsen allenfalls
ein Schah vier Städte gegeben hätte.
Der Koch, der starr vor Wunder stand,
wünscht sich von Gott zehntausend Augen,
um alle die Schönheit einzusaugen.
Die Dame achtet seiner nicht –
Sie tritt voll Ernst zur Pfanne hin,
schlägt dreimal auf die Fische drin
mit einem Myrtenreis und spricht:

‹Ihr Fische, tut ihr eure Pflicht?›
Die Fische schwiegen und mucksten nicht.

Zum andernmal die Dame spricht:
‹Ihr Fische, tut ihr eure Pflicht?›
Die Fische schwiegen und mucksten nicht.

Zum drittenmal die Dame spricht:
‹Ihr Fische, tut ihr eure Pflicht?›

Da reckten die Fische die Köpfe empor
und sangen alle im hellen Chor:
‹Der Pflicht vergessen
wir Fische nie!› »

Rings in der Runde belustigt lächelnde Gesichter. Goethe unterbricht lebhaft den Vorleser:

« ‹Der Pflicht vergessen
wir Fische nie!›

– herrlich!» wiederholt er in heller Begeisterung den soeben gehörten Vers, der mit seinem unvermutet stockenden Rhythmus allein schon von unwiderstehlicher Komik ist. Er ist bezwungen von der Musik dieser Sprache, von der Plastik dieser Bilder, von dem koketten Witz dieser Darstellung. Fritz von Stolberg aber ist anderer Meinung: «Gewiß, es ist meisterlich gedrechselt — aber Feengeschichten und orientalischer Zauber? — Braucht Deutschland nichts anderes?» fragt er aufsässig. «Hört ihr nicht den Wind der Freiheit, der überall weht? Da habe ich doch etwas Besseres!» Ohne weiteres zieht er aus der Brusttasche ein Manuskript: «Ein Drama gegen Karl, den Sachsenschlächter!» sagt er und faltet die Blätter auseinander. «Am Strome kommt es zur letzten Schlacht.» Er beginnt sogleich mit Pathos zu lesen:

«Bebend und bleich,
wehend das Haar,
stürzte der Tyrannen Flucht
sich in deine wilden Wellen!
In die felsenwälzenden Wellen
stürzen sich die Freien nach.
Sanfter wallten deine Wellen.
Der Tyrannen Rosse Blut,
der Tyrannen Knechte Blut,
der Tyrannen Blut!
der Tyrannen Blut!
der Tyrannen Blut
färbte deine blauen Wellen,
deine felsenwälzenden Wellen —»

Die Runde schweigt verblüfft. «Donnerwetter», sagt Karl August dann als erster. «Wollen Sie dieses Gedicht dem preußischen König weihen? Sie gehen doch jetzt nach Berlin?!» — «‹Die Fische schwiegen und mucksten nicht!›» ruft Goethe, die Szene spöttisch glossierend. Alle sind in Bewegung geraten, einige sind aufgesprungen, einige trinken, alle schreien ihre Meinung laut durcheinander. Wieland aber sitzt und lacht — hemmungslos. Sein ganzer Körper schüttert und bebt. Er stößt kleine unartikulierte Laute aus. Er trocknet sich die Tränen, die über das faltige, blatternarbige Gesicht rollen, und flüstert in sein Taschentuch: «Der Tyrannen Blut, der Tyrannen Blut, der Tyrannen Blut», und immer wieder überfluten ihn die Lachwellen.

Fritz Stolberg sieht ihn mißbilligend an. Wie zum Protest geht er mit dem Glas Wein, aus dem er gerade trinken wollte, zum Kamin. Dort stehen zwei schmutzige, halbzerbrochene Urnen, die die Gesellschaft am Vormittag auf der Suche nach «Teutschheit» aus einem Hünengrab in der Nähe des Fürstenhauses hervorgegraben hatte. «Das sind die rechten Gefäße für mannhafte Recken», ruft er und gießt den Wein aus seinem Glas in eine der Urnen. «Prosit!» Er hebt das Gefäß mit beiden Händen und trinkt es in einem Zuge leer. «Trinken wir alle aus den Krügen, die durch Heldenasche geweiht sind», schreit der andere Stolberg. Er öffnet das Fenster und wirft sein Glas hinaus. Das Splittern der Scherben unten bringt die Übermütigen in ungestümste Laune. Alle greifen nach den Gläsern und schleudern sie gegen die Wand oder durchs Fenster hinaus. Sie füllen die Urnen und lassen sie kreisen von Mund zu Mund. Nur Wieland verteidigt sein Glas. «Der Pflicht vergessen wir Fische nie», sagt er lächelnd und hält abwehrend die zierliche Hand vor den zarten Kelch.

Den ersten Tag des neuen Jahres 1776 verbringen Goethe und Wieland gemeinsam auf Schloß Stedten, wenige Meilen westlich Erfurts. Freunde Wielands aus seiner Professorenzeit, die schöne Gräfin Keller und ihre schöne Tochter, Julie von Bechtolsheim, haben ihn und Goethe zu sich geladen. Wieland verbringt die Weihnachtstage bereits im Stedtener Gutshaus, während Goethe im Forsthaus Waldeck über Bürgel tief im Fichtenwald ein genialisches Fest mit einsamen Ritten und ausgelassenen Maskeraden feiert. Seinen Bericht an Karl August beschließt er abends am 24. Dezember mit Wielands Vers, der zur lustigen Treueformel dieses Kreises geworden ist: «Der Pflicht vergessen wir Fische nie!» Am Neujahrstag wird er von Erfurt aus, wo er mit dem Herzog beim Statthalter von Dalberg Geschäfte hat, nach Stedten hinüberkommen.

Mittags jagt in toller Fahrt ein Schlitten vor dem Gutshaus vor. Der Schnee stiebt, die Kufen knirschen, die Pferde bäumen sich, plötzlich zum Stehen gebracht. Goethe springt heraus, wirft die Zügel einem Stalljungen zu, klopft sich den angestäubten Schnee vom Rock und tritt in die Diele. Wieland ist ihm die Treppe herunter entgegengeeilt, er umarmt ihn und schaut ihn herzlich an. «Was haben Sie denn da gemacht?» fragt er. Goethes linkes Auge ist verschwollen, ein dick aufgeworfener blutiger Striemen läuft über Wange und Stirn. «Ach», sagt er leichthin, «ich schlug mich mit der Peitsche aus Versehen.» – «Aus Versehen?» nickt Wieland spöttisch. «Nicht aus Sturm und Drang?!»

Goethe lacht. «‹Vive la joie, es lebe die Freude!› – das ist der Wahlspruch des Grafen Gotter dort drüben in Molsdorf.» Beide sind während dieser Worte in den behaglich erwärmten Salon getreten. «Vive la joie?» sagt Julie von Bechtolsheim. «Das ist ein guter Willkommensgruß am ersten Tag des Jahres!»

«Vive la joie!» sagt nun auch Frau von Keller, während Goethe sich über ihre Hand neigt. «Damit bin ich einverstanden. Wie behagt es Ihnen hierzulande?»

«Gut», antwortet Goethe, «ich lerne täglich mehr zu steuern auf der Woge der Menschheit.»

«Ist es Ihnen wenigstens gelungen, Herders Angelegenheit zu steuern?» fragt Wieland ironisch. Er weiß, daß sein Vorschlag, den genialen Herder als Geistlichen aus Bückeburg nach Weimar zu holen, auf guten Boden gefallen ist und daß sich gestern Karl August beim Statthalter von Dalberg nach Näherem erkundigt hat.

«Es ist so gut wie sicher, daß er kommt», sagt Goethe strahlend. «Das wird ein Leben geben in Weimar!»

«Ja», bekräftigt Wieland, «Weimar ist die wahre Arche Noä, wohin sich die wenigen Guten aus einer verdorbenen Welt vor der herannahenden Sündflut retten werden.»

Am Abend sitzt man am Kamin beisammen. Goethe hat etwas zum Vorlesen mitgebracht: ein unansehnliches Quartheft ohne Umschlag, die Bogen liegen ungeheftet ineinander; achtlos und oft benutzt, ist das gelbliche Papier bereits vielfach an den Ecken eingerissen und umgeknickt. «Voilà, mon Faust!» sagt der junge Dichter, indem er mit gespielter Feierlichkeit das schäbige Manuskript auf den Tisch legt. Dann beginnt er zu lesen, und mitten in diesem eleganten, heiter-geselligen Salon in Stedten baut sich nun ein düsteres mittelalterliches Gewölbe auf. Verzweifelt beginnt der alte Magier seine Klage um die Nichtigkeit aller Wissenschaft:

«Hab nun ach die Philosophey,
Medizin und Juristerey
Und leider auch die Theologie
Durchaus studiert mit heißer Müh!»

In Goethes volltönender Stimme klingt hörbar das Leid des Menschen, der, an der Schwelle einer neuen Zeit, trotz seinem geschulten Verstand, trotz neu errungener Kenntnisse doch immer wieder auf verschlossene Pforten stößt. Da greift Faust, um jeden Preis nach Erkenntnis verlangend, entschlossen zu den alten geheimen Zauberzeichen des Nostradamus und beschwört die Geisterwelt. Die Zuhörer im Salon zu Stedten, sie halten den Atem an. Da erscheint im zuckenden Flammenrauch der Geist der Erde. «In Lebensfluten, im Tatensturm wall' ich auf und ab», so beginnt er in mächtigem Rhythmus aus seiner Sphäre zu sprechen, um dann den unebenbürtigen Menschen wieder ins Nichts zurückzustoßen. Niemand wagt es, sich zu rühren. Doch schon hat der Vorleser weitergeblättert, und in völlig verändertem Ton erklingt plötzlich die kecke Aufforderung des verjüngten Kavaliers:

«Mein schönes Fräulein, darf ich's wagen,
Mein Arm und Geleit ihr anzutragen?»

Und die herzzerreißende Liebesgeschichte Gretchens beginnt. Was sind das für Szenen, innig, voll dunkler Vorahnung, voll farbiger Fülle, voll Naivität und voll unbegreiflichem Jammer. Wieland hat die Augen geschlossen. «Let in the maid – that out a maid never departed more», fährt es ihm durch den Sinn. Doch schon fliegen Faust und Mephistopheles auf schwarzen Gespensterrossen in unhörbarem Galopp am Galgenhügel vorbei. Man hört Gretchens verzweifeltes Gebet: «Ihr heiligen Engel, bewahrt meine Seele!», und schneidend kalt das Urteil des Mephistopheles: «Sie ist gerichtet!» Lange klingt der klagende, warnende Schrei: «Heinrich! Heinrich!» zwischen den Wänden des Salons in Stedten nach. Niemand findet ein Wort. Jeder hängt den Gedanken nach, die diese ungeheuerliche Dichtung in ihm erregt hat. Nach einer Weile sagt Wieland leise: «Sie ist nicht gerichtet. Der Geist der Lüge, Mephistopheles, er lügt! Sie ist gerettet! Die Szene am Rabenstein deutet es: Die Geister um diesen Galgen, ‹sie streuen und weihen›!» Goethe stutzt. Er sieht beglückt in das häßliche Gesicht des Älteren: «Es ist unbegreiflich, wie Sie verstehen, ehe denn es ausgeführt ist!» sagt er.

Am 3. Januar geht's wieder zurück nach Weimar. Die Fahrt ist kalt; grau liegt ein undurchdringlicher Nebel über den Feldern. Frischer Schnee ist über Nacht gefallen und nirgendwo noch gebahnt, man kommt nur langsam vorwärts, oft ist der Wagen in Gefahr umzustürzen. Goethe ist mißmutig, sein Auge schmerzt, er fiebert ein wenig. Wieland hat sich lange bemüht, den Unleidlichen aufzuheitern, schließlich schweigen beide. Goethe schließt die Augen und lehnt sich ins Polster zurück. Wieland hat Muße, dieses schöne Antlitz zu betrachten. Welche Wandlungsmöglichkeiten hat der geniale Freund! Er vergegenwärtigt sich nochmals die vergangenen Tage: Er sieht den vor Lebenslust und Tatendrang Überschäumenden vor sich, wie er am Neujahrstag in Stedten ankam, er staunt nochmals, wie er bei Tisch unerwartet steif und zeremoniell geworden war, wie er danach in der gemeinsamen Stube sich ihm plötzlich vertraulich mitteilsam zugeneigt hatte. Er hört wieder die biegsame, tönende Stimme, wie sie die Gestalten des Faust, des Mephistopheles, des Mädchens ins Leben ruft. Welch ein begnadeter Mensch ist das! Aus Wielands bewunderndem Herzen strömen Verse:

«So hat sich nie in Gottes Welt
Ein Menschensohn uns dargestellt –
Der alle Güte und alle Gewalt
Der Menschheit ganz in sich vereinigt,
So feines Gold, ganz innrer Gehalt,
Von fremden Schlacken so ganz gereinigt ...»

Er zieht sein Notizbuch, das Gedicht festzuhalten.

Schon im Januarheft des «Merkur» erscheint diese Huldigung gedruckt und verkündet der Welt, daß der Stürmer und Dränger mit dem Meister des Rokoko Frieden geschlossen hat, daß lebendige Herzen stärker sind als alle literarischen Ansichten.

Ein Jahr inniger, herzlicher, tragender Freundschaft wird dieses Jahr 1776!

Ein Brief Goethes an Lavater nach Zürich beginnt mit dem Datum: «Wielands Stube, den 22. Jan. 76», und ein Brief an das «Tantchen» Fahlmer berichtet vierzehn Tage später: «Mit Wieland führ' ich ein liebes häusliches Leben, esse mittags und abends mit ihm und wenn ich nicht bey Hofe bin.» Ja, Wieland ist der Gefährte, Wieland ist der Vertraute. Er ist auch der erste, dem Goethe das schicksalsschwere Geheimnis seiner Liebe zu Frau von Stein offenbart: «Ich kann mir die Bedeutsamkeit», so bekennt er dem Freunde, «die Macht, die diese Frau über mich hat, anders nicht erklären als durch die Seelenwanderung. –

Ja, wir waren einst Mann und Weib! — Nun wissen wir von uns — verhüllt, in Geisterduft. — Ich habe keinen Namen für uns — die Vergangenheit — die Zukunft — das All.» Und wenn an langen warmen Juniabenden im Westen zwischen den Türmen des Schlosses und der Stadtkirche die Sonne als glühend roter Ball niedersinkt, während von Osten her blausilbern die Nacht das Gartenhaus am Stern umschließt, dann lösen sich wie vorkeinem sonst Herz und Zunge Goethes, und er erzählt dem vielerfahrenen Wieland: «Viel meiner letzten Jahr Geschicht... es ist mehr als eine Beichte, wenn man auch das bekennt, worüber man nicht Absolution bedarf.»

Den ersten Tag dieses Jahres hat Goethe in Stedten mit Wieland begonnen, den letzten endet er selbstverständlich in dessen Gesellschaft. Des Abends stand er von Wielands Tische auf, spannte den Schlitten an und jagte allein durch die Stille der Silvesternacht die steile Altenburg hinauf, durch den tiefverschneiten Wald des Webichts hinunter ins Ilmtal nach Tiefurt. Diesmal schlägt er sich nicht nur die Peitschenschnur übers Auge, diesmal fährt er den ganzen Schlitten zuschanden.

Papa Wieland lächelt. — Papa Wieland? Wer brachte ihn auf, diesen Namen? Er? Goethe? Wohl möglich. Niemand weiß es. Jedenfalls wird der Name allgemein. Gar so alt ist der Dreiundvierzigjährige eigentlich nicht, aber er läßt sich willig zum Alter schieben. Es ist ihm willkommen als Tarnkappe, denn er ist wenig robust und hat kein Vergnügen an tollem Genietreiben. Dieses sogenannte Alter schützt ihn vor der Maskerade des Wertherfracks, vor Hetzjagden und lärmenden Trinkgelagen. Es gibt ihm das Recht, ohne allzuviel Kampf zu leben, wie er möchte, zu sein, wie er ist.

Inzwischen ist Herder, «der Mann Gottes», in Weimar angekommen, den herbeizuholen Wielands Idee und Goethes und des Herzogs Tat war. Aber die Freundschaft zu dritt ist schwieriger als die Freundschaft zu zweit. «Wieland ist mir untreu geworden», klagt Goethe. «Herder hat ihn mir weggenommen»,

klagt Wieland. Und er ist es dann, der unversehens wieder einsam ist. So gesellt sich Danischmende, der Weise, frei in Freundschaft der Schäferin zu, die ihn einstens herbeirief. Auch Anna Amalia ist noch nicht alt. Auch sie mußte, nachdem ihr das Schicksal früh ein hohes Amt auferlegt hatte, zurücktreten und frühe wieder Verzicht leisten. Nachdem der Sohn die Regierung übernommen, lebt sie mit ihrem Kreis im Wittumspalais. Sie hat nichts mehr zu sagen und eben doch unsagbar viel zu sagen, und in ähnlichem Geschick verstehend geworden, schließen sich Wieland und die Fürstin geschwisterlich eng zusammen. Unversehens ist der Hof von Weimar dreigliedrig geworden: Da ist der regierende junge Herzog, aktiv, nach außen gewandt in überschäumender Jugend, herrisch die Verantwortung für seinen kleinen Staat tragend — da ist die Sphäre der Herzogin Luise, seelenhaft und empfindsam, das Herkömmliche in Würde bewahrend. Und da ist Anna Amalia mit den Ihren — geistvoll, entsagend und dennoch bestimmend. Drei geniale Männer dazu, diese Kreise verbindend und durchdringend: Goethe, Herder, Wieland. Drei Schlösser rings um die Stadt wie sinnfällige Zeichen für diese Dreifalt lebendigen Lebens: das hohe Jagdschloß Ettersburg im freien Hochwald, im idyllischen Ilmtal verborgen das verschwiegene Tiefurt, auf mäßiger Höhe, frei Stadt und Tal weithin überschauend, Schloß Belvedere.

Dies ist Weimar, und ihm fiel ein besonderes Los.

Wieland ist nun ganz eingewachsen in dieses Weimar. Am 8. Mai 1776 hat er sich einen Garten gekauft, draußen zwischen Frauentor und Erfurter Tor, im Wiesengebiet der Lotte, eines Bächleins, das sich mitten durch die Gassen seinen gewundenen Weg zur Ilm sucht. Es ist nicht «das mäßige Landgut», von dem einst der Fünfzehnjährige in Klosterbergen gleich Horaz träumte, aber es ist groß genug, daß sich Sophiechen, Karolinchen, Dorchen, Malchen und Lottchen darin müde toben können und daß sich andererseits ein vielbeschäftigter Poet dort von seiner Arbeit erholen kann. Im folgenden Herbst kann sogar zum Stolz des Vaters ein «breitstirniger, langnasiger Sohn» mit hinausgeschleppt werden, Ludwig, dem bald die Brüder Karl, Philipp und Wilhelm folgen, ehe die Reihe der Töchter mit einem Julchen wieder von neuem beginnt. Regelmäßig wie die Jahrgänge des «Merkur», so erscheint pünktlich ein neuer kleiner Erdenbürger in der Wielandschen Kinderstube. Manchmal räumt er das Feld schnell wieder, meistens aber bleibt er, und der Weimarer Hof hat steten Anlaß, über Wielands Produktivität zu scherzen. Mögen sie reden! Er sitzt unangefochten wie in einem Schneckenhaus. Hellhörig und wachsam streckt er die Fühler beobachtend in die Welt. Besser kann es kein Kanonikus haben! Er hat Muße zum Schreiben, und er benutzt sie. Aus der gesamten Weltliteratur holt sich seine Phantasie die Stoffe. Dann beugt er sich wie ein Elfenbeinschnitzer feinfühlig und mit unermüdlicher Geduld und Sorgfalt darüber und ruht nicht, bis eine vollendete Kleinplastik entstanden ist, zum Bewundern, zum Verlieben, zum Lächeln. Keine Möglichkeit zu Scherz, Witz, Ironie entgeht seinem hellen Blick. Mit Reim und Rhythmus, mit Plastik und Musik, mit Vernunft und Gefühl bildet, feilt, ziseliert er an den Kunstwerken seiner heiteren Versepen. Er führt den Leser durch bunte Abenteuer, er läßt Feen und Sylphen und Zauberer wirken. Er hebt sich und sein Publikum weit weg aus dem Alltag, hinauf in ein Märchenland, und baut ein weites Reich selig-heiterer Kunst auf, das ein Gebiet beschwingender und gänzlich unangefochtener Freiheit ist. Dem «Wintermärchen» gesellt sich ein «Sommermärchen» zu. «Geron der Adlige» tritt in die Welt und «Schach Lolo» und dann in moderner Form der alte Scherz von den sinnlos vertanen drei Wünschen, das tiefsinnige, witzige Märchenepos «Pervonte». Und immer wieder dazwischen Szenen der «Abderiten». Was von der Welt den Mann im Schneckenhaus noch unsanft anweht, das erscheint nach einiger Zeit mit lächelnder Überlegenheit abgespiegelt in seinem Narrenroman. Dies ist keine Nachahmung Don Quichotes mehr – hier ist kein Märchenritter Don Sylvio, der in tausend Abenteuern den blauen Sommervogel fangen wollte, Wielands Abdera ist ein realer Stadtstaat mit realen Menschen und ihren realen Torheiten; er besteht, wo immer Menschen sind. Hier ist nicht eine Dichtung, die in ein Reich ersonnener Unwirklichkeit entführt, dies ist erlebte, erlittene und am Ende – belächelte Wahrheit. Wahrheit, die dennoch anprangert und bloßstellt! Auf jede Fortsetzung im «Merkur» reagieren denn auch die Leser sofort: Aus Mannheim, aus Biberach, aus Erfurt, von dem und von jenem, von allen, die sich getroffen fühlen – und es fühlen sich viele getroffen –, kommen dem Autor empörte Briefe ins Haus: «So war es nicht gemeint!» «So spielte es sich gar nicht ab!» «Weisen Sie ausdrücklich darauf hin, daß wir nichts damit zu tun haben!» Und Wieland lacht. Noch nie hat er als Erzieher so erzieherisch gewirkt wie hier, wo er auf alle Pädagogik verzichtet hatte.

«Die Welt ist eine Tragödie für den, der fühlt; eine Komödie für den, der denkt.» Nicht nur in eigener Sache fühlt sich Wieland bewogen, dieses Wort anzuwenden. Auch in bezug auf sein Vorbild Voltaire. Am 30. Mai 1778 hat der große Denker in Paris, nachdem er sich seltsamerweise von Louis XVI., den seine Feder so oft angegriffen hatte, feierlich hatte empfangen lassen, die Augen für immer geschlossen. Vor seinem Tode aber hatte er seinen letzten Kampf mit der Kirche gekämpft, und zwar aus Besorgnis, seine Feindin werde seinem Leichnam ein Grab in geweihter Erde verweigern. Mit zitternder Hand hatte der Todkranke ein Bekenntnis niedergeschrieben: «Ich sterbe in Anbetung Gottes, aber in Verabscheuung des Aberglaubens» – aber dieser Widerruf hatte dem Klerus nicht genügt, und treue Freunde hatten in schauerlicher List den Toten angekleidet und aufrecht sitzend in einem Wagen aus Paris herausgebracht, um den angeblich auf der Fahrt

Verschiedenen in einem abgelegenen Kloster dennoch mit kirchlicher Zeremonie beisetzen zu lassen. Wer also hatte in dem heißen Kampf dieses Lebens nun eigentlich gesiegt? Es wäre wert, eine Komödie darüber zu schreiben, und sie würde der Tragik nicht entbehren. Die Kinder der Zeit, die in der großen Auseinandersetzung der Jahrhunderte stehen, sie bluten aus vielen Wunden.

Ach, auch ihm, dem deutschen Voltaire, wird unbegreiflicherweise übel mitgespielt, wenn es bei ihm auch noch nicht um das Letzte geht. Da verschickt zum Beispiel eines Tages Anna Amalia Einladungen zu einem Fest in Schloß Ettersburg – eine Vorfeier für des Herzogs Geburtstag ist geplant. Auch Wieland erhält eine Aufforderung, er nimmt an und kommt. Er sitzt in der ersten Reihe. Der Vorhang geht auf – ein Dichter in der Maske Wielands hockt am hohen Schreibpult und beschreibt, ohne aufzublicken, mit riesenhafter Feder Bogen um Bogen. Ein eilfertiger Diener reißt dem Poeten die Seiten unter den Händen weg, trocknet die noch feuchten an den Lampen, die vorne die Bühne erhellen, läuft damit fort, kehrt wieder, faßt die inzwischen neu entstandenen Manuskripte, um sie spornstreichs wieder fortzuexpedieren. Das Publikum lacht; man blickt schadenfroh zu Wieland hin. Noch macht er gute Miene zum bösen Spiel. Doch die war nur das *Vor*spiel! Nach kurzer Pause hebt sich der Vorhang von neuem; wie es scheint, zu einer Oper. Eine bekannte Melodie erklingt, aber irgendwie verzerrt, doch schon erkennt es jeder: Das ist doch «Alceste»! – «Alceste» als groteske Parodie! «Weine nicht, du Abgott meines Herzens!», so schluchzt heulend die Sängerin die berühmte Arie. Ein Posthorn tutet dazwischen. Eine Postchaise wird von Geisterhänden hereingeschoben. Alceste steigt ein, Gepäck wird verstaut, und unter Abschiedswinken fährt sie in die Unterwelt hinab, wo Pluto thront, um sie mit lächerlichen Zeremonien zu empfangen. Ein riesiger Herkules erscheint in Goethes Gestalt. Er verneigt sich tief und führt, indem er seine mächtige Keule wie einen galanten Spazierstock nach Wielands Art hin- und herschwingt, die Gestorbene wieder zurück auf die Oberwelt. Tobendes Gelächter rings. Mit einem Schrei, aus Zorn und Schmerz gemischt, geht Wieland, während sich alle andern am Applaus nicht genug tun können. Dann zwar läßt er sich willig versöhnen – wem nützt es, bitter zu werden! –, dennoch verläßt der Dichter der ersten deutschen Oper mit dem Freunde Musäus vorzeitig das Fest.

Die Nacht ist stockfinster. Die Fahrt durch den einsamen dunklen Wald hat etwas Unheimliches. Ein zottelhaariger Kutscher hockt unbeweglich auf seinem Bock. Schweigend fährt er dahin. Bald aber haben die Fahrgäste, obwohl man keine Hand vor Augen sieht, den Eindruck, daß sie vom rechten Wege abgekommen sind. Hie und da stolpern die Pferde, der Wagen steht oft so schief, daß sich einer angstvoll am andern anklammert. Unversehens schlagen Zweige in die Gesichter. Schließlich erhebt sich Musäus mühsam in dem heftig schwankenden Gefährt und stößt den Kutscher in den Rücken. «Wir sind auf dem falschen Weg», ruft er. «Wie?» schreit der Kutscher zurück. «Wir wollen nach Weimar!» ruft nun auch Wieland. «Wie?» brüllt der Kutscher abermals. «Ich bin nämlich taub», bequemt er sich dann hinzuzufügen. Als er endlich begriffen hat, was die Herren von ihm wollen, sagt er: «Ich vertrete heute nur meinen Bekannten und dachte, die Pferde kennen den Weg schon. Ich bin nämlich in der Nacht blind. Schon am Tage sehe ich fast nichts.» Wider Willen lachend, entschließt man sich, sein Heil auf den eigenen Füßen zu versuchen. Aber der Wald ist wie verhext. Eben war man noch im Gespräch nebeneinander, da kommt die Stimme des Partners plötzlich aus einem Graben, in den er abgerutscht ist. «Au!» schreit der eine, weil er gegen einen Baum rennt. «Au!» schreit der andere, weil er über eine Baumwurzel gestolpert ist. Wie durch ein Wunder findet man endlich trotz der Dunkelheit zurück auf die Chaussee. Mit Beulen und Schrammen und blauen Flecken kehrt Wieland heim.

Dies ist im September 1779 gewesen. In einem der nächsten Hefte des «Merkur» erscheint eine Fortsetzung des Romans «Die Abderiten». Sie schildert ein Schauspiel, das auf der Bühne des «Nationaltheaters» in Abdera «den erstaunlichsten Effekt getan» — ein Drama, «worin der Held gleich in der ersten Szene des ersten Akts seinen Vater ermordet, im zweiten seine leibliche Schwester heiratet, im dritten entdeckt, daß er sie mit seiner Mutter gezeugt, im vierten sich selber Ohren und Nase abschneidet und im fünften, nachdem er die Mutter vergiftet und die Schwester erdrosselt, von den Furien unter Blitz und Donner in die Hölle geholt wird». Dieses Stück war natürlich weitaus wirkungsvoller als «Alceste» mit ihrem sanftedelen Ton! Da hat Wieland wieder die Lacher auf seiner Seite.

Ja, er selber lacht wohl leise vor sich hin, aber nicht ganz leicht und unbeschwert, sondern nachdenklich und ein wenig schmerzlich. Im vorigen Jahr beendete Goethe das erste Buch des «Wilhelm Meister» — unleugbar nach dem Muster des «Agathon»! Eben in diesem Augenblick vielleicht saß er über seinem Schauspiel «Iphigenie». Der erste Monolog darin gleicht zum Verwechseln manchen Versen «Alcestes». Und doch dient sie wieder zur Zielscheibe des Spotts? Musarions heitere Lebensregel: «Zufrieden, wer die Welt für kein Elysium, für keine Hölle hält», reicht nicht aus. Der Entschluß, wahrhaft Mensch zu sein, fordert nicht Resignation, sondern Entscheidung!

In der Zeit solcher Einsichten arbeitet Wieland an einem romantischen Märchengedicht, am «Oberon». Das Elfenkönigspaar Oberon und Titania, sie haben sich entzweit. Grollend zweifeln sie daran, daß auf dieser Erde überhaupt reine, treue Liebe möglich sei. Sie leisten einen erbitterten Schwur, erst wenn ihnen ein Menschenpaar bewiese, daß Liebe mehr sei als nur auf- und abschwellendes Gefühl, wollen sie sich wieder versöhnen. So kommt es, daß Hüon und Rezia auf die Probe gestellt werden. Sie werden von unsichtbaren Mächten zueinandergeführt und wieder getrennt, aufs neue vereinigt und wiederum auseinandergerissen. Sie werden in Versuchungen geführt, durch die verwirrrendsten Abenteuer gejagt, durch Not und Tod geängstigt, aber siehe, sie bestehen! Zwar stolpern sie, ja sie stürzen sogar, aber eingedenk einer Liebe, die auf dem Entschluß zur Treue gegründet ist, erheben sie sich mutig immer aufs neue, bis der ungläubige Elfenkönig überwunden, sie für immer vereint. Sie hatten die Freiheit, Treue zu halten, und sie hatten die Freiheit, untreu zu werden. Hüon und Rezia, sie wählten das Gute. «Wer das Licht nicht scheut, der ist mit mir verbündet», jubelt am Ende der König der Geister, und bezwungen von der Größe edler Menschlichkeit, drückt er versöhnt Titania wieder ans Herz.

«Nehmt euch nicht so ernst!», so mahnt der Dichter des Oberonmärchens, «denn seht, im Grunde ist alles zum Lachen!»

«Aber», so lehrt er weiter, «nehmt es ernst mit dem Leben, denn nichts ist für Himmel und Erde so wichtig wie das Verhalten der Menschen!»

«So lang Poesie Poesie, Gold Gold und Kristall Kristall bleiben wird, wird der ‹Oberon› als ein Meisterstück poetischer Kunst geliebt und bewundert werden», so rühmt Goethe das vollendete Werk, und außerstande, alles einzelne zu loben, schickt er dem Freund einen Lorbeerkranz zu. Ja, zu dem meisterlichen «Rosenfarb und Silber», das einst den jungen Studenten Oesers an «Musarion» entzückt hatte, ist Gold gekommen – das reine Gold echter Menschlichkeit.

Menschlichkeit! Humanität! das ist die Losung der neuen Zeit. Sie erhebt die stolze Forderung, sich die Geisteswürde, zu der der Mensch bestimmt ist, tätig zu erringen. Nicht Kaiser-noch Papst, nicht Adel noch Zunft sind mehr befugt, Gewalt über Denken und Wollen auszuüben. Der mündig gewordene

Mensch trägt in sich selbst sein Gesetz. Überall in der Stille sind Männer am Werk, die Ketten der Vergangenheit zu sprengen und neue Wege zu weisen. Herder sammelt die «Stimmen der Völker in Liedern» – die erschütternden Dichtungen einer bisher mißachteten Menschenschicht. Aus Wolfenbüttel schickt Lessing seinen «Nathan den Weisen» in die Welt, damit er, der Vertreter eines verachteten Volkes, Duldsamkeit und Ehrfurcht vor jedem Religionsbekenntnis predige. Im Gartenhaus am Stern gestaltet sich ein Schauspiel, in dem allein ein sittlich fühlendes, ein menschliches Herz alle Gebrechen des Menschengeschlechts heilt. Und in der Karlsschule in Stuttgart hockt heimlich in den Nachtstunden ein rothaariger, sommersprossiger Eleve über den aufrührerischen Szenen seiner «Räuber», die bereit sind, eine morsch gewordene Welt in Trümmer zu schlagen, um sie neu zu erbauen.

Die Stimme der Völker, der Nathan, die Iphigenie, die Räuber! Welche ehernen Monumente auf dem Wege der Freiheit! Und dazu das Schnitzbildchen des Oberon? –

«Wissen Sie, wie schwer es ist, so leicht zu sein?» Wielands Hand erst, seine geschickte, feinfühlige, bewegliche Hand entkleidete alle Dinge ihrer Schwere und besiegte jeglichen Stoff durch gemäße Form. Seine Kunst erst hat die deutsche Dichtung fähig gemacht, die Sache der Menschheit zu verkünden, eben klassisch zu sein.

«Das wird Ihnen nicht gelingen», hatte Graf Stadion skeptisch gemeint. Und es ist doch gelungen!

Der aber, der es vollbracht, der geht indes mit sich zu Rate. Er blättert nachdenklich in den «Räubern», einem Schauspiel, das ihm ein junger Dichter namens Friedrich Schiller aus Stuttgart zugesandt hat. Es ist ein monströses Ding, es erschreckt ihn fast mit seiner ungebärdigen Wildheit. Aber da ist eine Kraft, die ihm selber abgeht, eine urwüchsige, dramatische, spannungsreiche Schöpferkraft. Da ist wahrhaft Genie, wie es Goethe auch hat. Es bedarf noch der Form, der Zügelung, es ist

noch nicht vollendete Kunst, gewiß, aber es ist glühender, reicher, packender als die maßvollen Werke des eigenen Talents. Der «Oberon» zwar ist vollendete Kunst – aber hat dieses Wort nicht auch einen trüben Nebensinn? Was vollendet ist, steht es nicht am Ende? Der Alte stützt den Kopf in die Hand und betrachtet den ungestüm aufsteigenden Löwen des Titelblattes vor sich. Jüngere, Geniale kommen herauf, sie sind schon da! Sie haben noch nicht vollendet; sie fangen erst an. Er muß zurücktreten, beizeiten. Schon Horaz, der Bruder im Geiste, machte es dem schöpferisch Schaffenden zur Pflicht, rechtzeitig aufzuhören. Wieland, der Neunundvierzigjährige, fühlt jetzt, wie richtig diese Forderung ist. Er wird nur noch übersetzen. Vielleicht den Horaz? Seine Episteln? Seine Satiren? Er wird den heiteren Lebenskünstler des alten Rom in die Gegenwart hereinholen, wie er es dereinst mit Shakespeare getan hatte. Wieland seufzt. Es wird eine schöne Aufgabe, und doch – es wird schwer sein, die angeborene Fabulierlust zu unterdrücken. «Aequam memento rebus in arduis servare mentem», flüstert er Horazens berühmte Ode vor sich hin. «Bewahr dir ein gelassenes Herz!»

Nur eines ist noch wichtig zu tun, den jungen Dichtern die Quintessenz seiner künstlerischen Erfahrung mitzuteilen. Er muß ihnen sagen, was er zutiefst erkannt hat, daß nur derjenige den schweren Beruf eines Dichters ergreifen darf, der wahrhaft bereit ist zu entsagen. Verzicht – es ist die Grundforderung aller künstlerischen Leistung! Denn die Aufgabe ist übergroß. «Dichter», so wird er schreiben, «das ist ein kläglich entweihtes, beinah schambares Wort, aber ehrwürdig dem, der seinen Sinn umfassen kann. Des Dichters Werke spiegeln die Idee des Göttlichen zurück, die sich seiner Seele eingesenkt haben.» Die hohe Aufgabe fordert genaueste technische Ausbildung, hartnäckigen Fleiß und unerbittliche Strenge gegen sich selbst. Denn ein Geheimnis wahrer Kunst heißt wesensgemäße Form. «Jede Form ist recht, ausgenommen die langweilige», so zitiert er lächelnd Voltaire. Nicht Prosa, sondern der Vers tut der deutschen Dichtung not, damit sie ein Drama hervorbringe, das sich für uns Deutsche schicke, nur für uns Deutsche, und doch allgemeine Gültigkeit besitzt. Wieland verfaßt seine «Briefe an einen jungen Dichter». Und siehe da, die Worte des «Don Carlos» werden im Jambus unvergänglich, Iphigeniens und Tassos Botschaft vertieft sich im rhythmischen Vers. Die deutsche Klassik beginnt.

Wieland ist inzwischen vom Markt weg hinaus vors Frauentor gezogen, wo er am Anfang der Kastanienallee, die nach Belvedere führt, ein Haus bewohnt, das der ständig wachsenden Familie Rechnung trägt. Ja, die Familie wächst immer noch. Nicht nur, daß die eigene Wiege niemals leer steht, Sophiechen zum Beispiel ist bereits im heiratsfähigen Alter, und ehe Wielands letzte Tochter Luise das Licht der Welt erblickt hat, sind schon Enkel da, kleine Reinholds.

Es war ein seltsamer Mann, der schutzsuchend aus Wien bei Papa Wieland sein Heil versucht hatte: Karl Leonhard Reinhold. Er hatte bereits ein wechselvolles Leben hinter sich: Er war Jesuit gewesen, dann hatten ihn die Ideen der Aufklärung ergriffen, er hatte sich gegen die Fesseln der Kirche und des Staates zur Wehr gesetzt, er war zum Protestantismus übergetreten; da war seines Bleibens in Wien nicht länger gewesen, und so kam der mittellose Flüchtling in das Haus, in dem er in Deutschland wahre Aufgeklärtheit vermutete – in Wielands Schneckenhaus. Und Wieland enttäuscht ihn nicht. Er nimmt ihn auf, er unterstützt und fördert ihn, überträgt ihm Arbeit am «Merkur» und gibt ihm zuletzt Sophiechen zur Gattin. Nach zwei Jahren hat Reinhold, inzwischen zum begeisterten Jünger Kants geworden, eine Professur in Jena inne und hat das Vertrauen, das Wieland großherzig in den Hergelaufenen gesetzt hatte, voll gerechtfertigt.

Die neue Zeit hat Raum geschaffen für die selbständige Persönlichkeit. Sie hat gelehrt, wach und frei zu denken. Es gibt nichts mehr, keine Sitte, keine Autorität, kein Gesetz, nichts, was Wieland, den selbstbewußten Bürger, noch einschränkte, wenn er es nicht selber gutheißt. Unbekümmert trägt er nun ein schwarzes Samtkäppchen auf dem von Neuralgien geplagten Kopf und weiche Tuchstiefel an den empfindlichen Füßen. Die vielen lästigen Unbekannten, die an seine Tür klopfen, weil sie, wie der Dichter spottet, anzunehmen scheinen, «daß ein Autor ein seltsames Tier sei, das man ungestraft in seinem Käfig besichtigen könne», läßt er unbedenklich abweisen. Er durchschaut die Lüge leichtgespendeten Lobes und hält Kraft und Zeit zusammen für seine Arbeit. Briefe, in denen er Belangloses oder Unangenehmes vermutet, bleiben uneröffnet liegen. Ein ganzes Kämmerchen füllt sich nach und nach mit unerledigten Briefschaften, deren Stapel er mit der ihm eigenen Ordnungsliebe sorgfältig von Zeit zu Zeit vom Schreibtisch weg dorthin räumt. Denn man glaubt nicht, wieviel sich erledigt dadurch, daß man es nicht erledigt. Andererseits verliert nichts Dringliches, falls es wahrhaft dringlich war, seine Dringlichkeit dadurch, daß man es beiseite legt!

Zwar erscheint der Alte hie und da noch bei Hofe; aber nun ist er der Verehrte, der Verwöhnte, ist er derjenige, auf den Rücksicht genommen wird. Der Bürger Wieland fühlt sich jedem Adel ebenbürtig. «Ein Gentleman ist man nicht durch Geburt, sondern durch persönliche Eigenschaften», äußert er selbstbewußt.

Als das alte Heilige Römische Reich Deutscher Nation nocheinmal in Joseph II. einen Kaiser erhält, schickt Sophie La Roche, die Federgewandte, für den «Merkur» einen begeistert huldigenden Bericht über den Krönungszug in Speyer – aber Wieland lehnt den Beitrag freimütig ab: «Der Kaiser nimmt keine Notiz von meinem Dasein; gewiß kann er es auch nicht übel finden, daß ich ihm meine schuldige Pflicht bloß durch ehrerbietiges Stillschweigen erweise.»

Sophie La Roche hat ihm diesen Beitrag zugesandt? Ja, sie

ist die berühmte Schriftstellerin geblieben und noch immer berühmter geworden. Nun aber ist sie eine nicht mehr junge Frau, und mit dem Steigen ihres Alters steigert sich auch ihre Liebe zu dem einstigen Bräutigam. Wie oft ladet sie ihn ein, sie doch auf einer ihrer vielen Reisen nach Frankreich, England, Italien zu begleiten. Aber Wieland antwortet abwehrend: «Ich habe keine Zeit», oder: «Ich bin leidend», oder: «Eine Reise selbst nach Frankfurt ist mir eine Reise nach Mexiko», und er beginnt seine seltenen Antworten mit der kühlen Anrede «Liebe Base!» Nichts mehr von «Ma Souveraine». Er ist auch hier völlig frei geworden. Aber das überhört Sophie geflissentlich.

Die ein wenig spießbürgerliche Existenz, die sich Wieland, der Überempfindliche, in seinem Schneckenhaus geschaffen hat, steht in einem wunderlichen Gegensatz zu dem Rebellentum selbständigen Geistes, das er so lange gelebt hat und immer noch lebt. Äußerlich jedoch ist es stille geworden um ihn. Um die Stadt aber, in der er sich eingenistet hat und die mit ihm in der Geschichte der Menschheit zu Großem bestimmt ist, wetterleuchtet es schon. Das helle klare Gestirn, das bisher mit seinem ungewöhnlichen Licht Weimar auszeichnete, ist für eine Zeit aus der bisherigen Bahn gewichen und erglänzt fern im Süden. Die kleine Stadt scheint mit einemmal doppelt unbedeutend und leblos. Da aber zuckt, im Dunkel erst recht sichtbar, ein Vorzeichen des Geistesfeuers, das um die Jahrhundertwende hier, wegweisend für die Welt, entbrennen soll, ein lohender Schein über Stadt und Menschen dahin.

Am Samstag, dem 21. Juli 1787, kommt unangemeldet Schiller nach Weimar, der Dichter der «Räuber», der «Luise Millerin», des «Don Carlos», dem das Schicksal eine Atempause in der Odyssee seines Lebens bei Körners in Leipzig vergönnt hatte. Er sucht Goethe. Aber der weilt schon seit einem Jahr in Italien. So verbringt der Ankömmling den Sonntag müßig mit der Freundin Charlotte von Kalb. Am Montag aber geht sogleich ein Billett an Wieland mit der Bitte, ihn zu empfangen. «Heute nachmittag um fünf Uhr», antwortet Wieland bereitwillig, «aber hegen Sie keine zu großen Erwartungen!»

Trotzdem voller Erwartung, tritt Schiller durch das Pförtchen des Wielandschen Hauses jenseits des Frauentors. Eine steile, schmale Steintreppe führt ihn durch einen kleinen Vorgarten zur Haustür empor. Auf den Stufen haben sich das vierjährige Minchen und das fünfjährige Julchen in der Sonne breitgemacht, um ihre Puppen zu wiegen. Die Kinder schauen neugierig auf, doch machen sie nicht Platz, und Schiller muß langbeinig über ihr Spielzeug hinwegsteigen. Auf dem Rasen neben der Treppe toben zwei Knaben mit Hü und Hott. Als sie den Fremden gewahr werden, sind sie im Nu um die Ecke verschwunden. Den Hauseingang versperren zwei zehn- und elfjährige Buben, die im Ringkampf umherrollen. Sie springen verlegen auf und klopfen sich flüchtig den Staub von den Jakken. «Ich werde Sie sogleich melden», sagt höflich der eine und läßt den Gast eintreten. Ein etwa zwölfjähriges Mädchen drückt sich mit scheuem Gruß vorbei, als der Bruder mit dem Herrn die Diele betritt. Der Knabe öffnet eine Tür, indem er ruft: «Wo ist der Papa, Linchen?», und Schiller sieht drei fast erwachsene Töchter, mit Handarbeiten beschäftigt, um einen runden Tisch sitzen. Wie viele solcher Kreaturen hat denn nur dieser Wieland?! Die Älteste, etwa achtzehnjährig, in lichtblauem Hauskleid, die schlichten blonden Haare zur einfachen Krone hoch auf dem zierlichen Haupt zusammengeschlungen, erhebt sich, und errötend geleitet sie den Besucher endlich zum Vater. Der junge Dichter betrachtet mit Wohlgefallen seine Begleiterin, doch schon steht er vor dem Hausherrn. Wie? Dieser unscheinbare Mann soll der weltberühmte Meister der Poesie sein? Kaum mittelgroß die Gestalt, blatternarbig und welk das Gesicht; kleine helle Augen über einer großen fleischigen Nase. Nichts in dieser Erscheinung spricht für Außergewöhnliches. Wieland reicht dem Eintretenden eine frauenhaft zierliche

Hand zum Gruß. «Wir wollen langsam anfangen», sagt er zu dem Gast. «Wie wollen uns Zeit nehmen, einander etwas zu werden!»

Die unkonventionellen Worte, in herzlichem Ton gesprochen, erwärmen den Jüngeren. Sie lassen ihn das unschöne Äußere völlig vergessen. Beide sind sogleich mitten im lebhaften Gespräch — es ist, als kennten sie sich seit langem. Zwei Stunden dauert dieser erste Besuch. Und als sie gemeinsam das Haus verlassen und Wieland den Gast ein Stück des Weges begleitet, hält Schiller heimlich Ausschau, ob sich nicht aus irgendeiner Stubentür wieder der liebliche Mädchenkopf mit dem blonden Haarkrönchen zeigen will. Aber nur eine Puppe und ein Steckenpferd liegen verlassen auf den Steinstufen.

Schnell werden Schiller und Wieland miteinander vertraut. Besinnlich spazieren beide oftmals an der Ilm im Stern umher. Wieland fragt teilnahmsvoll nach dem Werdegang des Jüngeren, er hört von der Lebensnot, von der Gefangenschaft dieser Jugend; er lernt begreifen, wie aus Zwang und Eingeengtheit die maßlose Empörung der «Räuber» hervorbrach. Er findet Verwandtes in der eigenen Entwicklung und berichtet, wie auch er gefangensaß in Pietismus und erdrückender Autorität und wie aus seinem endlich erwachten Freiheitswillen die «Komischen Erzählungen» entstanden.

Schiller sieht auf den zierlichen Alten herab. «Die Räuber» und die «Komischen Erzählungen»?! Er lächelt ein wenig überheblich. Doch wenn Wieland, der Kenner, nachdem er Stücke aus der «Geschichte der niederländischen Rebellion» angehört hat, ihn zu seinem Weg als Schriftsteller der Geschichte ermutigt oder ihn als den kommenden Dramatiker rühmt, dann versöhnt sich sein Herz wieder mit dem väterlichen Freund.

Und wenn der Einsame die langen Abende dieses Herbstes im Wielandschen Hause verbringt, wenn alle Kinder ihn zutraulich begrüßen, die Kleineren ihm auf den Schoß klettern, die halbwüchsigen Jungen ihre Kräfte mit ihm messen, wenn er im großen Familienkreis unter der Lampe sitzt in behaglich durchwärmtem Zimmer bei fröhlichem Geplauder, wenn er das liebliche Mädchengesicht mit dem blonden Haarkrönchen unter seinem Blick erröten sieht, dann steigen in ihm ununterdrückbare Wünsche nach Geborgenheit, nach Sicherheit auf. Er wird hier aufgenommen wie ein Sohn, er könnte hier für immer ein Sohn werden! Er könnte wie Reinhold am «Merkur» mitarbeiten, er zweifelt nicht, daß Wieland ihm seine Tochter Karoline zur Gattin gäbe – er würde eine Heimat haben, ein Heim! Sein Blick streift die vielen fröhlichen Kinder, die fürsorgliche, geduldige Frau, den Hausherrn mit seinem Samtkäppchen, das trauliche Zimmer. Draußen vor den Fenstern mit den hellen Gardinen toben Wind und Wetter. Plötzlich stehen ihm in aller Deutlichkeit die vielen kalten einsamen Winterabende vor der Seele, die er bereits hinter sich gebracht hat, hungrig, frierend, ohne Geld, in armseliger Stube, immer nur fremder Gast. Aber plötzlich sieht er auch, wie er eben in diesem Elend, in dieser Verlassenheit die großen Gestalten seines Ferdinand, seines Marquis Posa aus sich heraushob. Er schließt die Augen. Es war eine Versuchung. Er weiß, für ihn ist solches Nest nicht gebaut. Ihm ist ein rauherer, ein steilerer Weg bestimmt, und er hebt entschlossen das kühne Profil empor, derweil sein Blick wie abwesend das friedvolle Zimmer streift und eine ungekannte weite Ferne sucht.

Karoline also ist noch zu vergeben. Inzwischen aber stellt sich ein Bewerber für Amaliens Hand ein: August Jakob Liebeskind, Pfarrer in dem nahen Dorf Oßmannstedt. Der Freund des Bräutigams, der Diakonus Schorcht aus Jena, wird die Trauung übernehmen. Der Diakonus Schorcht macht Besuch im Haus vor dem Frauentor. Das sanfte liebliche Gesicht unter dem schlichten blonden Haarkrönchen macht auch ihm einen unauslöschlichen Eindruck, und nicht lange, so begehrt er selber diese Tochter zur Frau.

Das wird ein großes Fest im September 1788. Der eine Schwiegersohn traut den anderen und dann traut der andere den einen. Die kleine Kirche in Oßmannstedt wird fast zur Hauskapelle des Geschlechts der Wielande. Malchen heiratet am 1. und Karolinchen am 28. September. Zweimal also steht ein ganzer Zug blumengeschmückter Kutschen vor dem Wielandschen Gartenpförtchen, denn zehn Kinder und drei Schwiegersöhne und die Eltern beanspruchen eine Menge Platz. Es ist eine große Hochzeitsgesellschaft schon ohne alle Gäste. Unter fröhlichem Lärm fahren die Wagen über die Ilmbrücke den Berg der Altenburg hinauf, durch den schon golden schimmernden Walddom des Webichts. Schloß Tiefurt bleibt zur Linken im Tal, man fährt hügelab, hügelauf an abgeernteten Feldern vorbei, dann durch eine Furt wieder über die Ilm. Der schmale runde Turm der Wasserburg Denstedt taucht jenseits auf. Man wird zur jubelnden Freude des ganzen jungen Volks auf holprigen Wegen fürchterlich durcheinandergerüttelt. Die Kinder bemühen sich, im Fahren die Zwetschen von den Bäumen zu erhaschen, die tief und früchteschwer ihre Zweige herunterhängen lassen.

Da ragt bereits der Kirchturm von Oßmannstedt zwischen Ilmgebüsch und niedrigen Häusern im Tale auf. Wieland wendet sich um. Glückerfüllt läßt er seine Augen über die Landschaft hinschweifen. Sie ist karg und doch großlinig. Sie hat etwas Bergendes und beengt doch nicht. In vielen anmutigen Windungen, aber weithin klar überschaubar fließt die Ilm dahin, in schmalem Bette zwar, doch auf breiter Talsohle. Am Horizont zur Linken grenzt der bewaldete, mäßig hohe, langgestreckte Ettersberg mit milder Linie den ins Grenzenlose schweifenden Blick ab. Zur Rechten dehnen sich sanft ansteigende Felder, unterbrochen von dunklen Waldstücken. Das gleichsam abgeschlossene Tal öffnet sich in blauer Ferne nach Westen und Osten, und ein riesiger, seidig blauer Himmel überspannt in mächtiger Wölbung das weite Becken. Dies ist eine große, breite Schale, in der sich gute Geister sammeln und wirken können. «Arche Noä für gute Geister», so hat er dereinst in Stedten gesagt.

«Deus providebit – Gott wird sorgen», flüstern Wielands Lippen leise. Dieses Wort ist eine Art Wahlspruch für ihn geworden. Es liegt darin ein Stück der pietistischen Gläubigkeit von einst; es liegt darin ein Stück lächelnder Bescheidung, die sich bewußt ist, wieviel an unvordenkbarem Geschick dem Menschen trotz all seiner Vernunft widerfährt; und es liegt darin ein Stück spitzbübischer Hoffnung, die in aller scheinbaren Ausweglosigkeit doch der unbegreiflichen Kraft lebendigen Lebens vertraut. «Und gäb' es keinen Gott, man müßte ihn erfinden», zu diesem Schluß war im Gewirr der Zeit Voltaire gekommen. «Man wird bald müde, nichts mehr zu glauben», so hatte Wieland gefunden.

‹Deus providebit›, denkt er wiederum, als er in der Dorfkirche vor der heiter-bunten Barockkanzel neben seinem Dorchen sitzt, inmitten seiner blühenden Kinderschar, die sich Anfang des Jahres wieder um eins vermehren wird. Mit Rührung und zugleich mit ironischer Nachdenklichkeit sieht er zu, wie zwischen den zwei Plastiken des Johannes und der Maria, die sich zu beiden Seiten des Altars zierlich ins Licht heben, der kommende Schwiegersohn den neuen Schwiegersohn mit Malchen einsegnet. «Gott ist die Liebe», heißt der Text der Predigt. Papa Wieland hat ihn ausgesucht und lauscht gespannt, wie der Diakonus Schorcht diese Worte auslegt, über die er einmal vor langer Zeit den streng pietistischen Vater hat predigen hören; die ihm dereinst schwärmerisch Bibis süße Lippen zusangen und die dann sein eigener Trautext geworden waren. «Gott ist die Liebe» – wie mühen sich die Menschen an diesem Wort! «Deus providebit» – das ist nüchterner und eher zu glauben.

Und hat sich nicht wirklich alles wunderbar gefügt? Dieses Jahr 88 ist ein reiches Fruchtjahr in seinem Leben. Nicht nur, daß der Reihe nach eine Tochter nach der anderen unter die

Haube kommt, gleichzeitig hält der erste Schwiegersohn, der Professor Reinhold, in Jena Vorlesungen über den «Oberon». Vierhundert Hörer haben sich eingefunden. Sie sitzen auf den Fensterbrettern, auf dem Fußboden, auf dem Ofen, sie stehen an den Wänden, in der offenen Tür, ja draußen an den geöffneten Fenstern. Wieland ist der berühmteste, der gefeiertste Dichter Deutschlands – wie schon einmal zur Zeit der «Komischen Erzählungen». Aber diesmal darf er ohne spöttisches Lächeln stolz sein auf seinen Ruhm; diesmal lockt nicht nur der heikele Stoff, sondern Form und Gehalt seiner gereiften Kunst. Und Georg Joachim Göschen in Leipzig, ein junger unternehmungslustiger Verleger, wagt es, auf Grund solcher Zelebrität eine Ausgabe sämtlicher Wielandschen Werke zu veranstalten. Wieland hat den Vertrag bereits in der Tasche. «Deus providebit», sagt er, und diesmal hat das Wort wirklich einen leisen Anklang von vergnüglichem Spießbürgertum.

Da aber schrecken den Zufriedenen die Geschehnisse des Jahres 1789 jäh empor. Schon einmal war er, der immer nach Ruhe und Sicherheit Strebende, durch das Zeitenschicksal aufgeweckt worden, gerade als er sich am Ziele wähnte. Das war in Zürich gewesen, als das Erdbeben von Lissabon und das Unheil des Siebenjährigen Krieges ihn unvermutet die dunklen Abgründe des Lebens hatten schauen lassen.

Nun fährt der Sturm der Französischen Revolution über Europa hin. Wieland hebt den Kopf. Was bereits im vergangenen Jahrzehnt auf der Ebene der neuen deutschen bürgerlichen Dichtung angestrebt und im Geist begonnen worden war, der Kampf um Recht, Freiheit und Gleichheit des Menschen, das flammt nun in Paris zur politischen Tat empor. «Freiheit, Gleichheit, Brüderlichkeit!», so tönt es jetzt aus dem Munde eines ganzen erwachten Volkes über den Rhein. Die große Sache der Menschheit wird in Frankreich umkämpft. Niemand nimmt so tätigen Anteil an allem Geschehen wie Wieland. Seine Zeitschrift «Merkur», dereinst fortschrittlich für die breite Masse des Bürgertums begründet, gewinnt nun eine neue unerhörte Aktualität. Sie wird zu einem freien politischen Ausspracheraum, wie es ihn nirgendwo sonst gibt. In unbefangenem Für und Wider behandelt Wieland, ein moderner Journalist, die drängenden Probleme der Gegenwart. Er macht weitgehende soziale Vorschläge zur Abhilfe der Not des französischen Volkes. Man solle zum Beispiel «die Kapitalisten, die in den letzten fünfzig Jahren unermeßliche Reichtümer auf Unkosten der Nation zusammenspekuliert haben», in ihren Rechten und Einkünften beschränken. Er fordert, die neu geschaffenen Zustände «ohne Rücksicht auf die im Grunde wenig bedeutende Verschiedenheit der Staatsformen» anzuerkennen. Er warnt davor, sich durch den emigrierten französischen Adel zu Taten hinreißen zu lassen, die nur Unheil über die Völker bringen. «Und wenn alle Franzosen von der Erde vertilgt würden», so ruft der Humanist Wieland mahnend, «würde irgend etwas, was geschehen ist, dadurch ungeschehen gemacht werden? Und worauf wollten wir das angebliche Recht begründen, große Übel dadurch zu rächen, daß wir sie mit noch größern häufen?» Und als die blutigen Opfer, die diese Revolution fordert, viele Dichter und Denker vor dem großen Ziel zurückschrekken läßt, äußert Wieland: «Wenn ich zwischen dem Tod des Königs und dem Tod der Freiheit wählen muß, so wähle ich den Königsmord!» *Wenn* ich wählen muß — da ist sie wieder, die tragische Tatsache, die Bedingtheit alles Irdischen, daß jedes Neue zugleich Abbruch und Aufbau ist. Aber Wieland ist überzeugt davon, daß das Gute, das die Revolution «in Bewegung gebracht hat, für die Menschheit nicht verlorengehen, sondern nach und nach im stillen tausendfältige Früchte tragen wird.» Er verfolgt den Lauf der Dinge mit wacher Aufmerksamkeit, und als die neue Republik dann auch seinem persönlichen Ideal von Demokratie nicht zu entsprechen scheint, entwickelt er den Plan, man solle dem Direktorium einen einzigen, entscheidenden Mann vorsetzen, und zwar den jungen, aus dem

Volke kommenden General Bonaparte! Welch ein unerhörter Vorschlag! Aus allen Lagern nehmen die Leser des «Merkur» dazu Stellung. Einige zustimmend; viele erstaunt; die meisten entrüstet. Selbst ein offiziöses englisches Blatt, der «St. James Chronicle» in London, hält es für nötig, sich gegen diesen Aufsatz zu wenden, den ein «Minister Wieland»! verfaßt hat. Den Herausgeber des «Merkur» gelüstet es nicht nach Titeln. Diese Ernennung zum Minister aber macht ihm Spaß.

Unermüdlich hat er gemahnt, gewarnt, prophezeit, zur Vernunft und zum Frieden gerufen, der «Mann im Schneckenhaus», der Alte, der Spötter! Er sah, unbeirrt von Einzelheiten, die welthistorische Bedeutung dessen, was geschah! Das Heilige Römische Reich Deutscher Nation mit seinen längst überlebten sozialen, politischen und geistigen Formen zerfiel und mußte zerfallen. Neue Ideen, neue Notwendigkeiten, neue Möglichkeiten zogen herauf. Das Neue in die Tat umsetzen kann nur der Mensch, der auf sich selbst gestellte, freie Mensch. Wenn er die Kraft, die in ihm ruht, wirklich ergreift, so ist er zu allem befähigt, so vollbringt er jegliche Wandlung. Aber der Preis dafür ist hoch; er heißt Schuld, Schmerz, Tod. Welche Aufstiege, welche Abstürze, welche heroische Größe, welche egoistische Kleinheit hat Wieland in diesen stürmischen Tagen der Revolution sich vollziehen sehen!

Nachdenklich liest er im Lukian, dem großen griechischen Satiriker. Die Übersetzung der Horazischen Satiren und Episteln war beendet, nun hatte er sich darangegeben, den Lukian, den ihm so verwandt erscheinenden witzigen Schriftsteller des römischen Imperiums, ins Deutsche zu übertragen. Auch hier hat er nach einer Satire gegriffen und entdeckt darin plötzlich einen gegenwartsnahen, höchst aktuellen Stoff. Der welterfahrene Ironiker der Antike spottet über die seltsame Erscheinung eines seiner Zeitgenossen, über den Peregrinus Proteus. Das war ein griechischer Philosoph, der Christ wurde. Gefangengesetzt schwor er seinem neuen Glauben wieder ab. Freigelassen zog er dann als Wanderprediger umher und verkündete in anderer Weise die Lehre der Unsterblichkeit. Schließlich machte er bekannt, er werde sich selber in Olympia bei den Festspielen öffentlich verbrennen. Das Volk strömte sensationslüstern herzu. Peregrin aber verbrannte sich zu aller Gespött keineswegs. Erst auf der nächsten Olympiade im Jahre 165 n. d. Z. bestieg er, nun gänzlich unerwartet, vor einer schnell herbeigeströmten riesigen Zuschauermenge einen selbsterrichteten Scheiterhaufen und opferte sich darauf in freiem Entschluß. Lukian spottet: Welch ein Schwärmer, welch ein Schauspieler, welch ein schwankender Charakter! Wieland spottet nicht. Seine Zeit hat ihn sehen gelehrt. Hier war mehr als ein zum Lachen reizender Don Quichote, der der Welt um jeden Preis seine Hirngespinste aufdrücken wollte. Wieland, der mit offenem Herzen und wachem Verstand die Geschehnisse der Französischen Revolution beobachtet hat, entdeckt in diesem Peregrinischen Schicksal ein modernes Problem: die tragische Gestalt des zu immer neuer Wandlung bereiten Menschen, der sich allem Herkömmlichen, allem Starren entriß und ins Ungewisse vorwärtsdrang, der bereit war, sein Leben einzusetzen, und dann unsicher und angstvoll wieder zurückwich. Der Mensch zwischen Altem und Neuem – bekämpft, bejubelt, verlacht! War da nicht ein Stück des eigenen Schicksals und das Voltaires?

Mit Erschütterung hatte er vernommen, wie das französische Volk den Sarg seines großen Aufklärers in gewaltigem Triumphzug aus dem dunklen Kellergewölbe der Vergessenheit hervorgeholt und siegesstolz in einem pompösen Schauspiel im Pantheon beigesetzt hatte. «Er hat uns vorbereitet, frei zu werden», stand nun auf dem Sarkophag. Voltaire, der mit rücksichtsloser Kühnheit Kirche und Königtum angegriffen und den Weg der Freiheit bereitet hatte, hatte er nicht dennoch ohne weiteres, wenn er in Gefahr kam, seine Verfasserschaft abgestritten? Hatte er sich nicht von Monarchen verwöhnen lassen und nicht in Sorge um sein Grab auf dem Sterbebett versucht, das vom Priester geforderte Bekenntnis zu Gott abzulegen — der schwache, eitle, ängstliche Mensch? War er nicht dennoch ein Bahnbrecher, der immer von Neuem das Neue begonnen hatte? Da gibt es nichts zu spotten, da kann man nur betroffen hinblicken auf das große Rätsel Mensch und nachdenklich lächeln. Peregrinus Proteus — welch ein Name schon! Peregrinus — der Fremdling, Proteus — der sich ewig Verwandelnde!

Im tiefsten aufgewühlt, vergißt Wieland alle Vorsätze, nicht mehr zu dichten. Er greift nach der Feder, um eine Rechtfertigung dieses Peregrinus Proteus zu schreiben. Er läßt den Spötter Lukian nach dem Tode im Elysium zu seinem grenzenlosen Erstaunen dem verspotteten Peregrin begegnen. Wie? Ist dieser aufsehenerregende Narr also nicht verdammt, sondern gleicherweise aufgenommen in die Gefilde der Seligen?! Die beiden Widersacher kommen miteinander ins Gespräch.

«Um nicht weniger zu werden als ein Mensch, muß man sich bestreben, mehr zu sein», verteidigt sich Peregrin. «Wir schweben zwischen Himmel und Erde in der Mitte, und der Mensch, der nicht ein Gott zu werden strebt, wird sich am Ende in ein Tier verwandelt finden.»

«Und deshalb faßtest du den Vorsatz, dich auf der Olympiade selber zu verbrennen?» fragt Lukian noch immer mit leisem Spott.

«Ich wollte meinem verweichlichten, veräußerlichten Zeitalter durch einen heroischen Entschluß beweisen, daß die Kraft des Geistes im Menschen über den Leib triumphieren kann», antwortet Peregrinus leise.

Der nüchterne Spötter Lukian aber sieht den Schwärmer nachdenklich an. «Es muß ein süßer Augenblick gewesen sein, Peregrin», sagt er, plötzlich eine Sphäre erahnend, die ihm selber bei Lebzeiten verschlossen war. «Es muß ein süßer Augenblick gewesen sein, als du dich aus dem erstickenden Flammenstrudel auf einmal in dieses neue Leben versetzt fühltest.»

Und Peregrinus antwortet lächelnd darauf: «Für mich, der sich dessen versah, nicht so überraschend als für dich, der überzeugt war, daß mit dem letzten Atem alles aufhöre!»

Im Jahre 1791 ist der «Peregrinus Proteus» beendet. Und wieder ist Wieland hellhörig und überwach und seiner Zeit weit voraus. Sein Gefühl ist wie eine zitternde Stahlfeder durch das Erdbeben der Französischen Revolution in Schwingung geraten. Die neue Zeit findet ihn auf neuen Wegen, und der Proteus Wieland, der große Rationalist, entdeckt einen gänzlich irrationalen Bereich des Lebens! Ist der wahrhaftige Mensch nicht nur klar, einfach und diesseitig, sondern auch voller dunkeler unbegreiflicher Abgründe?

Die wenigsten werden gewahr, daß eine neue Zeitepoche begonnen hat. Immerhin ist auch die idyllische Ruhe des Weimarer Lebens aufgestört. Karl August und Goethe beteiligen sich an der Kampagne in Frankreich. Anna Amalia ist angeregt, den Rest ihres Lebens besser zu nutzen als bisher, und entschließt sich zu einer Reise nach Italien, und Herder begleitet sie. Selbst Wieland wagt sich wieder ein wenig in die Welt hinaus, zwar nicht bis zur Marne oder zum Tiber – nur bis nach Leipzig und Dresden. Noch einmal, wie auf der Reise zu Sophie und zu den Empfindsamen in Darmstadt vor zwanzig Jahren, drängen sich überall die Leute an den berühmten Dichter heran.

Wieder einmal hat er Anlaß, über der erfreulichen Last seiner Zelebrität vergnüglich zu seufzen. Wieder einmal steht er wie auf einer Bühne und spielt die vielbeneidete Rolle eines «Großen der Menschheit» in einem Schauspiel, dem die ganze gebildete Welt zuschaut. Das war in Leipzig, wo inzwischen der erste Band der großen Prachtausgabe seiner sämtlichen Werke erschienen ist: Göschen, der stolze Verleger, gibt dem Autor, von dem er sich so viele Einnahmen verspricht, einen aufsehenerregenden Empfang. Er ladet ihn ein in einen großen Park.

Ein stiller See breitet sich dort aus, zwischen Gebüschen verborgen. Mitten in dem Weiher liegt eine Insel mit einem Hügel und künstlicher Grotte. In dieser romantischen Höhle hat Göschen ein Tempelchen errichtet und darin Wielands Büste aufgestellt. In einer Gondel, die mit bunten Lampions geschmückt ist, wird der verehrte Dichter zur Insel gerudert. Er steht, spöttisch lächelnd zu sarkastischem Wort bereit, vor der malerisch erleuchteten Szenerie, in der er sein eigenes Abbild feierlich aufgebaut sieht. Ist dies das Pantheon, das Deutschland *seinem* Voltaire bereitet? Da rollt ein griechischer Wagen heran – zwei schöne Knaben in antikem Kostüm entsteigen ihm und überreichen dem Autor den schweren ersten Band der großen Prachtausgabe. Während Wieland überrascht den pompösen Quartband durchblättert, naht sich mit leisen Ruderschlägen eine zweite Gondel. Eine Muse, Göschens anmutige Schwägerin, steigt aus und bekränzt den Dichter mit Lorbeer. Wielands spöttische Überlegenheit ist geschwunden, sein illusionsfähiges Herz ist überwältigt. Tränen steigen ihm in die Augen. Er wendet sich ab, um sie zu trocknen.

Und wieder einmal lächelt die Welt gerührt.

Und sie staunt. Sie staunt über den geschäftstüchtigen Verleger Göschen: In viererlei Ausführungen bringt er die «Sämtlichen Werke» auf den Markt; die prunkvollste in Großquart auf geglättetem Velinpapier erster Sorte; eine zweite nur in Großoktav und auf Velin von nur zweiter Sorte; die dritte als Taschenausgabe immerhin noch auf Velin; und schließlich eine wohlfeile Ausgabe in gewöhnlichem Format auf gewöhnlichem Papier für gewöhnliche Sterbliche. Denn der Preis für die Prachtausgabe beträgt 250 Taler, das halbe Jahreseinkommen eines normalsituierten Mannes, und Göschen will doch auch verdienen. Er nimmt sich übrigens auch anderer Dichter an; Goethes zum Beispiel. Er gibt «Goethes Schriften» heraus: acht gewöhnliche Oktavbändchen. Von Prachtausgaben kann bei diesem Autor natürlich nicht die

Rede sein. Im siebenten Band ist ein Werk abgedruckt, von dem man schon hat reden hören: «Faust. Ein Fragment.» Wieland kennt es zum Teil, aber nun, wo er es liest, erschrickt er davor bis ins Herz.

Die Reise nach Leipzig und Dresden im August 1794 hat drei Wochen gedauert. Er hat sie überstanden, ohne daß der Wagen umgeschlagen wäre, ohne daß Räuber oder Mörder ihm aufgelauert hätten, ohne daß sich infolge der ungewohnten Lebensumstände ein Katarrhalfieber oder sonst ein bedrohliches Siechtum eingestellt hätte. Und so faßt er den Mut, im Juni 1796 eine Reise sogar bis in die Schweiz anzutreten. Anna Amalia, die begreift, welch unerhörtes Wagnis diese Fahrt für den greisen Dichter ist, stellt die größte und bequemste Reisekutsche des Hofs zur Verfügung. Groß muß sie sein, denn Wieland wird natürlich nicht allein fahren. Außer seiner Frau kommen selbstverständlich einige Kinder mit, die siebenjährige Luise und der fünfzehnjährige Wilhelm und Karoline, die Tochter mit dem blonden Haarkrönchen, die leider seit vier Jahren schon wieder unter dem elterlichen Dach lebt, weil der Diakonus Schorcht nach kurzer Ehe gestorben ist. Das Ziel der Reise ist Zürich, wo Wieland seine Tochter Charlotte besuchen will, die in glücklicher Fügung des Schicksals vor einem Jahr den Sohn von Wielands altem Schweizer Verleger Salomon Geßner geehelicht hat. Mit selbstironisierender Befriedigung stellt Papa Wieland fest, daß das Land Schwaben gerade zweihundert Landstreicher und Spitzenbuben aufgegriffen und sistiert hat, die also der Familienkutsche nichts mehr anzuhaben vermögen. Sie gelangt denn auch unangefochten bis Schwäbisch Hall und weiter nach Ulm. Aber als Dorchen an beiden Stationen den Vorschlag macht, von der großen Heerstraße abzubiegen, um die Heimatstadt Biberach wiederzusehen, da findet Wieland tausend ängstliche Gründe, die ein solches Unternehmen unratsam erscheinen lassen. Zum mindesten kann man den Besuch auf die Rückfahrt verschieben. So trifft die Familie auf dem kürzesten Wege in Zürich ein. Geßners haben ein abseitiges stilles Landhaus zur Verfügung gestellt. Dort lebt Wieland nun drei Monate lang still für sich, als sei er in Weimar vor dem Frauentor. Nur, daß seine Augen jetzt wieder statt auf den Wipfeln des Parks auf dem grünen Wasser des Sees und den Alpenketten ausruhen, wenn er einmal von seinen Büchern aufblickt. Einen einzigen Besuch in der Stadt hat er sogleich nach seiner Ankunft gemacht: Er besuchte Frau Grebel-Lochmann, die, fünfundachtzig Jahre alt, noch in dem alten Haus hinter dem Vorgarten lebt. Er wird in das kühle, hohe, ein wenig dunkle Patrizierzimmer geführt, in dem die Freundin einst begeistert «Die Empfindungen eines Christen» las. Eine mumienhafte Greisin sitzt in einem Lehnstuhl und reicht ihm eine zitternde braunfleckige Knochenhand.

«Monsieur Wieland?» fragte eine dünne, heisere Stimme. «Excusez – ich kann mich gar nicht entsinnen.»

«Sie lasen nach dem Tode Ihres Gatten meine ‹Empfindungen eines Christen›», versucht Wieland ihrem Gedächtnis zu Hilfe zu kommen.

«So – Empfindungen eines Christen – das ist recht», sagt die Greisin in verständnislos höflicher Gleichgültigkeit.

«Es war eine Dichtung von mir, Madame», erklärt Wieland.

«So, haben Sie gedichtet?» murmelt Frau Grebel-Lochmann. «Ja, ja, heutzutage dichten sie alle.»

«Ich hatte die Ehre, Sie des öfteren des Abends aus der Gesellschaft von Geßners nach Hause führen zu dürfen», versucht Wieland zu erinnern.

«So, so», nickt der alte Kopf. «Ja, ich bestellte mir ab und zu einen Lohndiener – es war immer so dunkel.»

Wieland erhebt sich. Er betrachtet die dürre gelbliche Hand, die sich ihm zum Abschied entgegenstreckt; sie ragt wie damals aus kostbaren Spitzen hervor, die elegant aus schwarzem Seidenärmel fallen. Aber er kommt nicht mehr in Versuchung, diese Hand zu küssen – nicht einmal der Erinnerung zuliebe.

Wie gut, daß ihm damals niemand den Wunsch erfüllen konnte, ihn zwanzig Jahre älter zu machen!

Weitere Besuche sind ihm nun verleidet. Julie Bondeli ist seit achtzehn Jahren tot. Das Schicksal hatte ihr nach dem Leid um Wieland die reine Freundschaft Rousseaus geschenkt. Sie war eine reiche, starke Persönlichkeit gewesen, und der ehemalige Bräutigam brauchte sich dieses Verhältnisses nicht zu schämen. Das eine Jahr der Gemeinschaft mit ihr war seltsam gewesen. Sie hatten nicht zueinander gepaßt, und doch hatte es sie zueinander gezogen. Und im September 78 — er weiß noch wie heute —, da hatte er mit Dorchen im Wohnzimmer vor dem Frauentor gesessen, und da hatte es ihn plötzlich getrieben, von Julie zu sprechen. Er hatte sich genau vieler Einzelheiten erinnert. Es war ihm gar nicht bewußt gewesen, daß sein Gedächtnis so deutliche Erinnerungen von allem bewahrt hatte. Er hatte versucht, seiner Frau die Gestalt der so lang vergessenen Freundin zu beschwören. Später hatte er dann erfahren, daß Julie an jenem Abend gestorben war.

Julie ist also lange tot. Ein Zusammentreffen mit ihr wäre gewiß nicht so verlaufen wie das mit Frau Grebel-Lochmann. Es tut nicht gut, alte Lieben wieder aufzusuchen, nicht einmal alte geliebte Landschaften. Zwar, der Verkehr mit Lavater und Pestalozzi ist anregend, den kann man in Weimar nicht haben. Aber sonst war eigentlich Weimar auch gar nicht so schlimm. Und da nun auch die Kriegsereignisse immer näher an das Gebiet der Eidgenossenschaft heranrücken und Napoleons Armeen im Süden und im Norden der Schweiz auf dem Vormarsch sind, so beschließt man, beschleunigt aufzubrechen. Und niemand ist glücklicher als Vater Wieland, als er, heil und ganz von seiner Südexpedition zurückgekehrt, wieder mit den gewohnten Menschen in der gewohnten Umgebung den gewohnten Tageslauf leben kann. An Biberach ist man selbstverständlich wieder schnell vorbeigefahren.

Und dann war dieses Weimar doch nur aus der Entfernung

so begehrenswert gewesen. Die Reisen hatten ihm wieder deutlich vor Augen gerückt, daß er eine europäische Zelebrität war, in Weimar aber beachtete das niemand. Im Gegenteil! Man tat ihm immer wieder empörende Kränkungen an. Schon vor vier Jahren hatte der Herzog, der einstige Zögling, die Gleichgültigkeit gegen den alten Lehrer so weit getrieben, daß er für Goethe ausgerechnet jenes Haus kaufen wollte, in dem sich Wieland seit fünfzehn Jahren bequem eingerichtet hatte. In jähem Zorn war Wieland damals ausgezogen, ehe die Verhandlungen noch zu irgendeinem Abschluß gelangt waren. Er hatte sich ein Appartement unmittelbar gegenüber gemietet. Als der Herzog für Goethe dann eine bessere Stadtwohnung gefunden hatte, da hatte Wieland, um in Zukunft ähnliche Bedrohungen seiner Existenz zu verhindern, das fragliche Haus selber käuflich erworben. Die ganze vielköpfige Familie war noch am Morgen des Heiligabends wieder auf die andere Straßenseite zurückgesiedelt und hatte in den vertrauten Räumen, die man ein halbes Jahr lang von gegenüber mit Sehnsucht und Ingrimm betrachtet hatte, ein turbulentes Weihnachtsfest gefeiert. Wieland hatte laut über alle Herzöge der Welt triumphiert. Das war erst vor vier Jahren gewesen. Und nun widerfuhr ihm schon wieder beleidigende Nichtachtung! Ein Herr Mounier, ein Revolutionsflüchtling aus Paris, war nach Weimar gekommen und plante, eine Schule für vornehme junge Leute einzurichten. Karl August hatte ihm das Schloß Belvedere zur Verfügung gestellt. Nun sollten die Räume auch mit einem Spinett ausgestattet werden. Da erinnerte sich der Herzog, daß ja Wieland seit Jahren ein Instrument des Hofes leihweise benutzte, und verlangte bedenkenlos die Rückgabe. Nun ja, Herr Mounier war musikalisch, aber mußte er gerade auf Wielands Klavier seiner Musikliebe frönen? Es gab schließlich noch mehr Instrumente in Weimar!

Auch die beiden Fürsten des Geistes, Goethe und Schiller, seine Freunde, sie verletzten ihn wider alles Vermuten. Sie hatten im Jahr 1794 endlich zueinander gefunden und einen «Bund des Geistes und der Liebe» geschlossen, an dem Wieland wenig teilhatte; sie hatten gemäß jener Erkenntnis, die er als erster in den «Briefen an einen jungen Dichter» verkündet, eine Kunstrichtung begründet, die mit hohem Ethos in Form und Gehalt die höchsten Ziele erstrebte. Aber auf einmal gefiel es ihnen, in diesem Kampf über die kleineren Zeitgenossen herzufallen und sie in dem vernichtenden Strafgericht ihrer «Xenien» zu verurteilen. Wielands ganzes Wesen empörte sich über solche mitleidlose, aristokratische Überheblichkeit. Wie könnte etwas Großes wachsen, wenn nicht unter und neben ihm auch Mittelmaß und Kleinwuchs gediehe! Und mit tiefem Groll liest er, daß die Übermütigen sich sogar an ihn selber herangewagt haben. «Die zierliche Jungfrau von Weimar», so spotteten sie; über die Prachtausgabe seiner «Sämtlichen Werke» mokieren sie sich. Schiller soll sogar geäußert haben, an diesen «Sämtlichen Werken» könne er nur die Arbeit des Druckers bewundern.

Fast unbemerkt ist Weimar zu seiner Sendung erwacht und verkündet seine ernste Botschaft: Die Sache der Kunst ist die Sache der Menschheit! Wahre Dichtung ist ein Tor, durch das das Wahre, Schöne, Gute in die Seelen eingehen kann. Gestaltetes Wort vermag es, ganze Zeitalter und ihre Ideen, einzelne Menschen und ihre Schicksale vor seinen Richtstuhl zu ziehen. Ein Geistesfeuer ist in Weimar entfacht; es brennt mit reiner, heißer, verzehrender Flamme. Und Wieland, der es doch als erster entzündet hat, steht nun atemberaubt und erschreckt vor der ungeheuren Fackel.

Ach, dieses Weimar ist dem so freudig Heimgekehrten verhaßt! Schon in seiner Jugend hat er geahnt, daß Horaz recht hatte mit seiner Meinung: «Besseres hat diese Erde nicht zu bieten als ein mäßiges Landgut, einen Brunnen nahe am Haus und einen kleinen Wald.» Damals war es noch nicht an der Zeit gewesen. Nun aber ist es an der Zeit, denn durch die angefeindeten «Sämtlichen Werke» ist Wieland zum erstenmal in Besitz von mehr Geld gekommen, als seine vielköpfige Familie verschlingen kann. Und so schaut er sich um nach einem Tuskulum, wie es dereinst der glückliche Horaz vor den Mauern Roms besessen hatte.

Siehe da, in Oßmannstedt steht ein Gut zum Verkauf! Oßmannstedt – Wieland erinnert sich jener leuchtenden Septembertage, als zweimal ein fröhlicher Wagenzug vom Frauentor aus dorthin gefahren war, um in der Dorfkirche Amaliens und Karolinens Hochzeit zu feiern. Wie oft hatte er in den folgenden fünf Jahren denselben Weg gemacht, um im Pfarrhaus in Oßmannstedt einzukehren. Dann hatte zwar wie der Diakonus Schorcht so auch der Schwiegersohn Liebeskind nach kurzer Ehe bereits das Zeitliche gesegnet, und auch Malchen war mit ihren zwei Kindern wieder ins elterliche Haus zurückgekommen. Und doch – trotz der Schatten, die das Schicksal auf Oßmannstedt geworfen hatte –, unvergeßlich blieb der goldene Schein jenes Herbstes, unvergeßlich die bergende und doch großzügige Landschaft mit ihrem kargen und doch lieblichen Charakter, die Felder und Wiesen, die Gebüsche um den Flußlauf der Ilm, die geraden ruhigen Linien des Ettersbergs am Horizont, der mächtige Himmel über allem. Dort wäre man fern von der Stadt und doch nah. Dort wäre man allein und doch nicht einsam. Dort könnte man dichten und denken und doch wie Voltaire in seinem Ferney reale irdische Tatsachen schaffen, zum Beispiel Weintrauben ziehen und Brotgetreide säen und ernten. Dort würde man dann auch das Fleckchen Erde finden, wo man für immer ausruhen wird. Das Gut liegt günstig am Rande des Dorfes; es ist wie eine Insel, denn es wird auf drei Seiten vom Lauf der Ilm umschlossen. Es ist ein altes Erblehngut mit Gerichtsbarkeit, Jagdrecht und Kirchenpatronat. Welch einen modernen, vorbildlichen Staat im kleinen kann man dort also errichten! Man wird den Menschen einen

«Goldenen Spiegel» vorhalten können, der nicht nur ein Buch ist, sondern leibhaftige Wirklichkeit! Wieland träumt bereits davon, wie milde er Urteile fällen, wie klug er Pfarrer auswählen, wie schonend er Fasanen und Rebhühner bejagen lassen wird. Zwar scheitern diese Pläne bereits am Anfang daran, daß Karl August diese Rechte keinesfalls an den Dichter zu übertragen geneigt ist. Aber sonst ist alles nach Wielands Wunsch. Eine schützende hohe Mauer ringsum, ein breites Tor mit zwei urnengeschmückten Pfeilern. Die Gebäude, von weiland dem weimarischen Premierminister und hochberühmten Historiker, dem Grafen Bünau, in zwei Flügeln und einem Mitteltrakt geplant, sind zwar unvollendet – die Mitte steht noch gar nicht; es bleibt dem Dichter überlassen, sie zu errichten, aber das Wohnhaus zur Rechten zeigt bei aller Schlichtheit edelen Stil. Ein Garten grenzt daran, der in ein Wäldchen übergeht. Neben dem Hause speit ein Delphin sprudelnd in ein großes Becken, über dem ein Meerweibchen thront. Wie sagte Horaz: «Ein mäßiges Landgut, einen Brunnen nahe am Haus, und ein kleiner Wald?» Kein Zweifel, der römische Dichter hat Oßmannstedt vorausgesehen! Und so wird das Haus vor dem Frauentor verkauft und am 17. März 1797 der Vertrag unterzeichnet, der den Herrn Hofrat Wieland zum Herrn des Gutes Oßmannstedt macht. Zwar gehen nicht nur die achttausend Taler für den verkauften Stadtbesitz dabei drauf, sondern sämtliche Einnahmen von den «Sämtlichen Werken» auch.

Wieder einmal rumpeln Frachtwagen mit dem Wielandschen Umzugsgut zum Stadttor hinaus. Wieviel Fässer für die Betten allein! Nicht alle elf Kinder zwar ziehen mit. Reinholds sind in Kiel, Lottchen Geßner in der Schweiz und Ludwig, der Älteste, der Schriftsteller, der bis jetzt nirgendwo recht Fuß fassen konnte, ebenfalls. Aber dafür setzen ja bereits die Enkelkinder ohne Unterbrechung die Reihe der eigenen kleinen Kreaturen fort. Karolinens Tochter ist im gleichen Alter wie Luise, die Jüngste.

Der Mann im Schneckenhaus, der Mann der Feder, er ist nicht wiederzuerkennen. Zwar verschafft er sich gerade wie damals, als Bibi ihm sein erstes Kind schenken sollte, als Vordringlichstes erst einmal Lehrbücher für die neue Würde. Zahlreiche Leitfäden und Handbücher für jeglichen Zweig der Landwirtschaft werden angeschafft. Der Sohn Karl muß darin studieren, wie gesät, gepflügt, geerntet wird, denn er soll als Inspektor fungieren. Aber diesmal geht alles über graue Theorie hinaus, hinein in praktisches Tun. Scheunen und Ställe werden gebaut, über zweihundert Obstbäume gepflanzt, und bald ist der berühmte Dichter im stolzen Besitz von drei Pferden, dreizehn Stück Rindvieh und achtzig Schafen! Wein soll am Haus gezogen werden. Klopstock, der aus der Ferne am «Schwanennest» des Dichterkollegen lebhaften Anteil nimmt, hat empfohlen, hohe Glasscheiben vor die Mauer zu setzen, um dahinter südliche Wärme zu erzeugen. Dieser Vorschlag erwies sich zwar dadurch als zu seraphisch, weil er zu kostspielig war. Aber ein einfaches Spalier tut es wohl auch. Und wirklich klettern bald schöngezackte Weinblätter die Hauswand empor. Zum erstenmal entfalten Wielands eigene Kirschbäume ihre bräutlichen Knospen, zum erstenmal blühen ihm eigene Wiesen, zum erstenmal tragen seine eigenen Bienen die Tracht ein von den Linden, die verschwenderisch in seinem eigenen Grundstück duften.

Unaufhörlich speit der Delphin plätschernd silbriges Wasser in das barocke Becken, der Flieder duftet, die Nachtigallen schlagen, und Vater Wieland geht durch seine Lindenallee, weiter auf schmalen Pfaden durch das Waldgrundstück hin zu der südöstlichsten Ecke seines Besitzes. Dort grenzt das Wäldchen ganz nahe an die Ilm, die sich hier unvermutet von Osten nach Süden wendet. Aus dem leise dahinrinnenden Gewässer ist ein schneller, strudelnder Fluß geworden, der im Dahinschießen, Schwappen, Plätschern, Rauschen, Glucksen ein wunderbar vielfältiges, elementares Geräusch belebend um sich breitet.

Die Sonne blinkt auf den Wellen in immer wechselnden Lichtern, aus dem Wasser steigt feuchte Kühle empor, ein leiser Wind bewegt sanft die Wipfel der Bäume. Wieland läßt sich auf einer steinernen Bank nieder. Wie aus weiter Ferne hört er die hellen Stimmen der Kinder, die kehligen Zurufe der heuenden oder mähenden Arbeiter. Er blickt hinauf in das goldgrüne Blattwerk, das ihn wie eine lebendige Mauer schützend umschließt. Er sieht in das Flußbett hinab: Staunend nimmt er die rasche Strömung war. Es ist, als trenne ihn diese schmale dahinschießende Flut von allem Bisherigen ab und versetze ihn in ein neues Dasein. Er ist wie entrückt. Hat der Fährmann ihn schon übergesetzt an ein anderes Ufer? Welche Strudel des Lebens haben ihn hier angespült! Vor seinem inneren Auge steht deutlich jener zwiespältige «frühzeitige» Knabe, der heimlich im Morgengrauen das komische Epos über das «Et levis erecta ad oscula planta» dichtete, um sogleich folgsam zu frommem Gebet auf dem harten Schemel niederzuknien. Dumpf und unerwacht war er sodann unter die helle Lampe Voltairischen Geistes und danach unter das weltfremde Licht Bodmers geraten, und als er sich endlich zu befreien gedacht hatte, war er nur verarmt unter der klaren Nüchternheit Juliens und fast erstickt in dem mittelalterlichen, spießbürgerlichen Biberach. Auf Schloß Warthausen hatte sich ihm zwar belebend eine Welt eleganter Form und bedenkenloser Skepsis aufgetan, aber erst die bittren Erfahrungen mit Bibi hatten ihm die Augen geöffnet. Da hatte er gelernt, nur dem eigenen Blick zu vertrauen, und so hatte er, wahrhaft frei, seinen eigenen Lebenskern gefunden und keck alle Konvention, alle Schwärmerei und alle Prüderie fahren lassen. Mühsam hatte er sich in Weimar zu Maß und Mitte gebändigt, um sich dann doch hoffnungsvoll wieder auf die Seite des Umsturzes zu schlagen. Was war denn nun echt an ihm? Welch ein Proteus war er doch selber! Immerhin — in all diesen Wirbeln hatte er etwas geleistet. Er hatte fremde Stoffe und fremde Dichter aus allen Zeiten in Deutschland bekannt gemacht. Im Spiel des Witzes, im Wohllaut der Rhythmen und Reime hatte er die deutsche Dichtkunst von ihrer Ungelenkheit befreit und sie zu einem biegsamen, ausdrucksfähigen Werkzeug gehämmert. Er war berühmt geworden, denn er hatte viel Neues bewirkt — und doch — trotz aller Zelebrität — hatte er überall zurückweichen müssen. Vor wem? Vor dem Übergroßen, dem er den Weg bereitet hatte, vor Goethe!

Überall war er selber vorausgegangen — überall hatte ihn jener überholt und ihn weit hinter sich zurückgelassen. Es ist unabänderliche Wahrheit — niemand erkennt sie so genau wie Wielands waches Urteilsvermögen —: Die Priesterin Iphigenie predigt vernehmlicher das Gesetz reiner Menschlichkeit als Alceste; Wilhelm Meister entwickelt sich lebensnaher als Agathon, die Römischen Elegien quellen aus blutvollerer Sinnenfreude als die Komischen Erzählungen, Reineke Fuchs überlistet schlauer die Torheit der ehrbaren Welt als Musarion, Hermann und Dorothea, sie leben, was der Oberon nur lehrt. Wieland birgt das Gesicht in den Händen. Er liebt ihn ja, diesen Größeren — er liebt ihn und hat ihn vom ersten Augenblick an bewundert! Dann blickt er wieder auf das dunkle, rauschende Wasser neben sich. Es strömt, es fließt, unablässig; keine Welle darf fehlen, keine Welle darf bleiben, damit ein Fluß werde. «Ja», flüstert er plötzlich vor sich hin, «ja!» Das Rauschen des Flusses verschlingt den Ton.

Apollonius von Tyana fällt ihm ein. Seit einiger Zeit schon beschäftigt diese rätselhafte historische Gestalt sein Hirn und sein Herz. In diesem Augenblick der Besinnung erscheint sie ihm wie ein Spiegelbild seiner selbst. Vor fast zweitausend Jahren hatte Apollonius als Zeitgenosse Christi ein ähnliches Schicksal tragen müssen wie er selbst. Auch ihm war es bestimmt gewesen, wegöffnend und doch überall dienend der zweite zu sein. Apollonius war zu allen Mysterienstätten des Altertums gepilgert und dort eingeweiht worden in alle Weisheit der Welt. Nun war er ein Wundertäter und im Besitz übernatürlicher Kräfte wie Jesus von Nazareth. Wie jener heilte er Blinde und Lahme, ja er hatte Tote auferweckt. Er war weithin berühmt gewesen, ganz anders als jener Unscheinbare aus Galiläa. Und doch, nichts war von ihm heute geblieben als der blasse, historisch gewordene Name. Wieland seufzt. Soll er den einst gefeierten Magier dem Vergessen entreißen, ehe es ganz zu spät ist? Soll er die Größe und die Tragik dieses Lebens offenbar machen und ihrem tiefsten Sinn nachspüren? Apollonius war groß geworden; der Messias aus Nazareth war größer; er war von unvergleichlich anderer Art.

Wieland hat mit der Hand die Augen bedeckt und lauscht dem Strömen des Flusses. Grüblerisch schüttelt er unmerklich den Kopf und lächelt trübe.

Das Dasein im «Osmantinum» läßt sich herrlich an. Der Langschläfer aus der Stadt, der die Nächte zum Arbeiten benutzte und den Morgen verschlief, verschläft nun wie andere Leute auch nur die dunkele Zeit, um früh mit der frühen Sonne aufzustehen. Jeder Tag weckt ihn durch die Gewißheit einer anderen erregenden Freude. Die ersten Kirschen müssen gepflückt werden, die Mahd beginnt, die Kühe werden zum erstenmal in dem neuen Stall gemolken. Wieland geht umher, betrachtet, berät und macht sich wichtig, indem er selber ein wenig zufaßt. Dann begibt er sich ins Haus und sitzt einige Stunden am Schreibtisch, denn zunächst muß der Schriftsteller Wieland noch den Landwirt Wieland unterstützen. Zu Mittag kommt dann und wann Besuch aus der Stadt, Herders, Goethe, auch wohl Anna Amalia. Jeder Besucher ist ein freudig begrüßter Bote aus der Welt. Altgewohnte Liebe und Freundschaft werden neu bewußt. Jede Mahlzeit wird zum Festmahl. Der Gutsherr hat eine Art Cocktail erfunden, indem er Kirschsaft, Früchte, Honig und Wein zusammenmischt. Genießerisch schlürft er den Trank, und wenn er das Glas hebt, sagt er wohl:

«Trink, betrübter Totenblasser», aber weder die Gattin noch die Töchter verstehen, warum der Hausherr dabei tief belustigt in sich hinein lacht. Die schriftstellerischen Arbeiten gedeihen in der Stille des Landlebens. Der «Peregrinus Proteus» erscheint im Druck, die letzten Bogen vom «Agathodämon» – so heißt der Roman über Apollonius – gehen nach Leipzig ab, die ersten Ergänzungsbände zu den «Sämtlichen Werken» sind angekommen. Lächelnd blättert der Alte sie auf. Alle seine Jugendwerke sind in diesen Supplementbänden vereinigt. Sie gehören zu seinem Entwicklungsgang, sie dürfen nicht fehlen. Da sind sie: «Der gepryfte Abraham», «Die Briefe von Verstorbenen», «Die Empfindungen eines Christen». Der Alte lächelt und wiegt den Kopf, er hält sinnend die Bände aufgeschlagen in Händen, aber statt zu lesen, lauscht er auf das Plätschern des Wassers, das der Delphin draußen in das Becken speit.

Am späten Nachmittag spaziert er vielleicht hinüber nach Tiefurt zur herzoglichen Freundin, die dort den Sommer verlebt. Man tauscht sich aus über die Ereignisse der Welt, über die Neuerscheinungen im literarischen Leben. Eine junge Generation macht von sich reden: ein unvermutetes Genie, der junge Hardenberg – Novalis; ein Außenseiter, der weltfremde, kauzige Dorfschulmeister Jean Paul Friedrich Richter; die Gebrüder Schlegel, die mit einem Erfolg, der noch weit über jenen von Biberach hinausgeht, eine Shakespeareübersetzung in Angriff genommen haben. Eine neue Zeitschrift erscheint: «Das Athenäum». Nun gut, der «Merkur» hat dreißig Jahre lang seine Pflicht getan. Seitdem sich Wieland befleißigt, ein Landbewohner zu sein, hat er die Redaktion erleichtert dem Freunde Bertuch in der Stadt überlassen. Wenn abends Frau und Töchter das Abendessen bereiten und die Kinder im Bett sind, weilt er im Gefühl friedlichen Feierabends beschaulich noch auf dem Platz an der Ilm. Er sieht zu, wie die untergehende Sonne die braunen Stämme in kupfernes Licht taucht, wie die grünen Wipfel von goldrotem Schein überschüttet werden. Er lauscht dem Strömen des Flusses und atmet die feuchte, würzige Kühle von Laub und Wasser. Lässig liest er hin und wieder eine Zeile, eine Seite. Immer wieder erquickt ihn der «Hesperus» des Jean Paul mit seinen zarten, aus dem Innern der Seele stammenden Bildern. Er ergötzt sich, wie sie unvermutet ein Streiflicht humorvoller Ironie erhalten und sich dadurch aus der Gefühlsseligkeit in ein überlegenes Bewußtsein emporheben. Er lacht leise vor sich hin über den Abschluß eines Kapitels: «Was tut's? nur weh!» «Was tut's? nur weh!», so wiederholt er mit bewundernder Kennerschaft. Ein andermal hat er «Das Athenäum» auf dem Schoß und kostet aus des Novalis Fragmentensammlung «Blütenstaub» hie und da ein Wort. Er hängt auch wieder eigenen neuen Plänen nach: Die Gestaltung eines historischen Romans schwebt ihm vor, in dem die Welt der Antike in ihrer kulturhistorischen Wirklichkeit neu belebt werden würde, ohne jene Illusionen, wie sie Winckelmann, Goethe und Schiller, ihrem ethischen Ziel angemessen, heraufbeschworen hatten. Er wird die reale, alltägli che Welt schildern, in der er selber durch Horaz, durch Lukian, durch Peregrinus Proteus und Apoll von Tyana so zu Hause ist, als hätte er dort einmal gelebt. «Aristipp und seine Zeitgenossen», so soll das neue Werk heißen, und es wird durch die realistische Erfassung des Milieus wieder einen Fortschritt bedeuten.

Das erste Jahr in Oßmannstedt geht hin. Der Gutsherr Wieland fährt die ersten eigenen Garben ein, erntet Kartoffeln, Äpfel und Zwetschen in reicher Fülle, er schneidet mit eigener Hand behutsam die wenigen ersten Trauben vom Spalier am Gartensälchen. Dann ziehen die ersten kalten Nebel auf und hüllen das Haus und seinen Brunnen in Abgeschiedenheit, Stürme kommen und entblättern die Lindenallee und das Wäldchen an der Ilm. Bald liegt Oßmannstedt und sein Gutshaus unter einer dicken Decke von Schnee. Stadtfahrten zu einem Theaterbesuch, zu einem Löffel Suppe bei Goethes oder

Herders, zu einer Vorlesung des wachsenden «Aristipp» bei Anna Amalia im Wittumspalais bekommen den Charakter eines gewagten Abenteuers, das vor- und nachher seine aufregenden und belebenden Schatten wirft. An den langen Winterabenden sitzt man traulich beieinander in der Familienstube bei Frau Dorchen und den fünf Töchtern, die die Wolle eigener Schafe verspinnen. Dann holt Wieland mit gewichtiger Miene in behaglichem Gefühl seiner Verantwortung als Ökonom Rechnungen und Wirtschaftsbücher herbei und stellt Soll und Haben nebeneinander, und dann mäßigen sich unerwarteterweise Behagen und Ruhe ein wenig, denn es zeigt sich eine ziemlich unerfreuliche Bilanz! Das eigene Brot, der eigene Honig, die eigene Wolle, sie kommen weit teurer zu stehen, als da man sie noch in der Stadt gekauft hat. So stellen sich die ersten Sorgen ein. Doch das sind wohl nur begreifliche Nachteile des Anfangs. Überdies wird der «Aristipp» ja Geld bringen! Man kann die Gespräche etwas dehnen, längerer Text ergibt höhere Honorare. Und Geld ist nötig, sollen doch viele Pläne noch Wirklichkeit werden. Noch ist Wieland guter Dinge. Kaum ist er sich der Schönheit dieser langen, heimlichen, einsamen Abende in dem verschneiten Hause bewußt geworden, da taut es schon, die Ilm im Wäldchen schwillt bedrohlich an, und plötzlich ragen die Bänke und die Bäume rings aus lehmig-gelbem Wasser empor. Der idyllische Platz erhält einen neuen Reiz im Anschein solcher elementarer Gefährdung. Dann aber fließen die Wasser wieder ab, der Boden trocknet, überall öffnen sich die jungen Blattknospen, schon stehen die Kirschbäume wieder in voller Blüte — das alte frohe Leben kann wieder beginnen. Man kann wieder nach des Tages Arbeit träumend mit einem Buch am Platz an der Ilm sitzen, nachsinnen und hie und da etwas lesen. Der zweite Band des «Athenäums» ist angekommen. Wieland schlägt nachlässig hie und da eine Seite auf — er liest, er stutzt, er hat seinen Namen gelesen, er überfliegt die Stelle, er liest aufs neue. Kaum glaublich! Ein unerhörter Angriff gegen ihn! «Citatio edictalis», liest er. «Gerichtliche Aufforderung.»

«Nachdem über die Poesie des Hofrat Wieland in Weimar, auf Ansuchen der Herren Lukian, Fielding, Sterne, Bayle, Voltaire, Crébillon, Hamilton und vieler anderer Autoren, Concursus Creditorum eröffnet, auch in der Masse mehreres Verdächtige und dem Anschein nach Horatio, Ariosto, Cervantes und Shakespeare zustehendes Eigentum sich vorgefunden, also wird jeder, der ähnliche Ansprüche titulo legitimo machen kann, hierdurch vorgeladen, sich binnen Sächsischer Frist zu melden!»

Was ist das? Was soll das?! Wie boshaft, wie ehrabschneidend! Wie wird man lachen! Wieder einmal über ihn lachen! Ach ganz anders noch als damals über die Farce «Götter, Helden und Wieland» oder «Alceste». Damals war nur ein einzelnes Werk gemeint, diesmal gilt es seiner Person. Sein gesamtes Dichtertum wird angegriffen und verhöhnt. Empört wirft Wieland das Heft auf die Bank. Gewiß, er muß zugeben: Stoffe erfinden und erdichten, das war seine Sache nie. Aber was wissen diese jungen Leute in ihrer Überheblichkeit von Kunst? Darf denn jeder Stoff, jeder Gedanke auf diesem Erdenrund nur einmal seinen Meister finden? Ist nicht die Deutung, die Darstellung das Eigentliche? Wird nicht erst das recht zu eigen, was in eigenem Erlebnis in eigene Form gegossen worden ist? Eigenes Erlebnis? Der zornige Frager stutzt. Hat er nicht meist nur aus seiner spielenden Phantasie heraus gedichtet? Plötzlich steigt das Bild des Grafen Stadion vor ihm auf, wie er mit spöttischer Miene die Spieluhr mit Leda und dem Schwan aufzog. Da hatte sich sein Herz zugleich entzückt und empört. Hatte er selbst in der Kunst auch nur eine Spieluhr aufgezogen? Und wenn diese Spieluhr nötig gewesen war – so blieb es doch eine Spieluhr! Wieland verbirgt seinen Kopf in den Händen und stöhnt. Das «Athenäum» fällt zu Boden. Er läßt es liegen, er erhebt sich und tritt nahe ans Ufer heran, noch näher, kaum kann er sich auf der steil abfallenden Böschung halten. Er greift nach einem schwanken, überhängenden Zweig, hält sich mühsam fest und sieht nieder auf die Strudel der glitzernden Flut, die hie und da Zweige, Blätter, Unrat mit sich reißen oder im Wirbel umtreiben. Er steht und schaut hinab. «Was tut's?» — fährt es ihm plötzlich durch den Sinn. «Was tut's? — nur weh!» Seine Lippen sind schmerzlich zusammengepreßt. Die Lider senken sich über die Augen, die in einer überlegenen Erkenntnis zu lächeln scheinen.

Im Sommer 1798 hat sich Sophie La Roche zum Besuch angesagt. Wie oft ist Wieland einem Zusammentreffen erfolgreich ausgewichen. Nun läßt es sich nicht länger vermeiden. Er tröstet sich: In dem weiten Gutshaus gibt es immerhin viele Möglichkeiten, einander aus dem Wege zu gehen, die es in der Stadtwohnung nicht gab. Außerdem wird sie nicht allein kommen, sondern die junge Sophie Brentano, ihre Enkelin, mitbringen, die dreiundzwanzigjährige Tochter ihrer kinderreichen Tochter Maxe.

Mit jugendlicher Ungeduld eilt die fast siebzigjährige Sophie dem lang entbehrten Freunde zu. Kaum schenkt sie, die sonst für ihre Schriftstellerei alle Kunstdenkmäler zu nutzen versteht, der berühmten Wartburg einen Blick. In Erfurt ist ihr das Bemerkenswerteste, daß die Weitläufigkeit dieser Stadt das ersehnte Zusammentreffen endlos verzögert. Vor Weimar vernimmt sie zu ihrer Betrübnis, daß allein die große allgemeine Fahrstraße durch die Stadt hindurch zu Wielands Dorf hinausführt und daß also ihre schelmische Absicht, unbemerkt wie ein errötendes Mädchen zu ihrem Liebhaber zu kommen, leider nicht zu bewerkstelligen ist. Bei der Ausfahrt nach Osten am Kegeltor aber geschieht doch noch etwas, was ihrem romantischen Sinn Genüge tut: Ein schöner junger Mann zieht seines Weges dahin, blonde Locken fallen ihm in die gebräunte Stirn, ein grüner Mantel, sorglos über die athletischen Schultern geworfen, schlägt edele griechische Falten. Auf die Frage, wo es nach Oßmannstedt gehe, erklärt er sich wortkarg bereit, das Gefährt dorthin zu geleiten. Und als man sich dem Dörfchen im Ilmtal nähert, schwingt sich der Fremdling plötzlich schweigend vom Bock und entschwindet grußlos in weglosem Gebüsch. Welch zauberhaftes Geschehen! Die Dichterin ist von einem Boten, der deutlich eigens aus dem Elysium herabgesandt ward, zu dem geliebten Dichter geleitet worden! Der Wagen fährt vor einem breiten Tor mit zwei urnengeschmückten Pfeilern vor, Frau Dorothea, umgeben von fünf blühenden Töchtern, heißt die Ankömmlinge willkommen. Man betritt den Garten — da steht der immer Geliebte im Rahmen der rundbogigen Haustür. Wie zart ist er, wie ehrwürdig durchgeistigt! «Wieland!» schluchzt ergriffen Sophie wie damals in Ehrenbreitstein. «Ja, Sie sind es — mein lieber Wieland!», und sie breitet die Arme weit aus. Aber wieder entgeht der Angeredete geschickt ihrer Umarmung, indem er sich zum Kuß über ihre Hand beugt. Diesmal zwar schluchzt er nicht, sondern er lächelt. Diesmal sind außer Wielands fröhlich-erstaunter Familie auch keinerlei Zuschauer anwesend. Erst wieder daheim hat die große Dichterin diese welterschütternde Begegnung geschildert und sie in einem Buch für alle nachfahrenden Geschlechter festgehalten.

Auf die erste Begegnung folgt dann die erste süße Nacht unter dem Dach des Freundes! Das Geplätscher des Brunnens dringt durch das Fenster der Schlafstube, und von unten aus dem Wohnzimmer steigen gedämpft die seelenvollen Töne eines ungekünstelten Klavierspiels herauf. Welch wunderbarer Traum! Welche Erfüllung des Lebens! Wieland spielt, derweil seine Freundin in Schlaf sinkt.

Ach, und erst das Erwachen! Geweckt von jubilierenden Vögelein, dem Gesumm der Bienen, dem Geplätscher des Brunnens, eilt sie hinab. Wieland nimmt mit seinen Gästen die Morgenmahlzeit im taufrischen Garten ein. Die Töchter gehen ab und zu, die eine bringt Gläser frischer Buttermilch, die andere einen Teller prangender Kirschen, die dritte einen Korb duftender Rosen. Dann zeigt der Freund dem Besuch die Scheunen und Ställe. Wie rührend, daß der große Dichter auch ein erfahrener Gutsherr ist! Daß er soeben sorgenvoll eine Hypothek auf das Haus hat aufnehmen müssen, erscheint ihr weniger wesentlich.

Die berühmte Schriftstellerin will auch die berühmten Freunde ihres Freundes kennenlernen. So werden Anna Amalia, Herders, der weltfremde Dorfschulmeister Jean Paul auf ihren Wunsch herübergebeten und, zu Sophiens unaussprechlichem Glück, auch eines Tages Goethe. Sophie La Roche, die bekannte Dichterin, sitzt zwischen den beiden Genies Wieland und Goethe, sie ist mit beiden befreundet! Wie reizvoll, daß sie zusammen ländlich einfache Kartoffelsuppe speisen und daß sich die beiden Brüder in Apoll mit vertraulichem Du anreden. Welche eindrucksvolle Stelle wird das in ihrem neuen Buch geben!

An einem der nächsten Tage sind Wieland und Sophie dann ihrerseits zu Goethes Suppe in die Stadt geladen. Sophie sitzt beglückt neben dem einstigen Bräutigam in der Kalesche. Sie jubelt bei jedem Ährenfeld, bei jeder neuen Flußwindung, bei jedem idyllischen Gebüsch. Sie lacht verlegen, wenn der holprige Feldweg sie gegeneinanderrüttelt. Sie hält sich wohl auch einmal nicht gar zu sehr auf ihrer Wagenseite, denn sie lehnt gerne an ihm, wenn es auch nur für Augenblicke ist, und in ihrem Entzücken merkt sie kaum oder will es nicht merken, daß der Greis neben ihr mit ein wenig faunischer Miene ruhig und fest in seiner Ecke verharrt.

Dennoch ist Wielands Herz wieder entflammt, aber keineswegs für die ehemalige Braut, sondern für ihr jugendliches Abbild, für ihre Enkelin, für die junge Sophie. Das Mädchen, das in der Kindheit ein Auge verloren hat und nun die leere Höhle mit einer schwarzen Kappe bedeckt, was dem zarten rosigen

Gesicht einen eigenartig düsteren Reiz verleiht, ist in eine unglückliche Liebesaffäre verstrickt. Leise Schwermut liegt über ihrem anmutigen Wesen. Überkommt sie dennoch einmal ein unverhofftes Lachen, so lacht sie nicht nur mit dem Mund oder mit dem Blick, sondern das ganze elfenhafte Geschöpf scheint sich zu lösen und aufzustrahlen in heiterem Licht. Mit Entzücken sieht Wieland ihr zu. Und wenn er sie anredet und sich immer neu das Rot mädchenhafter Schüchternheit über ihre Wangen ergießt, so scheint sie ihm als die verkörperte Anmut und Reinheit, und er verdoppelt seine Bemühungen, ihr mit Zartheit und Ritterlichkeit zu begegnen. Mit ein wenig spöttischen Augen betrachtet er die beiden Sophien. Wie in einem Feenspiel seiner eigenen Dichtung hat ihm die ehemals Geliebte nun die junge Sophie zugebracht. Es ist komisch, und es ist rührend. Das Leben fügt die Dinge seltsam zusammen.

Nach einigen Wochen sind die beiden Gäste wieder fort. Und als wieder ein einsamer Winter über das Gutshaus in Oßmannstedt dahingezogen ist und wieder die Birken junge Blättchen treiben, da bittet Sophie Brentano, die inzwischen entschlossen den Liebesroman ihres Lebens tragisch beendet hat, darum, wieder nach Oßmannstedt kommen zu dürfen. «Lieber Vater», so schreibt sie, «ich habe in einer Stunde der Kraft, oder der Verzweiflung, wie Simson die Säulen meiner Luftschlösser ergriffen und sie über meinem Haupt zusammengestürzt — ach! ich komme, ich komme!»

Der Wagen, der den geliebten jungen Gast zurückbringt, hält vor dem Parktor mit den urnengeschmückten Pfeilern. Frau Dorothea und die Töchter stehen zum Empfang bereit — aber Sophie fliegt an ihnen vorbei dem eben aus der Haustür tretenden Wieland entgegen. Sie schlingt ihre Arme um seinen Hals und flüstert: «Lassen Sie mich bei Ihnen bleiben — bis zum Tode.» Wieland drückt die federleichte Gestalt an sein Herz.

«Nun, nun —», sagt er, «Sie kommen als Botin des Lebens.» Aber Sophie schüttelt an seiner Schulter kaum merklich den Kopf.

Ein traumhaft schöner Sommer beginnt. Wieland lebt nur mit Sophie, Sophie nur mit Wieland. Ein heiliger Kreis scheint um die beiden gezogen. Während Wieland an seinem Roman «Aristipp» arbeitet und der Gestalt der liebenden Laïs in seiner Dichtung die Züge des geliebten Mädchens verleiht, sitzt Sophie im Wäldchen an der Ilm. Sie schaut in das Blattwerk, sie lauscht dem Rauschen des Flusses, sie atmet Lindenblüten und Heu und sommerliche Wärme tief in sich ein und wartet. Und legt der Dichter ermüdet vom Schreiben die Feder nieder, so wird er sich mit einem Glück ohnegleichen bewußt, daß die Wirklichkeit der Poesie nun von der poetischen Wirklichkeit abgelöst wird. Er geht, noch im Bann der Dichtung, die Lindenallee hinab, er betritt das Wäldchen, als sei es der Hain von Delphi, den er soeben beschrieben hat. Er will sich nicht eingestehen, daß er jedesmal seine Laïs in dem grünen Schatten noch blasser, noch zarter, noch durchsichtiger vorfindet. Mit dunkler Ahnung sieht er auf den strudelnden, strömenden Fluß hernieder. Jede innige Stunde gemeinsamen Gespräches, gemeinsamen Schweigens wird seltsam vertieft durch das schmerzliche Bewußtsein, daß sie einmalig ist und unaufhaltsam für immer verrinnt.

Als dann die Tage langsam kürzer werden und man bis ins Haus hinein das rhythmische Sirren der Sensen hört, während, mit blauen Kornblumen und rotem Mohn geschmückt, die Erntewagen in die selbstgebaute Scheune einfahren, liegt Sophie bereits müde und von Atemnot gequält in ihrem Mansardenzimmer. Wieland sucht sie nun am Krankenlager auf, und wenn er ihr «Gute Nacht» gewünscht hat, tritt er nochmals vors Haus, blickt auf zu den Sternen, hört den Nachtwind in den Bäumen und fühlt sein Herz von unnennbarer Feierlichkeit erhoben. Er kann nicht arbeiten und findet doch auch keine

Ruhe, und des Nachts liegt er lange wach und lauscht dem unheimlichen Schreien des Käuzchens, dem klagenden Heulen eines Hundes im Dorf.

Am 19. September 1800 hat Sophie ihren letzten Atemzug getan. Mit langsamem Schritt geht Wieland durch die Lindenallee hin zu dem Platz an der Ilm. Seitdem das Mädchen krank gelegen hat, ist er nicht mehr hier gewesen. Die Birken haben sich inzwischen golden gefärbt, ihr Laub ist schon gelichtet, die Sonne scheint voll in das Wäldchen hinein, und er tritt wie in einen goldenen Tempel. Er setzt sich nieder auf der Bank, auf der sie ihn so oft erwartet hat, und blickt in das leuchtende Blattwerk. Keine Trauer drückt ihn nieder. Nichts mehr von beängstigender Drohung hat der strömende Fluß. Sie ist ja da, sie ist neben ihm, sie lebt, wenn auch unsichtbar. Der heilige Kreis, der sie miteinander verband, ist nicht zertrennt. Im Gegenteil, er scheint auf wunderbare Weise vertieft.

Mit Erlaubnis des Oberkonsistorialrats Herder wird Sophie Brentano in Wielands Wäldchen an der Ilm beerdigt. Der Alte weilt täglich dort, als trüge der Platz kein Grab. Doch dann scheint es, als sei ihr Tod der Beginn nicht enden wollenden Unheils gewesen. Die Schmähung der Brüder Schlegel im «Athenäum» hat furchtbare Wirkung getan. Göschen, der befreundete Verleger, der Kaufmann, schlägt dem Dichter kühl die Bitte ab, den «Agathodämon» in einer Sonderausgabe zu veröffentlichen. Ja, er wagt sogar die Mahnung, den «Aristipp» doch nicht gar zu umfangreich werden zu lassen. Die Scherze der Schlegels, diese «Hinrichtung Wielands», die eigentlich nur als originelle, sensationelle Werbung für die neue Zeitschrift der neuen Generation gedacht waren, sind dem Geschäftstüchtigen in die Glieder gefahren; denn noch ein anderes boshaftes Wort wird viel belacht: «Wieland wird Supplemente zu den Supplementen seiner ‹Sämtlichen Werke› herausgeben unter dem Titel: ‹Werke, die ich sogar für die Supplemente zu schlecht halte und völlig verwerfe›.» Der wagemutige Göschen hält also inne. Auch Wieland bangt; nicht wegen des Ruhms – über solche Empfindungen ist er hinaus –, er muß sich wegen der ausfallenden Honorare Sorgen machen, denn das eigene Brot, der eigene Honig, das eigene Gewand, sie werden für den horazischen Landwirt immer kostspieliger! Es läßt sich gar nicht so leicht Landwirtschaft nach Lehrbüchern treiben! Der furchtbarste Schlag aber steht erst bevor. Auf einmal beginnt Dorchen zu kränkeln! Sie, die Unmerkliche, die Sorgliche, die Tätige, sie hört plötzlich auf, zu sorgen und tätig zu sein, und macht sich merklich dadurch, daß sie entschwindet. Mit Erschütterung wird Wieland gewahr, wie diese sanfte, unscheinbare Frau, die er so gleichmütig in vernünftigem Entschluß zum Weibe genommen hat, ein Teil seines Selbsts geworden ist, und kalte Angst greift nach ihm. Dieser Tod bedroht ihn in seinem eigensten inneren Sein.

«Verlaß mich nicht!» flüstert immer wieder sein Herz, derweil die Gattin abgezehrt und entkräftet im kühlen Haus liegt und das Ende unaufhaltsam näher kommt. In der Nacht des 9. November 1801 wacht Karoline, die als Pflegerin bei der Mutter schläft, auf. Die Kranke hat einen ihrer erstickenden Hustenanfälle. «Soll ich den Vater rufen?» fragt die Tochter. «Nein, Kind, laß nur, es wird noch schwer genug für ihn!»

Karoline hat der Mutter die Augen zugedrückt; sie hat ihr die letzten Astern aus dem Garten in die gefalteten Hände gelegt, alle Mühsal ist von dem Antlitz der Toten gewichen, lächelnder Liebreiz, als sei sie wieder Braut, hat die Spuren, die fünfundzwanzig Jahre Mühe und Arbeit den Zügen eingegraben hatten, weggewischt. Aber Wieland, bis ins Mark getroffen, vermag nicht, an das Lager der Toten zu treten. Er sitzt auf der Bank im Wäldchen an der rauschenden Ilm. Es ist bereits kalt, hin und wieder regnet es, die letzten gelben Blätter werden zur Erde gerissen; aber er verharrt dort, stundenlang, regungslos. Es ist, als hielte er hier Totenwache für die Lebensgefährtin.

Sein Anteil am lebendigen Dasein ist dahin, sein Glück ist gestorben.

Auch für Dorothea Wieland wird die Erlaubnis erwirkt, im Wäldchen beerdigt zu werden. Ein zweites Grab wird geschaufelt, ein zweiter Hügel mit Efeu bepflanzt und gepflegt.

Die Sorgen um das Hauswesen, dem nun nicht mehr die tüchtige Herrin vorsteht, wachsen ins Ungeheure. Überall fehlt Geld, überall fehlt Aufsicht, überall fehlt die praktische, zugreifende Hand. Dazu kommen Sorgen um den Schwiegersohn Geßner in Bern, der trotz Wielands großzügigen Zuschüssen Bankrott anmelden muß, und um Ludwig, den ältesten Sohn. Der liberale Literat, der endlich in der Schweiz Fuß gefaßt zu haben schien, wird seiner Gesinnung wegen von einer neugewählten konservativen Regierung ausgewiesen. – Vor all diesem kann man sich in die Arbeit flüchten. Aber keine Rettung gibt es gegen das fürchterliche Gefühl grenzenloser Verlassenheit. Wenn Wieland von seiner Arbeit aufsieht, so ist keiner mehr neben ihm, der beherzt Sorgen und Leid mitträgt. Wenn er sich zur Ruhe begibt, so ist das Bett neben ihm leer; wacht er aus dumpfem Schlaf auf, findet er sich in einem grauen, kalten Tag allein. Dorothea ist tot. Ein schauerlicher Abgrund klafft neben dem Zurückgebliebenen auf.

Das Weihnachtsfest des Jahres 1802 feiert Ludwig in Oßmannstedt beim Vater. Er hat seinen Freund mitgebracht, einen ehemaligen Offizier, dessen Plan, in der Schweiz wie ein einfacher Bauer zu leben und eine Ehe zu schließen, an der eigenen Unstetheit gescheitert ist. Er ist der Verfasser der «Schroffensteins», einer wilden Romeo-und-Julia-Tragödie. Sein Name ist Heinrich von Kleist. Seit anderthalb Monaten schon sind die beiden Ausgewiesenen in Weimar, schon mehrere Male war Kleist mit nach Oßmannstedt hinausgekommen. Nun feiert er Weihnachten mit den Wielands. Er hat seinen Sessel ganz nahe an den hell brennenden Kamin im Gartensaal geschoben. Ein nervöses Schauern fährt durch seinen Körper. «Sie werden sich noch verbrennen», warnt Karoline. Kleist schüttelt den Kopf. «Es ist mir, als sei ich bis ins innerste Mark erfroren – es kann mir nicht leicht zu warm werden», sagt er.

«Heizt Ihr Ofen schlecht?» fragt mütterlich Karoline.

«Es ist keiner in dem armseligen Loch, das ich bewohne», antwortet Kleist.

«Sie meinen wohl, das Feuer Ihrer Augen könnte es erwärmen?» mischt sich die dreizehnjährige Luise keck ins Gespräch. Die Geschwister lachen. Kleists Blick streift überrascht das kindliche Gesicht, das ihn herausfordernd mit naiver Bewunderung anstrahlt.

«Da müßten mir erst Ihre Augen helfen, Demoiselle», sagt er, leichthin auf den neckenden Ton eingehend.

«Aber hier im Hause sind heizbare Zimmer genug, Herr von Kleist», sagt plötzlich Wieland. Er sitzt seit Dorotheas Tod meist schweigend in sich versunken in der Runde der Jungen. Er hat den Kopf mit dem schwarzen Samtkäppchen aufgestützt, die Hand bedeckt die Augen. Seine Stimme hat einen brüchigen Klang bekommen. «Wenn Sie vorliebnehmen wollen – Sie sollen mir willkommen sein!»

Anfang Januar siedelt Heinrich von Kleist nach Oßmannstedt über. Er bezieht die Mansarde, in der Sophie Brentano gewohnt hat. Zum erstenmal umgibt den Friedlosen ein Bezirk der Stille und der Ruhe, zum erstenmal erfährt der Unbehauste, was Heimat und Fürsorge bedeutet, zum erstenmal ist der Ungesellige einem großen Familienkreis eingefügt. Kleist arbeitet. Bis tief in die Nacht hinein leuchtet aus dem Mansardenfenster Licht. Wenn ihn die Geräusche des erwachenden Hauses aus kurzem Schlummer wecken, dann stößt er weit die Fensterflügel auf, atmet die klare, kalte Luft tief in die Lungen ein, schaut auf das kahle schwarze Geäst der Lindenallee unter sich. Aber schon sieht er im Geiste wieder hohe Zypressen, die leise unter südlichem Winde schwanken. Er sieht Zelte darunter und bewaffnete Männer. Ein Knabe im Lederwams schlägt den Vorhang des Zelts in der Mitte auf. Ein Mann tritt hervor, kühn ist sein Antlitz, hoch sein Wuchs, königlich seine Haltung — aber er scheint zu leiden, er unterdrückt ein Stöhnen, als er hervortritt. Kleist starrt unverwandt auf die Erscheinung. Dann wendet er sich zurück ins Zimmer. Auf dem Tisch liegen die Blätter, die er in der Nacht beschrieben hat. Seine Augen überfliegen prüfend die Zeilen, seine Lippen formen Worte, in heftigem Ungenügen reißt er ein Blatt in Stücke. Halbangezogen setzt er sich nieder und schreibt es neu. Erst zu Mittag steigt er die Treppe hinab und gesellt sich der Familie zu. Er fühlt mit Behagen das mütterliche Walten Karolinens. Er sieht mit Wohlgefallen das kindhafte Mädchen Luise und blickt wie in einen erquickenden Brunnen in die reinen Augen, die ihn überall staunend verfolgen, als sei er aus Himmelshöhen herabgestiegen. Er genießt die geistsprühenden Gespräche mit Wieland, der aus seiner Verlorenheit auftaucht, wenn der Gast das Zimmer betritt. Doch mitten in allem erinnert sich der junge Dichter des Dramas, um dessen Gestaltung er ringt, und verschließt sich, als sei er allein, in düstere Wortkargheit. Und während er die Speisen, deren Wohlgeschmack er noch eben freundlich gelobt, abwesenden Geistes zum Munde führt, murmelte er einzelne Worte oder Verse. «Pause voll Schrecken», hört Wieland ihn sagen und sieht ihn verwundert von der Seite an. Das junge Antlitz mit der breiten Stirn, in die ungepflegt die Haare tief hineinhängen, ist wie von einem fremden Dämon überschattet. Wieland wagt es nicht, den Versunkenen zu stören. Er bemerkt, wie Karoline mit besorgtem, Malchen mit entrüstetem und Luise mit tief bewunderndem Blick den Freund messen, der so plötzlich wieder zum Fremdling geworden ist. «Weihrauch», flüstert Kleist. «Weihrauch! —» Er hat den Teller von sich geschoben, die Augen geschlossen und zieht tief die Luft in sich ein, als atme er wirklich den würzigen, feierlichen Duft. Das Geplauder der Tafelrunde verstummt. Alle beenden in verstörtem Schweigen das Mahl. Nach einigen Tagen aber hat man sich an die plötzliche Entrücktheit des Gastes gewöhnt. Karoline seufzt mitleidsvoll, Malchen lächelt ironisch, für Luise aber sind seine Zustände ein neuer Grund, diesen «zauberischen Kleist» anziehend und liebenswert zu finden.

Wieland betrachtet den jungen Dichter mit Sorge. «Was haben Sie? — Was bedrängt Sie?» fragt er wohl, wenn beide allein des Abends noch am Kaminfeuer sitzen.

«Lassen Sie mich», wehrt Kleist gequält ab. «Es gestaltet sich nicht, es will sich nicht gestalten lassen.»

«Es wird sich gestalten!» tröstet Wieland. »Es wird sich gestalten. Woran denken Sie denn? — Sie sprachen von Weihrauch?» dringt er in den Verschlossenen.

«Ja», sagt Kleist, sofort wieder entrückt. «Weihrauch — sie nähren das Feuer mit Weihrauch — ich rieche ihn.»

Wieland blickt teilnehmend auf.

«Die Phantasie ist eine mächtige Göttin», sagt er. «Man muß ein Dichter sein, um ihren Zauberstab zu fühlen.» Und dann fährt er plaudernd fort: «Sie entsinnen sich an den Kupferstich mit dem Seesturm in meiner Bibliothek? Sehen Sie, als mich einmal ein junger Besucher — er war etwa so alt wie Sie, aber kein Dichter — fragte, ob ich schon einmal das Meer gesehen hätte, antwortete ich: Nein, aber ich glaube, daß meiner Anschauung dadurch nicht viel abgeht. Denken Sie sich — so sagte ich zu ihm —, denken Sie sich einen Teller voll Wasser und dehnen dasselbe ringsum mehr und mehr aus, bis Sie zuletzt nichts mehr als Himmel über sich und Wasser unter sich sehen. Da sind Sie mitten auf dem Ozean! —»

Plötzlich verstummt er verwirrt.

Kleist hat den Alten so blicklos angesehen, als habe er die Erzählung nicht vernommen.

«Ich rieche den Weihrauch, weil er in den großen Feuern vor dem Zelt brennt», sagt er in geheimnisvollem Ton. «Sie streuen Weihrauch in das Feuer!»

«Aber so sagen Sie mir doch, in welches Feuer?» fragt Wieland ungeduldig. «Ich könnte Ihnen vielleicht raten und helfen.»

«Es ist von Bedeutung, daß sie Weihrauch nehmen», antwortet Kleist, hartnäckig im eigenen Gedankengang fortfahrend. «Oder halten Sie es nicht für wesentlich?»

«Ich weiß es nicht», antwortet Wieland, durch das anscheinend sinnlose Gespräch erschöpft. «Welches Feuer?»

«Die Feuer vor Guiscards Zelt», fährt Kleist gereizt auf.

«Guiscard?» fragt Wieland belebt. «Wollen Sie ein Drama um den Normannenherzog schreiben?» Aber schon ist Kleist wieder verschlossen verstummt.

Als Kleist dann in seine Mansarde emporgestiegen ist, sitzt Wieland noch lange am Kamin. Er ist tief beunruhigt über den seltsamen Gast. Was für ein Mensch! Ein Gefangener seiner Dichtung! Er selber hat auch endlos mit der Gestaltung seiner Werke gerungen, aber er hatte dabei immer den Stoff in der Hand und formte ihn nach seinem Willen. Aber dieser – er wurde beherrscht von seinen eigenen Gestalten wie von Dämonen. «Der Arme!» – «Der Reiche!» setzt er nach einer Weile nachdenklich hinzu. Dann tritt er noch vor die Tür hinaus in den einsamen, verschneiten Garten. Das Haus liegt dunkel und schweigend da. Nur oben in der Mansarde brennt immer noch Licht und wirft einen hellen Schein auf den glitzernden Schnee. Es ist sehr kalt, aber windstill. Wieland wickelt sich fester in seinen Mantel und geht die Lindenallee hinunter. Der Schnee knirscht unter seinen Tritten. Er geht durch das Wäldchen hin zu dem Grabplatz. Die Ilm rauscht laut in der stillen Nacht. Wieland streicht mit der Hand das Schneepolster von der Bank und läßt sich nieder. Wieder denkt er an den Unseligen oben in seiner Mansarde. Wie sind sie beide, jeder auf seine Art, verlassen und allein! Man braucht viel Kraft, um einsam zu sein. Hat jener sie? Hat er selber sie denn?! Wieland blickt empor. Der Mond scheint nicht, aber der Schnee macht die Nacht hell, und in dem von Baumwipfeln ausgesparten

Rund glitzern winterlich funkelnd die Sterne. Er schließt die Augen und gibt sich der großen Ruhe hin, die ihn hier spürbar stärkt. Einsam sein ist gut; es ist heilsam und notwendig, um die wahre Kraft in sich zu finden. Er sieht nieder auf die Grabhügel. Plötzlich erkennt er, was Dorotheas Tod für ihn bedeutet: die schmerzhafte, aber notwendige Losreißung der Wurzeln aus zu sehr geliebter Umwelt. Aber der Einsame wächst höher. Er kann Verlassenheit in Freiheit verwandeln. Wieland atmet wie erlöst auf. «Ich bin frei!» Frei, das heißt bereit zu allem. Alles Geliebte, ja aber auch alles Lastende ist von ihm abgefallen. Mit neuem Blick betrachtet er die leuchtenden Sterne, den makellos weißen Schnee, die beiden Hügel unter den stillen Bäumen. Er hört das lebendige vielfältige und doch gleichförmige Geräusch des Wassers, er atmet die reine kalte Luft. Wie schön ist das alles! Frei werden und sein Leben voll ausleben dürfen – ist das nicht auch ein Glück?

Am andern Morgen ist das Wetter umgeschlagen. Die klirrende Kälte ist gewichen, schwere Wolken türmen sich am Himmel zusammen, ein feuchter Sturm fegt um das Haus, klappert an losen Dachplatten, biegt die Wipfel der kahlen Bäume hin und her, reißt saugend die gleichmäßige Decke des Schnees auf. Wieland und Kleist sitzen am Marmorkamin im Sälchen; sie lauschen schweigend auf den Wind, der sich gegen die Scheiben preßt und in der Esse heult. Das Unwetter draußen verstärkt in Kleist das Gefühl, daß er in diesem gastlichen Hause rasten darf wie auf sturmgeschützter Insel. Wer weiß, für wie kurze Zeit! Er schaut voll Dankbarkeit auf den Alten neben sich. Der scheint versunken in den Anblick der Flammen. In verschwiegenem Gram sind die beweglichen Lippen zusammengepreßt, tiefe Falten durchziehen das welke Gesicht, aber die Augen und die schöngewölbte heitere Stirn sprechen beredt von Geisteskraft und Überwindung. Kleist räuspert sich. Da blickt Wieland auf und sieht ihn an mit einem Ausdruck so voller Güte und Nachsicht, so voller Verständnis und Bereitschaft, daß sich das verschlossene Herz des Jüngeren weit öffnet.

«Stellen Sie sich vor», beginnt er auf einmal zu sprechen, «das Heerlager des Normannenherzogs Guiscard auf seinem Kreuzzug dicht vor Konstantinopel. Hohe Zypressen überragen dunkel den Hügel, auf dem das Zelt des Herzogs steht. Auf dem Vorplatz brennen lodernd die Feuer, in welche Knaben von Zeit zu Zeit duftenden Weihrauch streuen. Eine Gruppe normannischer Krieger steigt zum Zelte empor. Sie sind von ihrem Volk gesandt. Denn furchtbar wütet seit kurzem die Pest im Lager. Sie hat in einem unbegreiflichen Geschick das siegreiche Kreuzheer niedergeschlagen. Alle verzweifeln. Und Guiscard, der Herzog, tut, als sei nichts geschehen, er läßt sich nicht sehen; er läßt sich nicht hören. Da schickt ihm die Menge, am Ende ihrer Widerstandskraft, jene Boten.»

Kleist beginnt in Versen zu sprechen.

«Mit heißem Segenswunsch, ihr würd'gen Väter,
Begleiten wir zum Zelte Guiscards euch.
Wenn er der Pest uns schleunig nicht entreißt,
Die uns die Hölle grausend zugeschickt,
So steigt der Leiche seines ganzen Volkes
Dies Land, ein Grabeshügel, aus der See» —

Seine Stimme hat sich in drohender Klage laut erhoben. Unwillkürlich hat er seine Hände flehend ausgestreckt. In gewaltigen Rhythmen, in großartigen Bildern steigt vor Wieland sinnenhaft deutlich die Szene vor Konstantinopel auf. Er sieht Guiscards Zelt, abweisend verschlossen vor den Verzweifelten; er hört den Jammerruf der Ratlosen; die ausweglose Tragik des Geschehens bedrängt seine Seele. Szene um Szene wirft Kleist vor seinen Zuhörer hin. Ein Knappe hielt Wache in der Nacht auf dem Feldherrnhügel, da sah er im Dunkel einen unheimlich Vermummten aus Guiscards Zelt herausschleichen. Und als er näher kam, erkannte der Knabe ihn: Es war der Arzt! – Hat die Pest auch den Herzog erfaßt?! «Pause voll Schrecken» – Pause voll Schrecken? Flüchtig entsinnt sich Wieland, dieses Wort schon einmal gehört zu haben. Doch schon hat ihn Kleist weitergerissen. Da! Endlich tritt Guiscard aus seinem Zelt hervor, der Kranke, der im Bewußtsein seiner großen Verantwortung mit letzter Kraft Gesundheit heuchelt, der nicht nur körperlich, der seelisch tief Getroffene, der Heerkönig, der geglaubt hat, um seines edeln Zieles willen vor allem Bösen gefeit zu sein, er sieht nun unentrinnbar das Verhängnis auf sich und sein Heer zukommen. Wieland hört, als sei er selber der ohnmächtige Guiscard, den herzzerreißenden Schrei des Greises:

«O führ uns fort aus diesem Jammertal!
Du Retter in der Not, der du so manchem
Schon halfst, versage deinem ganzen Heer
Den einz'gen Trank nicht, der ihm Heilung bringt!
Versag uns nicht Italiens Himmelslüfte!
Führ uns zurück, zurück ins Vaterland!»

Kleist verstummt. Er ist am Ende. Er hebt wie in Verlegenheit über sein plötzliches Abbrechen beide Hände und streicht sich das Haar zurück. Er vernimmt wieder den Sturm, der in der Esse heult und sich gegen die Fensterscheiben wirft. Die Bilder der Dichtung sind verflogen. Wieland aber ist nicht ernüchtert. «Äschylos, Sophokles und Shakespeare mußten zusammenwirken», ruft er begeistert, «daß ein solches Drama in Deutschland entstehen konnte. *Sie* werden die Lücke im deutschen Drama ausfüllen!» Fassungslos blickt Kleist auf den Mund, der ihm solches Urteil spricht. Dann schlägt er die Hände vors Gesicht und stürzt auf die Knie. Er umklammert den Alten und bedeckt aufschluchzend seine Hände mit Küssen und Tränen. «Glauben Sie? Glauben Sie wirklich?» stammelt er. Und Wieland neigt sich vor, er streift mit einem Kuß das Haar des vor ihm Knienden. Dann drängt er, ein wenig verlegen, den Erregten zurück.

In der Folge ist Kleist wie ausgewechselt. Er arbeitet mit verdoppeltem Fleiß. Manchmal ist Karoline schon wieder im Hause tätig, wenn erst das Licht in der Mansarde oben erlischt. Noch immer hat er unvermutet seine Entrückungen. Aber im ganzen blickt er doch freier um sich. In fruchtbarem Gespräch teilt er sich offen dem verständnisvollen Wieland mit. Er plaudert mit Karoline über die Dinge ihres Tags, er ist von aufmerksamer Höflichkeit zu Amalie, er scherzt mit Luise. Mit Rührung und Erschütterung bemerkt seine gelöste Seele, daß das kindhafte Mädchen ihm die erste große Liebe ihres Lebens entgegenbringt. Er wird gefangen von dem Zauber dieser unschuldsvollen, hingegebenen Augen; er läßt sich verführen, diese frischen Lippen zu küssen, und er überredet sein Herz, daß auch für ihn ein Glück auf dieser Erde bereit sei. Doch eines Tages überfällt ihn übermächtig die alte Unstetheit. Er muß fort aus diesem idyllischen Oßmannstedt, er muß fort! Nie noch ist ihm auf dieser Welt so viel Liebe zuteil geworden! Eben darum muß er fort. Unvermittelt setzt er den Abreisetag auf den 26. Februar fest. Nichts kann ihn halten, nicht einmal sein eigenes klagendes Herz. Nach schmerzlichem Abschied scheidet er, um nie wiederzukehren.

Kleist ist der letzte Gast in der Mansarde zu Oßmannstedt gewesen. Die finanzielle Last, die das unkundig bewirtschaftete Gut bedeutete, ist unerträglich geworden, und als ein reicher Hamburger Bankier, der Hofrat Kühne, dafür dreißigtausend Taler bietet, da greift Wieland unbedenklich zu. Nur der Grabplatz ist vom Verkauf ausgenommen.

Kaum acht Wochen, nachdem Kleist die Reisekutsche bestiegen hat, stehen wieder die Wagen vor dem Parktor mit den urnengeschmückten Pfeilern. Wieland verläßt Oßmannstedt. Er hat von den Gräbern nicht Abschied genommen, er kommt ja wieder. Er schaut sich mit keinem Blick um. Das Haus der Mitte ist nicht gebaut worden, und Osmantinum versinkt im Strome der Zeit. Wie sagte Horaz? «Ein Landgut, ein Brunnen am Haus und ein Wäldchen?» Nun, für ihn war er nicht zum Heil ausgeschlagen, dieser Traum der Jugend. Vielleicht war es auch für Horaz nur ein Traum? Und jegliche Erfüllung sah ganz anders aus? Haftet ihr unumgänglich das Leid des Irdischen an? Und nur aus Leid konnte neues, unerwartetes Glück erwachsen? War diese Erkenntnis ein Schlüssel zum Verständnis des rätselvollen Lebens?

Wieland zieht zunächst in das Haus Rittergasse 19 inmitten der Stadt, aber es will ihm dort nach dem freien Landleben nicht recht behagen. Außerdem soll es dort spuken. Ein jugendlicher Prinz war einst in der Nähe lange Jahre unschuldig gefangengehalten worden, und eines Tages hatte man in den Fesseln nur noch einen Leichnam gefunden; seitdem, so hieß es, ginge ein Gespenst wehklagend in den anstoßenden Gassen um. Auch in der Rittergasse 19. Keine Magd will bleiben, keine der Töchter traut sich allein in den Keller, kein Kind will im Dunkeln schlafen. Die Gespensterberichte nehmen ein lächerli-

ches Ausmaß an. Und schließlich wird es dem alten Aufklärer zu bunt; besiegt beschließt er, wieder umzuziehen. Ostern 1806 wird eine Wohnung frei im Hause des Stadtsyndikus Stötzer zwischen Komödienhaus und Schweinemarkt. Am Haus ist ein großer Garten, und was das Beste ist, es liegt ganz in der Nähe des Wohnsitzes der alten Freundin Anna Amalia. Das einstmals kränkende Wort: «Er ist nichts als ein Poet», hat sich im Verlauf der dreißig vergangenen Jahre zum Segen ausgewirkt; Wieland benutzt es in schalkhafter Selbstverteidigung, um sich zu erlauben, was ihm gefällt, und so ergibt sich eine freie, unkonventionelle, menschliche Beziehung. Im vertrauten Umgang mit der Herzogin hatte er sich, als Dorothea die Augen geschlossen hatte, langsam wieder ins Leben zurückgetastet. Nun erbittet er den Schlüssel zur nahen Gartenpforte ihres Palais, damit er kommen und gehen kann, wie und wann er will. Mal spaziert er zwischen den sauber abgezirkelten Beeten im eigenen Hausgarten, mal zwischen den Bäumen und Gebüschen des herzoglichen Geländes. Mal verbringt er den Sommer im Tal in Tiefurt, mal auf der Höhe in Belvedere. Überall ist er zu Hause. Denn was heißt ihm Besitz und Eigentum? Was heißt zu Hause? Dem gehört die Schönheit der Welt, der sie froh genießt. Hin und wieder greift er wohl noch zur Feder, aber der Dichter, der Schriftsteller, der Literat, sie sind am Ziel. Das Neue, dem all seine Kraft gegolten hat, hat längst überall und unausrottbar Wurzel gefaßt. Er hat nur mehr zu sein, was er gelehrt hat: ein Mensch. Mensch sein in des Wortes wahrster Bedeutung, das ist genug: muß man alt werden, um es einzusehen?

Ein Jahr nach Dorotheas Hingang stirbt Herder, der Freund, zwei Jahre später endigt Schillers flammende Lebensbahn. Aber was heißt Tod? Was heißt Leben? Wie mancher wirkt lebendig fort, obgleich er längst abgeschieden ist — wie mancher ist frühe erstarrt, obwohl er noch mitten im Dasein steht. Wieland ruht im Gleichgewicht und lächelt über das Narrenspiel des Lebens. Der, der lacht, er müßte es besser wissen! Weiß er es besser? Fragt nicht so viel! Der wahre Mensch kann sich die Kraft gewinnen, dem Guten wie dem Bösen gelassen zu begegnen und beides fruchtbar zu machen.

Aber noch immer darf Wieland nicht geruhsam rasten. Im Herbst 1806 reißt zum drittenmal in seinem Leben der Sturm der Zeit seine mühsam errungene Idylle nieder. Das Unheil, das er weitschauend längst erwartet, bricht diesmal unmittelbar über die Stadt Weimar herein. Immer aufs neue hat er zum Frieden gemahnt, er hat die nüchterne politische Überlegung angestellt, daß Frankreich mächtiger sei als Preußen und daß es trotz aller Vaterlandsliebe für den kleinen Staat unsinnig sei, mit dieser starken Macht einen Krieg zu beginnen. Seine Warnung war ungehört verhallt. Der Krieg war da!

Ein herrlicher Herbst leuchtet dem tragischen Geschehen zum Trotz über Weimar. In den engen Straßen der engen Stadt stauen sich seit Tagen Soldaten, Pferde, Bagagewagen. Unablässig ziehen preußische Truppen oder ihre Verbündeten in Ungewißheit der gegnerischen Pläne hin und her. Noch immer glaubt man, Napoleon befinde sich auf dem Weg nach Leipzig und Dresden. Weimar wimmelt von hohen Offizieren. Bis zum 12. Oktober weilt auch das preußische Königspaar in der Stadt. Da trifft alarmierend die Nachricht ein von dem verlorenen Gefecht bei Saalfeld, in dem Prinz Louis Ferdinand den Tod gefunden hatte. Der König und die Königin reisen eilig ab. Das weimarische Erbprinzenpaar und Anna Amalia bringen sich in Sicherheit. Nur die Herzogin Luise harrt gleichmütig aus. Am 14. hört man vom frühen Morgen an dumpfen Kanonendonner aus der Richtung von Jena her. Ehe es Mittag wird, werden bereits die ersten Verwundeten angeschleppt. Dann flutet das geschlagene Heer der Preußen auf wilder Flucht durch die Stadt. Ein einziges Regiment versucht, an der Kegelbrücke im Osten noch standzuhalten und den Übergang über die Ilm zu verteidigen. Ein kurzes heftiges Feuergefecht, dann ist auch dieser letzte Widerstand gebrochen. Die nachstürmenden Franzosen dringen in die Stadt ein. Überall ertönt der herrische Ruf des Siegers nach Brot und Wein. Dazwischen scharfe Musketenschüsse, Hilferufe von Frauen, Kindergeschrei. Plötzlich steigt eine lodernde Stichflamme hoch empor und überschüttet alles weithin mit grellem Feuerschein. In der Nähe des Schlosses brennt es! — Und überall stehen im Stich gelassene Pulverwagen! Wer kann, will zum Löschen hinauseilen, doch die fremden Soldaten üben ihr Besatzungsrecht und treiben die Bürger in ihre Häuser zurück. Noch ist erst der östliche Teil der Stadt völlig besetzt. Nur einzelne Husaren und Chasseurs sind bereits bis zum Komödienhaus und zum Schweinemarkt vorgedrungen. Wielands Familie sitzt im Keller, die Frauen bemühen sich um die Kinder, schon sind Flüchtlinge aus der Jakobsvorstadt mit Schreckensberichten dazugekommen. Da hämmern Gewehrkolben hart gegen die Haustür. Vergeblich bemühen sich die geängstigten Töchter, den alten Vater zurückzuhalten. Ungeduldig sie abwehrend, steigt er die Treppe empor. Schon wieder herrisches Klopfen an der Tür, «Un moment, s'il vous plaît», ruft er hinaus, während er sich müht, den Riegel zurückzuschieben. Er hat eine Kerze in der Hand und öffnet. Draußen drängen sich ungeduldig sechs französische Husaren. «Bon soir, Messieurs», sagt Wieland ruhig und verneigt sich. — Was haben die ungestüm Einlaß Fordernden erwartet? Dies jedenfalls nicht! Ein gebrechlicher Greis, ein Samtkäppchen auf den weißen Haaren, empfängt sie mit freundlicher Würde, als seien sie erwartete Gäste. Verblüfft weichen sie ein wenig zurück; dann hebt der Vorderste grüßend die Hand an den Tschako. Der Alte führt sie ins Wohnzimmer und tischt ihnen Wein und Brot auf. Er leistet ihnen wie selbstverständlich Gesellschaft; er spricht ein gepflegtes Französisch, und die Husaren erfahren, daß ihr Gastgeber Wieland heiße. «Wieland? Le célèbre poète allemand?» Schon dröhnen aufs neue Kolbenstöße gegen die Tür. Ein Husar springt auf. Er selber öffnet; mit einer Flut unwilliger Worte macht er den draußenstehenden begreiflich, daß dieses Haus geschützt sei, da der berühmte Dichter Wieland hier wohne, ein Mitglied des französischen National-Instituts. Stunde um Stunde geht es so fort. An Schlafen ist nicht zu denken. Wieland tritt von Zeit zu Zeit ans Fenster; er beobachtet, während er die fremden Gäste versorgt, den Widerschein der Feuersbrunst am Himmel; er hört Schreie und Schüsse, er sieht beutebeladene Soldaten und Betrunkene. Das ist kein Narrenspiel des Lebens, das man mit Gleichmut beschaut, dies ist eine schaurige Tragödie.

Am Vormittag des nächsten Tages macht der Marschall Ney dem berühmten Quartierherrn seine Aufwartung. Er befiehlt eine ständige Sauvegarde, die dieses Haus in den kommenden Wochen vor allen Behelligungen schützen wird. Frankreich läßt es sich zur Ehre gereichen, mit dem berühmten Dichter in persönliche Verbindung gekommen zu sein. Der Generalinspekteur der Künste, Monsieur Denon, ebenfalls Mitglied des National-Instituts, der bei Goethe einquartiert ist, bittet darum, daß von dem eindrucksvollen Profil mit dem Samtkäppchen eine Zeichnung für eine Ehrenmedaille hergestellt werde.

Für diesmal also erwies sich die Zelebrität als nützlich. Der Ruf, der deutsche Voltaire zu sein, hat in höchster Not seine Wirkung getan. Aber das allgemeine, das große allgemeine Leid — wie soll man es tragen? Waren die, von denen es kam, zu verabscheuen, waren sie zutiefst schuldig und böse von Grund aus? Waren sie ihm und manchem anderen nicht ritterlich und menschlich begegnet? Sie hatten einst für die Menschenrechte gekämpft, und noch immer zog mit ihnen, alles Alte umwälzend, die neue Zeit! Und nun dies?

Eine schwere Erkältung zwingt den tief erschütterten Alten aufs Krankenlager; nun hat er Zeit, sich zu besinnen. Die Schlachten des Siebenjährigen Krieges, die Kämpfe um die Revolution, nun die Feldzüge des imperialen Frankreich, zeigten sie den Menschen, wie er unabänderlich ist? Trägt selbst der,

der für die Menschlichkeit kämpft, das Zeichen Kains auf der Stirn? Wieland, mitten im brodelnden Zusammenprall zweier Zeitalter, weiß sich keinen Rat.

Als er sich wieder erhebt, beginnt er im Banne solcher Fragen eine neue Arbeit: die Übersetzung der Briefe des Cicero. Cicero, der große römische Staatsmann, der Hochbegabte, er gilt als Träger der römischen Kultur, und doch war er unberechenbar, unzuverlässig, eitel, entschlußlos. Er kam hoch zu Ehren, wurde geächtet und verbannt, kehrte als Gefeierter wieder zurück und wurde wiederum verfolgt. Als seine Mörder seine Sänfte umstellten, beugte er gelassen das Haupt aus dem Fenster und ließ sich erschlagen. Und als es geschehen war, trauerte das ganze römische Volk; denn er war trotz seiner Fehler ein Humanist, ein Kämpfer für die Menschheit. Trug nicht Voltaire ähnliche Züge? Und er, Wieland selber? Ist das Dunkle, das Böse, das Schwache die notwendige Kehrseite alles Guten? Wieland beschönigt nichts an dem Bild seines Helden, er verheimlicht nichts. «Whatever is, is right! Wie es auch ist, es ist gut.» Das ist ihm ein neues Leitwort, ein entsagendes zwar, aber eins, das auf die Wirklichkeit verpflichtet und vielleicht der Wahrheit nahekommt.

Das Unheil dieses Winters drängt dazu, noch etwas anderes Wichtiges, immer wieder Aufgeschobenes, endlich ins Werk zu setzen: Der Platz in Oßmannstedt, der die beiden teuren Gräber trägt und auf dem er selber, wer weiß wie bald, seine letzte Ruhestatt finden wird, soll ein Denkmal bekommen. Wieland läßt aus grauem thüringischem Sandstein eine schmale dreiseitige Pyramide herstellen. Sie trägt in eingetieften Medaillons über den Namen bedeutungsvolle Symbole: den Eichenblätterkranz um zwei festverschlungene Hände für die Gattin, einen Schmetterling zwischen Rosen für Sophie, eine Lyra auf Fittichen unter leuchtendem Stern für ihn selber. Er verfaßt ein Distichon als Grabspruch:

«Liebe und Freundschaft umschlang die verwandten
Seelen im Leben.
Und ihr Sterbliches deckt dieser gemeinsame Stein.»

Und sowie die Witterung es ermöglicht, soll das Denkmal draußen gesetzt werden.

Inzwischen wird am 16. Februar des neuen Jahres im Theater Goethes «Tasso» uraufgeführt. Wieland läßt es sich nicht nehmen, in der Hofloge, in der ihm seit langem jederzeit ein Platz zur Verfügung steht, teilzunehmen. Liebenswürdig unterhält er sich, bis die Falten des Vorhangs aufrauschen und der Beginn des Spiels Schweigen gebietet. Ein Park wird sichtbar mit streng geschnittenen Hecken, zwischen deren Grün Büsten und Hermen weiß hervorschimmern; in der Mitte ein Ruheplatz mit steinernen Bänken. Vom Sommer scheidend, verweilen die beiden Leonoren hier; sie flechten plaudernd Kränze, um damit jene Dichter dankbar zu krönen, die ihnen die ländliche Stille am schönsten belebten: den erhabenen Virgil und den heiteren Ariost. Eine Bewegung des Erstaunens und der Rührung geht plötzlich durch die Reihen des Publikums: Es sind die Bildnisse Schillers und Wielands, die da im Park von Belriguardo aufgestellt sind! Leonore d'Este schmückt das kühne Haupt Schillers mit ihrem Lorbeerkranz, Leonore Sanvitale legt ihr Blumengewinde um Wielands heitere Stirn. Man lächelt, man klatscht Beifall, man wendet sich um. Wieland sitzt in der Hofloge und verneigt sich leicht. Er ist überrascht. Seine Augen wandern hin zu dem Regisseur dieses Einfalls, zu Goethe, um ihn schweigend zu grüßen. War es eine Abbitte? Eine Huldigung? Ein Zeichen, daß dieser empfindsame, mit der Umwelt immer in Konflikt geratende Tasso Wesenszüge Wielands trug?

Als sich die Aufmerksamkeit wieder von ihm abgewandt hat, läßt er sich auf seinem Sessel zurücksinken. Den Mund spöttisch verzogen, betrachtet er die beiden Büsten dort unten auf der Bühne. Zwei andere Theatererlebnisse steigen vor seinem inneren Auge auf: die Erstaufführung seiner «Alceste» im längst vernichteten Schloßsaal und dann ihre Parodie in Ettersburg. Er lächelt in nachsichtiger Überlegenheit. Er sieht im Geist eine Szenerie, die dem Für und Wider jeglichen irdischen Regisseurs entrückt ist: die schmale dreiseitige Pyramide, die sich bald einsam in Oßmannstedt erheben wird.

Zwei Tage nach diesem Theaterabend schließt Sophie La Roche in Offenbach unerwartet nach kurzem Krankenlager ihre Augen für immer. Zwei Monate später scheidet Anna Amalia von dieser Erde. Es ist an der Zeit, das Totenmal in Oßmannstedt zu setzen.

Wieland fährt allein hinaus, um es sich zu betrachten. Grauer Sandstein aus thüringischem Boden — vor gut einem Menschenalter war es ihm unmöglich erschienen, hier einzuwurzeln! Die plastischen Bilder in den vertieften Kreisen sind mit Rot und Blau und Gold leicht getönt. Alles wirkt würdig und doch anmutig und leicht. Unter der geflügelten Lyra steht einstweilen nur eine einzige Zeile, das Geburtsdatum. Wielands Blick gleitet über die leere Stelle darunter. Ihn fröstelt, er zieht den Mantel fester um sich. Aber dann schaut er ringsum: die hohen Bäume, die dichten Gebüsche, das Steilufer mit dem strömenden Fluß umschließen ein schönes, weites Rund, in dessen Mitte der Stein aufragt. Welch ein Pantheon hat er sich selbst hier erbaut! So ist es gut! Wenn sich auch nie ein Besucher hierher verlieren wird. —

Aber Wieland irrte sich wieder einmal. Noch nach anderthalb Jahrhunderten werden die Besucher zu dem lebendigen Hain seiner Grabstätte pilgern. Das Pantheon in Paris aber birgt einen leeren, geschändeten Sarkophag. Im Frühling des Jahres 1814 waren fanatische Gegner Voltaires, des großen Revolutionärs, nachts in die Kirche eingedrungen, raubten den Leichnam und ließen ihn in einer Grube am Stadtrand für immer verschwinden.

Im Herbst des Jahres 1808 ruft Napoleon die Fürsten Europas zu einem Kongreß nach Erfurt zusammen. Ingrimmig, zähneknirschend oder auch bewundernd, hingerissen – wie auch immer –, alles beugt sich vor dem siegreichen Cäsar. In dem großartigen Schauspiel, das der Diktator sich und der Welt zu geben beliebt, darf Weimar, die Stadt des deutschen Geistes, nicht fehlen. – Der Kaiser hat ein Diner im Schloß befohlen, am Abend Theater, wozu er seine Pariser Schauspieler mitbringen wird, danach Ball.

Mit steinerner Miene thront er in der Mitte der halbrunden Tafel im Weißen Saal. Zu seiner Rechten die Herzogin Luise, zu seiner Linken der Fürstprimas Dalberg. «Wissen Eure Majestät», versucht Dalberg den Verschlossenen neben sich zu unterhalten, «wissen Sie Eure Majestät, daß ein hiesiger Dichter den bewundernswürdigen Aufstieg Ihrer Bahn vorausgesagt hat?» Der Kaiser blickt fragend zur Seite. «Monsieur Wieland», fährt Dalberg fort, «der Dichter Wieland. Er empfahl bereits im Jahre 98 dem Direktorium, sich einen Diktator zu wählen in Gestalt des tatkräftigen jungen Generals Bonaparte.» Napoleon ißt schweigend weiter.

Am Abend präsidiert er in goldenem Sessel auf rotem Teppich unmittelbar vor der Bühne mitten zwischen den befohlenen Königen und Herzögen. In verwegenem Triumph hat er Voltaires Drama «Der Tod Cäsars» aufs Programm gesetzt. Er lehnt bewußt nachlässig in seinem Fauteuil, ab und zu nickt er ein, ab und zu streift sein Blick gleichgültig über das Publikum hin. In der Seitenloge fällt ihm ein Kopf auf, ein altes, von Schicksal gezeichnetes, amüsantes Gesicht unter einer schwarzen Samtkappe. «Wer ist das?» fragt der Kaiser nebenhin. «Der Dichter Wieland.»

Napoleon steigt zwischen dem Herzog Karl August und dem Zaren von Rußland die Treppe im Schloß empor. Der Stoßdegen an seiner Seite, die Sporen an seinen Füßen klirren leise. Er betritt den Festsaal. In tiefer Verbeugung sinken die Anwesenden in fortlaufender Woge nieder. Dann lehnt der Imperator bereit zur Audienz an einer Säule zum Durchgang in die Galerie. «Ich wünsche Herrn Wieland zu sehen, Madame», sagt er zu der Herzogin. «Er wird sogleich zur Verfügung Eurer Majestät sein, noch ist er nicht anwesend», antwortet die Gastgeberin. Ein Bote eilt zu Wieland. Aber Wieland ist müde vom Theater. Er für seine Person hat genug von diesem Bonaparte gesehen, er bittet, ihn zu entschuldigen. «Schicken Sie sofort einen Wagen zum Herrn Hofrat», befiehlt die Herzogin, «und sagen Sie ihm, ich ließe ihn dringend bitten, den Wunsch des Kaisers zu erfüllen.»

Seufzend erhebt sich Wieland. «Es ist halb elf in der Nacht!» murrt er. Er besteigt die Equipage; der Diener geleitet ihn die Treppe empor. Erleichtert führt die Herzogin ihn sogleich quer durch den Saal dem Kaiser zu. Keine Woge fortlaufender Verbeugung geht vor Wieland einher, und doch verursacht auch sein Erscheinen eine fortlaufende Welle erregten Aufsehens. Ist es möglich? Kann das sein? In diesem Geglitzer von Orden und Diamanten, in diesem Farbenrausch von Seiden und Samten, in diesem Aufwand von Uniformen und Galaroben Wieland im einfachen bürgerlichen Frack ohne Orden und Degen, in bequemen Tuchstiefeln, sein Käppchen auf dem ungepuderten Haar?! Die Weimarer Gesellschaft gestattet dem Alten seine Freiheiten; er ist ja berühmt, obwohl man es ihm nicht ansehen kann, er zeichnet sich eigentlich nur dadurch aus, daß er eine Spur eines Don Quichote an sich hat. Dies heute aber ist ein politisches Ereignis, ein europäischer Kongreß, eine Audienz beim Sieger! Donquichoterien sind nicht angebracht. Was wird der gefürchtete Imperator sagen?

Napoleon sieht den Mann, den er bereits im Theater der Beachtung wert gefunden, an der Seite der Herzogin auf sich zukommen, er geht ihm einige Schritte entgegen, er macht ihm einige Elogen über seine Zelebrität, dann knüpft er an das soeben gemeinsam gesehene Schauspiel an. «Cäsar», sagt er, «das war einer der größten Köpfe in der ganzen Weltgeschichte. Er hatte nur einen einzigen Fehler.» Wieland sieht den Kaiser fragend an. Aber Napoleon gibt lebhaft bereits selber die Antwort. «Er kannte diejenigen, die ihn ermorden wollten, warum ließ er selber sie nicht vorher ermorden?»

Die naive Skrupellosigkeit verblüfft den Dichter, der ein Leben lang für Toleranz und Menschenrechte eintrat. «Si, si, Votre Majesté», sagt er, um eine Antwort verlegen. Der Kaiser plaudert unbeirrt weiter. Er preist die rücksichtslose Gewaltherrschaft des römischen Imperiums, die der ganzen Welt eine andere Gestalt zu geben vermochte. ‹Gewalt?› denkt Wieland, ‹Humanität ist besser›, und er beginnt als Erwiderung die Kunst der Griechen zu loben. «Eine Kunst mit erhabenem Pathos», bemerkt Napoleon, «ist allenfalls noch nütze, sie mag das Heroische im Menschen stärken. Die heitere Muse hingegen schwächt und macht läppisch. Diese Ariosts und Horaze, sie taugen zu nichts.» Der Dichter, den man soeben als modernen Ariost gefeiert hat, lächelt belustigt. Doch schon ist der Kaiser auf die Religion zu sprechen gekommen. «Weshalb haben Ihro Majestät» — so fragt nun Wieland interessiert — «damals vor sechs Jahren den alten Kultus der katholischen Kirche wieder eingesetzt, als wäre nie eine Revolution gewesen? Hätte er nicht, einer neuen Zeit angemessen, reformiert werden können?»

«Ja, mein lieber Wieland», antwortet der Kaiser mit kaltem Spott. «Den Leuten, die daran glauben, kann man nicht genug Wunder tun lassen», und mit betonter Skepsis fährt er dann fort: «Ich für meinen Teil halte nicht einmal die historische Existenz Jesu für wahr.»

Wieland staunt, aber nicht, wie der Kaiser anzunehmen scheint, über den Freimut solcher Skepsis, er staunt über die Bedenkenlosigkeit dieses Großen. Aber ist es nicht längst Mitternacht? Er ist müde, die alten Beine schmerzen, dieses Gespräch lohnt nicht den versäumten Schlaf. «Möchten Eure Majestät die Gnade haben, mich nunmehr zu entlassen? Ich bin alt und kann nicht mehr stehen.»

Einen Augenblick stutzt der Imperator, dann sieht er das durchgeistigte Greisengesicht unter der Samtkappe und sagt freundlich: «Allez donc, allez! Bon soir!» Und er hebt zum Gruße die Hand.

Ganz Europa schaut auf diesen Kongreß. Ganz Europa sieht den Kaiser in Gala mit Degen und Sporen und vor ihm den alten Wieland im bequemen, bürgerlichen Anzug. Sie führen zu aller Erstaunen ein langes, anderthalbstündiges Gespräch. Ganz Europa zittert in Bewunderung oder Furcht vor dem Diktator – nur einer bleibt unbewegt und bricht gleichgültig selber die Audienz ab, als sie seine körperlichen Kräfte übersteigt, Wieland, der freie Bürger, Herr seiner selbst. Er hatte den Mut, nichts zu sein als ein Mensch. Die Welt lächelt – amüsiert, entrüstet, beschämt.

«Aber einer müßte es besser wissen, besser machen», hatte einstmals der junge Wieland in Erfurt gesagt, «wo bleibt er, der wahre Mensch?» Diese Begegnung mit Napoleon war eine Antwort.

Das Schicksal hat noch eine andere auf die im Jahre 1749 gestellte Frage bereit. Im gleichen Augenblick, in dem sich der cäsarenhafte Eroberer mitten im Herzen Europas, in Thüringen, in einem glänzenden Schauspiel der Welt darbietet, erscheint im Druck ein schmaler unscheinbarer Oktavband: «Faust. Der Tragödie erster Teil». Da ist er, in allen seinen Möglichkeiten, der wahrhafte Mensch! Wieland, der im Mittelmaß Verharrende, er erschauert, als er es erkennt. «Diese barock-geniale Tragödie», so äußert er, «schließt die Tendenz nicht nur des verwichenen Jahrhunderts, sondern aller verflossenen Jahrhunderte in sich ein. Sie ist, wie noch keine war und keine jemals sein wird.» Er gedenkt des Neujahrstages des Jahres 1776, als Goethe zum erstenmal in Stedten aus diesem Werk vorlas, und auf unnennbare Art erschüttert, vernimmt er am Schluß auf die hämischen Worte des Mephistopheles: «Sie ist gerichtet», jetzt die Stimme von oben: «Ist gerettet!»

Am 4. April 1809 tritt Wieland der Freimaurerloge Amalia bei. Er, der sich jahrelang nur auf den Kreis seiner Familie beschränkt hatte und dann vereinsamt war, er sucht sich, lebensreif und daseinswach, neuen Umgang; er sucht die Verwandten im Geist, denn sie allein bilden die zukünftige, die dauernde Gemeinschaft. Die Bruderschaft ist froh, ihn, den Berühmten, endlich zu den Ihren zählen zu dürfen, und erläßt ihm die mystischen Zeremonien der Aufnahme und der Erhebung in den dritten Grad.

Im Theatersaal des Wittumspalais, dem Versammlungsort der Loge, findet ein freudiges Fest statt, um Wielands Aufnahme in den Bruderbund zu feiern. Zacharias Werner, der Dramatiker, der zufällig als Gast in Weimar weilt, dichtet ein Chorlied, in dem er auch dem anderen großen Mitglied des Ordens, Goethe, huldigt:

«Wie den Kelch erhebt die Geister!
Denn die beiden hohen Meister,
Die dein Stolz, o Vaterland,
Halten unserer Kette Band!»

Im Herbst 1811, an einem himmlischen Sonnentage, lockt es den Alten noch einmal, ehe der Winter hereinbricht, nach Oßmannstedt hinauszufahren. Schon hat man den herbstlich bunten Wald des Webichts hinter sich, mit glücklichen Augen betrachtet Wieland das geliebte Bild: das Ilmtal mit dem Tiefurter Kirchturm, zur Rechten die weiten hügeligen Felder, zur Linken den geraden langgestreckten Höhenzug des Ettersbergs. Da scheuen unvermutet die Pferde, sie drängen aufbäumend zur Seite, der Wagen gerät in den Graben am Weg und schlägt um. Ganz Weimar ist in Sorge. Wird der Alte sich noch einmal

von diesem Unfall erholen? Er hat das Schlüsselbein gebrochen und am ganzen Leibe schwere Prellungen erlitten. Viele Besucher kommen, um zu trösten, um zu unterhalten. Auch Goethe. Aber es erweist sich, daß Wieland keine Unterhaltung braucht und keine Tröstung. Er liegt heiter und geduldig auf seinem Lager; er ist voller Teilnahme für seine Besucher und für alles, was vorgeht, und jeder, der vom Krankenbett scheidet, fühlt sich seinerseits bereichert und aufgerichtet. «Die Götter haben es bestimmt, daß ich das Leid, das der Menschheit zugewiesen ist, nun auch einmal durch einen solchen Unfall mit abtrage», sagt er lächelnd, und die mitleidig Gekommenen vergessen erstaunt ihr billiges Mitleid.

Zu aller Verwunderung aber erholt sich der Alte mit einer fast unbegreiflichen geistigen Kraft. Er steht wieder auf und lebt weiter mit allen fort, heiter, wohlwollend und weise.

Genau ein Jahr später, am 24. Oktober, hält der Achtzigjährige in der Freimaurerloge eine Rede. Er hat sich das Thema selber gewählt: «Über das Fortleben im Andenken der Nachwelt.» Da steht der Berühmte, das unvermeidliche Samtkäppchen auf dem Haupt. Seine Gestalt, schon immer schmal und unansehnlich, ist nun auf eine rührende Weise abgezehrt und gebrechlich. Ein zum Letzten entschlossener Wille scheint diesen hinfälligen, greisenhaften Leib allein noch zu tragen. Wieland hebt die Stimme und stellt vor den Brüdern die drei ewigalten, ewig-neuen Rätselfragen der Menschheit: «Wer und wo bin ich?» «Was war ich vor dem Eintritt in dieses Leben?» «Was wird nach dem Ausgang aus demselben aus mir werden?» Weiß er eine Antwort, er, der achtzig Jahre lang das Leben voll ausleben und voll ausdenken durfte? «Das empfindende, denkende und wollende Wesen in uns, was wir Menschen, sobald wir zum Bewußtsein unsrer selbst gelangen, mit dem Worte Ich bezeichnen», so sagt er, und die geflissentlich leicht gesprochenen Worte erhalten im Munde des Uralten, nahe am Tode Stehenden ein seltsames Gewicht, «das Ich ist seiner Natur nach unkörperlich, folglich unaufhörlich und unvergänglich und wird auch durch die Trennung vom Leibe, seinem vormaligen sichtbaren Repräsentanten und Lebensgehülfen in der Sinnenwelt, in seiner eigenen Art zu leben und zu sein nicht unterbrochen.

Dieses war von jeher der Glaube der Edelsten und Besten unter den Menschen, so wie er wahrscheinlich der Glaube aller künftig lebenden guten Menschen bleiben wird, indem keineswegs zu vermuten ist, daß der Nachwelt Entdeckungen vorbehalten seien, die der Sache einen anderen Ausschlag geben könnten.» Der alte Skeptiker lächelt unergründlich. Seine hellen Augen schweifen mit leisem Spott über die ernsthaft zuhörenden Logenbrüder hin, dann richten sie sich einen Augenblick in weite Ferne.

Wenige Wochen später ist Wieland wieder einmal krank. Hat er sich erkältet? Hat er etwas gegessen, was ihm nicht bekam? Der Kreis der Freunde ist diesmal nicht besonders beunruhigt. Warum sollte sich der Alte nicht wieder erholen, wie er sich noch jedesmal wieder erholt hat? Die Töchter und Enkelinnen sind liebevoll um ihn besorgt. Er fordert ein wenig Klavierspiel, er plaudert heiter, er wird aufbrausend unwirsch, um schnell besänftigt wieder einzulenken. Er klagt ein wenig, um sich sogleich selber zu ironisieren. Er spottet über den Arzt: «Ich muß über den Huschke lächeln, wie er sich bemüht, mir etwas überreden zu wollen, woran er selbst nicht glaubt.» Diesmal irrt sich Wieland nicht. Acht Tage gehen so hin. Es scheint alles wie immer, da verliert der Kranke das Bewußtsein. Man hört ihn flüstern: «To be or not to be» – und aufs neue: «Sein oder Nichtsein –» Und nochmals die gleichen Worte. Es ist keine Frage mehr, wie sie einst der Graf Stadion stellte, es ist eine Antwort. «Whatever is, is right.» Wie es auch sei, das Leben, es ist gut.

Als der 20. Januar 1813 zu Ende geht und die Mitternacht da ist, hat Wieland aufgehört zu atmen.

Bertuch, der Meister vom Stuhl, der ihn in die Bruderschaft der Loge aufgenommen hatte, bietet das schöne geräumige Vestibül seines Hauses zur Aufbahrung an. Die Halle mit den hohen dorischen Säulen wird rings mit schwarzem Tuch ausgeschlagen. Am Sonntag, dem 24. Januar, abends von acht bis zehn Uhr, wird der Leichnam hier öffentlich ausgestellt. Leise flüsternd, leise mit den Füßen schurrend, schiebt sich die Menge durch den Duft von Zypressen und Lorbeer und bereits welkenden Blumen an dem Verewigten vorbei. Im weißen Sterbehemd ruht er auf blauseidenen Kissen. Das Haupt bedeckt von seinem Samtkäppchen, ein Lorbeerkranz darum gewunden. Zu Füßen auf rotem Samt «Musarion» und «Oberon» und die im flackernden Licht glänzenden Orden.

Gegen Mitternacht holt der Leichenwagen den Toten ab. Zum letztenmal tritt Wieland den Weg nach Oßmannstedt an. Die Pferde schnauben die steile Altenburg empor, im unsicheren Schein der Laternen stampfen sie mit nickenden Köpfen durch das Webicht; ins Ilmtal hinab geht die Fahrt und vorsichtig durch die Furt hindurch. Die Zweige der kahlen Pflaumenbäume vor Oßmannstedt streifen scharrend den hohen Aufbau des Leichenwagens. Nun ist man angelangt. Zum letztenmal geht es durch das Gutstor mit den urnengeschmückten Pfeilern, am Delphinbrunnen vorbei. Es ist Winter und der Brunnen schweigt. Im Gartensaal steht der Sarg die letzte Nacht über der Erde, bis er am nächsten Nachmittag in riesigem Trauerzug zum Wäldchen geleitet und in das bereitete Grab hinabgesenkt wird.

Ein neuer Hügel wölbt sich auf dem verschwiegenen Waldplatz an der rauschenden Ilm. Die letzte, bis dahin noch fehlende Zeile wird in den grauen Sandstein eingemeißelt.

Goethe hat es nicht über sich gewinnen können, dem Freunde die übliche letzte Ehre zu erweisen. Er sitzt allein in seiner gründunklen Arbeitszelle am Frauenplan und hält eine Totenfeier besonderer Art: Er ist in Wielands heiteres Versmärchen von den drei Wünschen, in den «Pervonte» vertieft, derweil, von sechzehn Logenbrüdern getragen, der Sarg die kahle Lindenallee in Oßmannstedt hinabschwankt. Ein Besucher unterbricht den in einsamer Studierstube Lesenden, Johannes Falk. Er empfindet beklommen, daß Goethe in dieser Stunde seltsam verändert ist: Sein Blick hat einen anderen Glanz, seine Stimme einen anderen Ton, über der ganzen Gestalt liegt spürbar etwas Fremdes, Unfaßbares. «Was glauben Sie», fragt Falk, da man natürlich Wielands gedenkt, «was glauben Sie wohl, daß seine Seele in diesen Augenblicken vornehmen möchte?»

«Nichts Kleines, nichts Unwürdiges, nichts mit der sittlichen Größe, die er sein ganzes Leben durch behauptete, Unverträgliches», war Goethes Antwort. Und dann fährt er leise fort: «Es ist etwas um ein achtzig Jahre hindurch so würdig und ehrenvoll geführtes Leben, es ist etwas um die Erlangung so geistigzarter Gesinnungen! Von Untergang solcher hohen Seelenkräfte kann niemals und unter keinen Umständen die Rede sein. Ich sehe nicht, was die Monade, welcher wir Wielands Erscheinen auf unserm Planeten verdanken, abhalten sollte, in ihrem neuen Zustande die höchsten Verbindungen dieses Weltalls einzugehen. Ich würde mich wenig wundern, wenn ich einst diesem Wieland als einem Stern erster Größe nach Jahrtausenden wiederbegegnete und sähe und Zeuge davon wäre, wie er mit seinem lieblichen Licht alles, was ihm irgend nahe käme, erquickte und aufheiterte.»

Falk ist verblüfft. Welche seltsamen Worte! Welche fremdartigen Gedankengänge! Er fühlt, das alles ist eigentlich nicht für ihn gemeint; es ist für den Abgeschiedenen und für Goethe selber gesprochen –. Er verabschiedet sich ein wenig irritiert.

Die nächsten Wochen hindurch ist Goethe unablässig und ausschließlich damit beschäftigt, das Lebensbild Wielands zu zeichnen. Karl August, der den Dahingegangenen im Kreise der Logenbrüder in besonderer Weise zu ehren gedenkt, weiß niemand Gemäßeren als ihn, die Trauerrede zu halten.

Am 18. Februar 1813 findet im Saal des Wittumspalais die Feier statt. Der Himmel war den ganzen Tag über trübe und bedeckt, unaufhörlich wehte föhniger Westwind. Nun ist es Abend. Noch immer fegt beängstigend der Sturm. Das Wittumspalais an der Ecke der Esplanade ist in allen Fenstern erhellt, beide Flügel der Haustür sind weit geöffnet, Diener stehen mit Leuchtern in der Hand am Eingang und flankieren den Treppenaufgang in den ersten Stock.

Schweigend, vorsichtig, jedes Geräusch vermeidend, steigen die Menschen in Trauerkleidung die Treppen hinauf, schweigend nehmen sie im Saal ihre Plätze ein. Der Raum ist mit schwarzem Tuch ausgeschlagen, in der Mitte der Stirnwand steht Wielands Büste auf umflortem Sockel. Es ist das gleiche Bildnis, das Göschen dereinst zu heiterem Schauspiel in der Grotte des Leipziger Parksees aufgebaut, das gleiche, das Leonore Sanvitale auf der Weimarer Bühne bekränzt hatte. Wieder ist die mächtige gewölbte Stirn von Lorbeer umwunden. Die drei Kerzen über Zirkel und Dreieck auf dem Altar flakkern leise. Durch die offenen Türen hört man von draußen Pferdegetrappel; es verstummt, ein Schlag klappt, wieder hallen, sich in der Ferne verlierend, die Hufe auf dem Pflaster. Von neuem klappt ein Schlag. Irgendwo ein leiser Ruf, ein Flüstern, behutsames Gehen von Füßen auf der Treppe. Neue Menschen treten ein. Dann kommt der herzogliche Hof, voran Karl August und die Herzogin Luise. Sie nehmen die Plätze in der vordersten Reihe ein. Die Türen werden geschlossen. Eine gedämpfte feierliche Musik ertönt, ein Chorlied erschallt. Ein Redner tritt vor: Goethe. Seine mächtige Stimme bebt ein wenig bei der Anrede:

«Durchlauchtigster Protektor! Sehr ehrwürdige Meister! Verehrungswürdige Anwesende!» Sein Blick schweift hin über die schwarzverhangenen Wände, über die schwarzgekleideten

Menschen. Seine Stimme erhebt sich zu unerwartet freudigem Klang. «Stände mir der Zauberstab zu Gebote, den die Muse unserem abgeschiedenen Freunde geistig anvertraut», so ruft er, «ich würde diese ganze düstere Umgebung augenblicklich in eine heitere verwandeln, dieses Finstere müßte sich gleich vor Ihren Augen erhellen, und ein festlich geschmückter Saal mit bunten Teppichen und munteren Kränzen sollte vor Ihnen erscheinen.»

Die feierlich ernste Versammlung horcht auf. Ist das eine Totenrede? Die Atmosphäre gedrückten Schweigens, der sich alle konventionell unterworfen hatten, ist wie mit einem Schlage zerstört. Wielands Gestalt steht plötzlich mitten unter ihnen, unscheinbar, ja unschön, aber durchstrahlt von heiterem Licht. Er lächelt. Man kannte ihn nur lächelnd: Er lächelte mit amüsiert blinkenden Augen, während sein Mund schmerzlich geschlossen blieb. Sein Lächeln erhob sich über dem Schmerz; es schien wie ein Sieg des Menschen. Und sie alle rings in dem düster hergerichteten Saal schauen, erwärmt, ermutigt, erhobenen Herzens auf die unsichtbare Erscheinung dieses Wieland, während sie, seltsam beseligt, Goethes Worten folgen: «... daß derjenige, der dieser Heiterkeit gemäß von uns geschieden, keineswegs mit Klage, sondern mit dem Ausdruck der Freude und des Jubels zu bestatten sei!»

Verzeichnis der Schattenbilder